Andrew Lane

AGENT IMPOSSIBLE
Operation Mumbai

Andrew Lane

AGENT IMPOSSIBLE

Operation Mumbai

Aus dem Englischen
von Tanja Ohlsen

cbj

Dieses Buch ist auch als E-Book erhältlich.

MIX
Papier aus verantwortungsvollen Quellen
FSC® C083411
FSC www.fsc.org

Verlagsgruppe Random House FSC® N001967

1. Auflage 2018

Die englische Originalausgabe erschien 2018 unter dem Titel
»AWOL 1: Agent Without Licence – Last, Best Hope«
bei Piccadilly Press, London, einem Imprint von
Bonnier Zaffre Ltd, London, in der Verlagsgruppe Bonnier.
Aus dem Englischen von Tanja Ohlsen
Umschlaggestaltung: semper smile, München
unter Verwendung von Fotos von © Shutterstock
(SHAH AIZAD, nexusby, Titima Ongkantong, Maxger, Runrun2)
kk • Herstellung: AJ
Satz: KompetenzCenter, Mönchengladbach
Druck: CPI books GmbH, Leck
ISBN 978-3-570-16506-5
Printed in the Czech Republic

www.cbj-verlag.de

Dieses Buch ist Kieron Furnell, Ryan Mellor und Bradley Marshall-Smith gewidmet, weil sie mich Teile ihrer Namen verwenden ließen. Vielleicht wollt ihr es nicht selbst lesen, Jungs, aber ihr könnt ja auch warten, bis der Film kommt …

Ich widme es auch dem Personal und den Jungen der Summer Fields School in Oxford, an der ich als *Author in Residence* eine höchst angenehme Woche verbrachte, während ich Kapitel 7 schrieb (wenn auch nicht beim Unterricht. Logisch). (Und ein besonderer Gruß an Eliot. Entschuldige die Widmung …)

Kapitel 1

»Und wie kommen wir an der Security vorbei?«

Kieron Mellor verzog das Gesicht. Das würde der schwierige Teil werden.

»Wir … wir könnten uns als Roadies ausgeben«, schlug er zögernd vor. »Dann kommen wir hintenrum rein.«

Sam schüttelte den Kopf, und eine dunkelrote Haarsträhne, die aus dem ansonsten tiefschwarzen Haar hervorstach, fiel ihm vor die Augen und ließ ihn blinzeln.

»Das wäre bescheuert«, stellte er fest. »Die Roadies haben Sicherheitsausweise und außerdem sind die alle viel älter, Typen mit Halbglatze, Pferdeschwanz, Bierbauch und engem schwarzen T-Shirt mit Schweißflecken unter den Armen.« Er deutete auf seinen mageren Körper. »Ich weiß ja nicht, wie es mit dir aussieht, aber auf mich passt die Beschreibung ganz bestimmt nicht.«

Sams T-Shirt war zwar tatsächlich schwarz – er hatte es in einem Fanshop im Einkaufszentrum gekauft –, aber bei seinem Körperbau war es eher zu erwarten, dass er unter dem Gewicht eines 300-Watt-Gitarrenverstärkers zusammenbrechen würde, als dass er ihn locker herumschleppte.

Seine engen schwarzen, an den Knien zerrissenen Jeans ließen ihn auch nicht gerade wie einen Roadie wirken – auch wenn seine nietenbeschlagenen Stiefel aussahen, als würden sie eher einem doppelt so großen Bauarbeiter passen. Kieron war da nicht viel besser dran – sie hätten Brüder sein können, auch wenn Kieron größer war und ein wenig kräftiger.

Suchend sah er sich im Einkaufszentrum um. Sie saßen bei den Fast-Food-Läden im Untergeschoss zwischen den paar Metalltischen und -stühlen. Über ihnen ragten drei Stockwerke mit Schuhläden, Wäschegeschäften und Läden auf, in denen man Schokolade mit merkwürdigen Zutaten oder Krawatten mit schrägen Mustern kaufen konnte. Die Rolltreppen zwischen den Stockwerken liefen so langsam, dass man das Gefühl hatte, auf dem Weg nach oben oder unten ewig dort festzustecken, allen Blicken ausgesetzt. Auf der anderen Seite des Gangs, gegenüber von den Läden, wo es Kaffee, Kuchen, Pizza und Burger gab, waren vor allem Zeitungsstände, Telefonshops oder Läden zum Nachfüllen von Druckerpatronen. Der Anblick eines Shops, in dem Laptops repariert und Handys entsperrt wurden, brachte Kieron allerdings auf eine Idee.

»Wie wäre es, wenn wir die Ticketseite hacken und unsere Namen eintragen? Wenn wir vorne in der Schlange stehen, können wir sagen, dass wir unsere Tickets verloren haben, aber auf der Liste steht, dass wir dafür bezahlt haben. Dann können sie im Computer nachsehen und müssen uns reinlassen.«

Wieder schüttelte Sam den Kopf.

»Die Namen in der Datenbank sind mit den Strichcodes auf den Tickets verknüpft. Die kann ich nicht einfach erfinden, weil sie woanders generiert werden, und wenn ich welche nehme, die schon in der Datenbank sind, fliegen wir auf, wenn sie schon eingescannt wurden.«

»Nicht, wenn wir ganz vorne in der Schlange stehen«, widersprach Kieron. »Dann sind die, die die Strichcodes haben, auf jeden Fall hinter uns, und bis sie an der Reihe sind, sind wir längst mittendrin und tanzen.«

Bevor Sam noch etwas antworten konnte, wurde er von einem Ruf von der anderen Seite der Imbissstände unterbrochen.

»He, ihr dreckigen Emo-Loser!« Um sie herum ging ein Hagel von Plastikmessern nieder. »Wollt ihr euch nicht damit ritzen?«

Kieron sah eine Gruppe von Teenagern in Baggy Pants, Baseballcaps und Poloshirts, die sie herausfordernd anstarrten. Alle Leute sahen sich nach ihnen um – Mütter mit Kindern, ein paar Männer in Arbeitsoveralls. Abschätzend sahen sie von Kieron und Sam zu den Teenagern und runzelten die Stirn. Eine der älteren Damen schüttelte missbilligend den Kopf.

»Wollt *ihr* …«, schrie Sam, krallte die Hände um die Stuhllehnen und begann, sich hochzuschieben.

Kieron packte ihn am T-Shirt und zog ihn zurück.

»Hör auf, darauf warten die doch nur!«

Sam ließ sich wieder fallen, verschränkte defensiv die Arme vor der Brust und umklammerte seine Ellbogen.

»Ich könnte mit ihnen fertig werden. Glaubst du, ich schaff das nicht?«

»Doch, sicher, aber die Security-Gorillas beobachten uns!«

Tatsächlich kam ein kräftiger Uniformierter bereits auf die Krawall-Teenager zu.

»Warum tut der denn nichts?«

»Ist ein freies Land. Scheinbar.«

Sam rieb sich über die Unterarme. Kieron hatte die dünnen roten Narben auf Sams weißer Haut gesehen, aber nie nachgefragt. Es war auch nicht notwendig, Sam wusste, dass er es wusste. Wenn Sam darüber reden wollte, würde er es tun.

»Mit Freiheit für Beleidigung und Unterdrückung derjenigen, die von der Norm abweichen«, stieß er hervor. »Das macht mich krank. Wäre mir ja egal, aber die kennen ja nicht mal den Unterschied zwischen Emos und Greebs.«

Wieder betrachtete Kieron Sams schwarzes Haar, das schwarze T-Shirt und die klobigen New-Rock-Stiefel und dann sich selbst. Würde er nicht ein T-Shirt von einer anderen Screamo-Band tragen und wäre er nicht einen Kopf größer als Sam, hätte er Sams Spiegelbild in einem Schaufenster gut für sein eigenes halten können. Ihm zu sagen, dass Greebs genauso strenge Normen und einen ähnlich uniformierten Look hatten wie Chavs, wäre wohl wenig hilfreich gewesen.

Kurz fragte er sich, wie man wohl einen Haufen Greebs nennen könnte, so wie »ein Schwarm Vögel« oder »eine Herde Schafe«. »Greeb-Isolation« vielleicht. Oder auch »Trauerspiel«.

Sam sah wütend und gekränkt aus. Kieron sah sich nach etwas um, womit er seinen Freund ablenken konnte, als sein Blick auf einen Zeitungsständer vor einem Laden fiel.

»Wir könnten uns als Reporter ausgeben und sagen, dass wir ein Interview mit der Band machen.«

»Für die Schülerzeitung?«, meinte Sam kopfschüttelnd. »Wir haben doch gar keine Schülerzeitung.«

»Wir könnten auch Blogger sein.«

»Ich bin ein Blogger«, betonte Sam gefährlich leise.

»Ja, aber wir könnten Blogger mit mehr als fünfzig Followern sein.« Kieron sah, wie sein Freund zusammenzuckte, aber er fuhr fort: »Es gibt Blogger mit Tausenden von Followern. Zehntausenden. Wir könnten uns für so jemand ausgeben.«

»Du hast wirklich ein Talent dafür, einem Freund Mut zu machen«, grollte Sam.

»Aber sie würden es uns abkaufen – ein Interview vor dem Auftritt und dann können wir neben der Bühne stehen und von dort aus zusehen. Im schlimmsten Fall wären wir immerhin noch im Saal und nicht draußen.«

Sam zuckte mit den Schultern. »Das könnte sogar klappen. Und wie stellen wir das an?«

»Sie haben bestimmt einen PR-Manager. Den finden wir über die Webseite.«

Sam überlegte einen Moment, und man sah ihm an, dass er sich für die Idee erwärmen konnte.

»Ich könnte uns einen Fake-Blog mit jeder Menge Posts anlegen, nur vorübergehend – ich kann einfach eine andere Seite kopieren und mein Foto einsetzen. Wenn die PR-Leute die Seite nicht erkennen und den Blogger nicht schon mal getroffen haben, könnte es klappen.«

»*Unsere* Fotos«, korrigierte ihn Kieron leise.

»He, hier geht es nicht um dich«, stichelte Sam und grinste. »Meine ich doch. Ist auf jeden Fall einen Versuch wert.«

»Wer weiß«, entgegnete Kieron. »Vielleicht werden wir sogar zur After-Party eingeladen.«

Er sah sich verstohlen nach den Teenies um, die sich von dem Security-Mann entfernten wie Eisenfeilspäne, die von einem unsichtbaren Magneten abgestoßen werden.

Einer von ihnen drehte sich im Gehen zu Kieron um und hob höhnisch den Mittelfinger. Kieron winkte lächelnd zurück, woraufhin der Kerl knurrte und das Gesicht verzog wie ein Pitbull. Es war so leicht, sie zu ärgern, man musste nur fröhlich sein. Sie schienen schon verärgert auf die Welt gekommen zu sein und dann so aufgewachsen, dass sich das nur noch verschlimmerte. »Eine Verärgerung von Chavs.« War das nun besser oder schlechter als »Eine Beleidigung von Chavs«?

Er wollte sich gerade wieder zu Sam umdrehen und ihn fragen, als ihm der Mann am Nebentisch auffiel. Er hatte sich als Einziger nicht nach den beiden umgedreht, als die Chavs mit dem Radau anfingen. Er hatte einen Vollbart und trug eine helle Baumwollhose und ein gestreiftes Hemd mit aufgekrempelten Ärmeln. Über seiner Stuhllehne hing eine hellgraue Jacke. Kieron fiel auf, dass seine Stiefel bequeme Wanderschuhe waren. Solche hatte er sich für die Outdoor-Woche in Wales gewünscht, aber da hatte er sich mit seinen alten Turnschuhen begnügen müssen. Seine Mutter verdiente in ihrem Job nicht so viel.

Der Mann war anders, weil er weder Kieron und Sam noch die anderen missbilligend ansah und weil er mit sich selbst redete, als säße ihm jemand gegenüber, und kleine Gesten machte, als wolle er einem unsichtbaren Freund etwas beschreiben. Er trug eine auffallende Brille mit unmodernem dickem Rahmen und leicht getönten Gläsern. Plötzlich drehte er den Kopf, sodass man ein gebogenes Gerät über seinem Ohr erkennen konnte – ein Bluetooth-Headset.

»Warum wedelt er denn mit den Händen?«, fragte Kieron. »Der mit ihm redet, kann ihn nicht sehen. Das muss er doch wissen.«

»Vielleicht ist er einfach der Typ dafür.« Sam zuckte leicht mit den Achseln und starrte auf den Tisch. »Manche Menschen sind einfach total körperbetont. Sie legen Leuten die Hand auf den Arm und so. Und umarmen Leute einfach so.«

»Sieht bescheuert aus«, fand Kieron.

»Ich wedle immer mit der Hand, wenn ich mit dir am Telefon rede.«

»Nicht, wenn wir skypen.«

»Das ist auch etwas anderes.«

Kieron sah wieder zu dem Mann mit der Brille. Er hatte innegehalten und den Kopf schief gelegt, als würde er jemandem zuhören.

»Ehrlich gesagt, wenn wir skypen, hältst du die Kamera so dicht vors Gesicht, dass du ein Clownskostüm tragen könntest, ohne dass ich es merken würde.«

Kieron sah zwei Männer auf den Tisch zugehen, an dem der Mann mit dem Bluetooth-Teil immer noch gestikulierte. Er ging davon aus, dass es Freunde waren, aber etwas an ihrer Körpersprache ließ seine Alarmglocken läuten. Sie waren ähnlich gekleidet wie der Mann am Tisch – lockere Khakihose, Ben-Sherman-Hemd, Harrington-Blouson –, aber sie hatten beide sehr kurz geschorenes Haar. Außerdem kamen sie von zwei Seiten von hinten auf den Mann zu.

Und sie wurden nicht langsamer.

Überrascht sah Kieron, wie die beiden Neuankömmlinge den Fremden an den Armen griffen und rückwärts vom Stuhl zogen. Sie mussten irgendwo in seinen Achselhöhlen einen Nerv getroffen haben, denn sein Gesicht war schmerzverzerrt. Er trat mit dem linken Fuß nach vorn und traf den Tisch, doch der kippte nicht um. Einer der Männer presste seine Hand kräftig auf eine Stelle unter seinem Kiefer, sodass er bewusstlos zusammensank. Dann schleppten sie ihn zwischen sich davon, wie zwei Kerle, die einen Freund stützen, der zu viel getrunken hat. Sein Stuhl kippte scheppernd um, als sie ihn davonschleiften. Ein paar Sekunden später waren sie aus dem Restaurantbereich weg und gingen auf den Aufzug zum Parkhaus zu. Nur ein paar Leute sahen ihnen nach. Die meisten ignorierten den Vorfall.

Typisch, dachte Kieron. Zwei Greebs, die niemandem etwas getan haben, werden böse angesehen, aber eine Entführung wird ignoriert.

»Hast du …?« Sam sah aus wie eine geschockte Manga-Figur mit riesigen Augen und offenem Mund. »Das war eine Entführung! Die haben ihn einfach geschnappt und mitgenommen!«

»Ich weiß!«, erwiderte Kieron und sah sich um, ob irgendjemand etwas unternahm. Doch jeder kümmerte sich nur um seinen eigenen Kram. »War das vielleicht nur irgendein Stunt? Etwas, was jemand für YouTube gefilmt hat?«

Sam zuckte mit den Achseln, immer noch geschockt.

»Ich weiß nicht.« Kieron sah sich um, erst im Restaurantbereich, dann an den Geländern in den oberen Stockwerken. »Ich sehe niemanden mit einer Kamera. Nicht mal mit einem Handy oder einem Tablet. Wenn hier jemand filmt, dann mit einer echt gut versteckten Kamera.«

»Vielleicht nutzen sie die Überwachungskameras.« Sam sah sich nach dem Security-Typ um, doch der schien verschwunden zu sein. Vielleicht war er noch den Chavs auf der Spur. »Ist aber auch nicht grade radikale Subkultur, die Videoaufzeichnung von einem Firmenbüro zu ordern.« Er sah zu den oberen Stockwerken hinauf. »Außerdem ist keine einzige Kamera auf diesen Bereich gerichtet.«

»Das ist an sich schon merkwürdig«, stellte Kieron fest und folgte seinem Blick. Sam hatte recht: alle Kameras schienen in irgendwelche Ecken zu zeigen. »Glaubst du, dass sie jemand verstellt hat?«

»Du meinst, mit Absicht, damit es keine Aufzeichnung von der Entführung gibt?« Sam runzelte die Stirn. »Es ist nicht schwer, die Software der Überwachungskamera zu hacken, die die Motoren steuert, und sie von bestimmten Bereichen abzulenken. Und wenn das nicht klappt, kann man sie einfach mit einem Besenstiel schubsen.«

»Ganz old school – gefällt mir.«

Die drei Männer waren an den Aufzügen vorbeigegangen und eilten jetzt an den wenigen Leuten vorbei zur Treppe, die zum Parkdeck hinunterführte.

»Sollten wir es nicht jemandem sagen?«, fragte Sam.

»Bevor wir das tun, will ich sehen, was sie machen, wenn sie ins Parkhaus kommen. Wenn sie ihn in ein Polizeiauto oder einen Krankenwagen werfen, können wir es ignorieren, aber wenn sie ihn in den Kofferraum einer schwarzen Limousine stecken, müssen wir es jemandem sagen.«

Als Kieron aufsprang, warf Sam ein: »Und wenn du ihn zusammengeschlagen oder tot auf der Treppe findest?«

»Dann bist du mein Alibi. Warte hier, ich brauch nicht lange.«

Als er an dem Tisch vorbeiging, an dem der Mann gesessen hatte, sah er das Bluetooth-Headset und die Brille auf dem Boden liegen. Im Vorbeigehen bückte er sich und hob beides auf. Wenn es dem Mann gut ging, würde er die Sachen vielleicht wiederhaben wollen. Wenn er verschwunden war, könnte er das Zeug vielleicht für ein paar Pfund in einem der Läden verscherbeln, die er in der alten High Street kannte, wo man keine Fragen stellte. Und dann könnten sie sich vielleicht die Konzertkarten kaufen, die er und Sam so gerne haben wollten.

Die Treppe zum Parkhaus lag neben einem 99-Pence-Laden, dessen Schaufensterauslage aussah, als seien 99 Pence völlig überteuert. Kieron stieß die Tür auf und zögerte. Vielleicht standen die Männer ja dahinter und warteten, um zu sehen, ob jemand dumm genug war, ihnen zu folgen? Mehrere der Neonröhren waren kaputt und flackerten unregelmäßig, doch es war hell genug, um sehen zu können, dass der Treppenabsatz und die ersten Stufen nach unten leer waren. Irgendwo weiter unten hörte er Schritte und das harte Scharren von Gummi auf Beton.

Er sah sich zu Sam um, der beide Daumen hochhielt und grinste. Mit neuem Mut betrat er das Treppenhaus.

Es roch, als hätte es jemand als Klo benutzt, obwohl es kaum zehn Meter weiter eine sehr schöne Toilette gab. Er sah auch ein paar unidentifizierbare Flecken an der Wand, über die er nicht näher nachdenken wollte, während er hinunterging und versuchte, durch den Mund und nicht durch die Nase zu atmen.

Die Stockwerke des Parkhauses hatten keine Nummern, sondern Tiernamen. Die Architekten hatten das offenbar für eine gute Idee gehalten. Im ersten Stock war stümperhaft der Umriss einer Antilope, die aussah wie ein kleines Pony mit einer Fernsehantenne auf dem Kopf, an die Wand gemalt. Kieron öffnete die Tür und warf einen kurzen Blick auf die Betonwüste mit niedriger Decke. In der Mitte fuhr ein Geländewagen langsam zwischen den parkenden Autos hindurch, doch die beiden Entführer des Bluetooth-Mannes konnten in der kurzen Zeit, in der Kieron sie nicht gesehen hatte, unmöglich zum Auto gegangen sein, ihren Gefangenen hineingeworfen haben, eingestiegen und losgefahren sein.

Er schloss die Tür und ging zur nächsten Etage hinunter. Die bucklige Kuh, deren Silhouette an die Wand neben der Tür gemalt war, sollte offenbar einen Büffel darstellen. Die Tür schloss sich gerade, als er sie erreichte. Er stieß sie einen Spalt auf und sah hindurch.

Die beiden blonden Männer standen neben einem schwarzen Lieferwagen. Japanisches Modell – vermutlich ein Mitsubishi. Kierons Vater hatte so einen gehabt, deshalb erkannte er ihn. Vor drei Jahren hatte er ihn mit seinen Sachen vollgestopft und war aus Kierons Leben und dem seiner Mutter verschwunden. Seltsamerweise vermisste Kieron den Wagen weit mehr als seinen Vater.

Einer der Kerle mit dem Bürstenhaarschnitt hielt den Bewusstlosen mit einem Arm um die Brust aufrecht und sah sich im Parkhaus um, ob ihnen jemand unerwünschte Aufmerksamkeit schenkte. Der andere Mann schloss die Seitentür des Lieferwagens auf und öffnete sie.

Kieron war hin- und hergerissen zwischen dem Wunsch, hinauszulaufen und dem Bewusstlosen zu helfen oder wegzugehen und die Angelegenheit zu ignorieren. Einfach nur dazustehen und durch den Türspalt zuzusehen, kam ihm falsch vor. Irgendetwas sollte er unternehmen, aber wenn er sich da einmischte, würden die beiden Blonden Hackfleisch aus ihm machen. Also blieb er, wo er war, beobachtete das Geschehen von seinem Versteck aus und schalt sich einen Feigling, während die Männer ihren Gefangenen in den Lieferwagen warfen, sich noch einmal umsahen, ob sie jemand bemerkt hatte, einstiegen und den Motor anließen.

Als der Lieferwagen ausparkte, trat Kieron aus seinem Versteck auf die schraffierte Fläche vor den Aufzügen und Treppen. Er sah, wie der Lieferwagen langsam die Reihen entlangfuhr und am Ende abbog, vorbei an den Rampen, die in die Etagen Chinchilla, Dromedar und Esel führten, und weiter zur Rampe hinauf zur Antilope und von dort ans Tageslicht. Dort konnte Kieron das Nummernschild deutlicher erkennen. Er nahm einen alten Kugelschreiber aus der Tasche und schrieb sich die Nummer auf den Unterarm. Warum, wusste er selbst nicht genau, hielt es aber für eine gute Idee. Vielleicht würde die Polizei sie wissen wollen, falls je Anzeige erstattet wurde.

Nicht dass das jemand außer ihm und Sam hätte tun können. Dieses Stockwerk des Parkhauses war genauso menschenleer wie das darüber.

Er ging zurück und lief die Treppe zum Restaurantbereich zurück. In seinem Kopf wirbelten die Gedanken. Er versuchte, sich vorzustellen, wie er zur Polizei ging und den Vorfall anzeigte, oder wie er einen Polizisten auf der Straße anhielt – wenn er einen finden würde – und ihm sagte, was er gesehen hatte. Doch das Gespräch mit dem imaginären Polizisten endete abrupt, als er sich vorstellte, wie dieser in den Akten nachsah und feststellte, dass Kieron mehrmals wegen des Sprühens von Graffiti an einem leeren Lagerhaus in der Nähe seiner Wohnung verwarnt worden war, dafür, dass er am Busbahnhof herumlungerte und dafür, dass er zum Spaß irgendwelche Leute angerufen hatte. Oh, außerdem hatte er zusammen mit Sam und ein paar anderen Freunden Hausverbot auf der Bowlingbahn, weil sie die Kugeln nicht gerollt, sondern geworfen hatten. Die Polizei würde ihm kein Wort glauben.

Im Untergeschoss angekommen, sah er hinüber zu Sam,

der mit seinem Handy spielte. Der Mann vom Sicherheitsdienst war nirgendwo zu sehen. Vielleicht konnte Kieron ja *ihm* erzählen, was passiert war. Nur dass dieser Mann Kieron Hausverbot in den Media-Läden in den oberen Stockwerken erteilt hatte, weil er vor ein paar Monaten mit der Bluetooth-Funktion seines Telefons die Titelmelodie von »Thomas, die kleine Lokomotive« über die Lautsprecheranlagen aller Läden hatte auf voller Lautstärke ertönen lassen. Er würde sich an Kieron erinnern. Hatte er zumindest behauptet. »Dein Gesicht werde ich mir merken«, waren seine genauen Worte gewesen. Der Blick, den er ihm dabei zugeworfen hatte, wäre fast bedrohlich gewesen, wenn er nicht leicht geschielt hätte. Nein, Kieron ging davon aus, dass er auch dort nicht auf Unterstützung hoffen konnte.

Als er zu Sam hinübersah, stellte Kieron plötzlich fest, wie klein und verletzlich Sam wirkte. Er nahm die Dinge sehr persönlich und dachte viel über alles nach. Kieron konnte schlimme Dinge meist mit einem Achselzucken abtun, aber Sam nahm sich alles zu Herzen und brütete darüber.

Kieron ging auf Sam zu. Dabei sah er zu den Überwachungskameras hinauf, die am Geländer des ersten Stocks festgeschraubt waren. Normalerweise überwachten sie das gesamte Untergeschoss, abgesehen von einem kleinen, aber wohlbekannten Bereich bei den Zeitungsständen, wo die Kids manchmal geklaute Sachen austauschten oder heimlich rauchten. Jetzt allerdings deuteten alle Kameras in eine andere Richtung, seitlich an der Brüstung entlang. Irgendjemand hatte sich daran zu schaffen gemacht.

»Was ist?«, fragte er, als er auf seinen Freund zuging.

»Was soll sein?«

»Du hast mich so merkwürdig angesehen.«

»Ich sehe jeden merkwürdig an. Das ist einfach mein Gesicht.« Er sah von der Treppe zu Kieron. »Was ist passiert?«

»Als ich unten ankam, haben sie den Mann in einen schwarzen Lieferwagen geworfen und sind weggefahren.«

»Hast du das Kennzeichen?«

Statt einer Antwort hob Kieron den Arm.

»Lila«, stellte Sam fest. »Gefällt mir.« Er hielt das Telefon hoch. »Ich habe ein paar Bilder von ihnen gemacht, als sie ihn weggeschleift haben. Könnte nützlich sein.«

Kieron setzte sich und nahm einen Schluck aus dem großen Plastikbecher auf dem Tisch. Hier war alles aus Plastik: Teller, Becher, Besteck, höchstwahrscheinlich auch das Essen. Er fragte sich oft, wovor die Besitzer eigentlich Angst hatten. Das war schließlich kein Flugzeug. Niemand würde die Fressmeile entführen.

»Und was machen wir jetzt?«, erkundigte sich Sam. Kieron musste ein Lächeln unterdrücken. Sam war so praktisch veranlagt.

»Ich weiß nicht recht. Es war Kidnapping, oder? Ich meine, wir haben das doch nicht missverstanden oder so?«

»Nein, das war definitiv eine Entführung.«

»Und es waren auch nicht nur Freunde, die eine Entführung vorgetäuscht haben, so als Auftakt zu einer Sauforgie in Bulgarien?«

Wieder schüttelte Sam den Kopf. »Du hast doch gesehen, wie sie ihn mit einem Griff unter die Arme unschädlich gemacht haben. Sie wussten genau, welche Nerven sie treffen mussten. Das ist weit mehr als ein Spiel.«

»Stimmt.« Kieron überlegte einen Augenblick. »Sie haben ihm nicht die Brieftasche geklaut und ihn im Parkhaus liegen lassen, es ist also auch kein Überfall. Sie wollten auf jeden Fall genau diesen Mann.« Er zuckte mit den Achseln. »Vielleicht ist das eine Gang-Sache. Er ist in ihr Territorium eingedrungen, deshalb mussten sie etwas unternehmen.«

Sam sah ihn zweifelnd an. »Schon möglich, nur dass die Gangs von hier ziemlich klein sind, soweit ich weiß, und das Einkaufszentrum ist sozusagen neutrales Gebiet. Muss es ja, sonst könnten sie nie einkaufen. Und die Kerle sahen echt fies aus.« Er dachte einen Augenblick nach. »Was für ein Auto sind sie gefahren?«

»Eins, mit dem Surfer in Cornwall an den Strand fahren würden. Allrad, Kuhfänger, getönte Scheiben.«

»Nichts, was die Gangs hier benutzen. Die stehen auf aufgemotzte Mondeos und Astras – vorzugsweise mit einer gigantischen Soundanlage im Kofferraum. Lieferwagen sind nicht ihr Ding.«

Sam hatte recht. Die beiden blonden Männer hatten den Eindruck gemacht, als handle es sich um eine professionelle Operation.

»Und wenn er ein Terrorist war und sie von einem Einsatzkommando?«

Sam dachte kurz darüber nach. »Das würde zwar erklären, was da passiert ist, aber er sah nicht aus wie ein Terrorist.«

»Soll das heißen, er war nicht klar als Muslim zu erkennen?«, fragte Kieron herausfordernd.

»Das habe ich nicht gemeint«, erwiderte Sam stirnrunzelnd. »Wenn überhaupt, sah er aus wie einer von den Guten und die anderen wie die Bösen. Die haben mich an die Neofaschisten bei irgendwelchen Demos erinnert. Kahlrasierte Köpfe und Stiefel. Wahrscheinlich waren ihre Arme total tätowiert.«

Kieron konnte sich nicht zurückhalten, zu sagen: »Wenn du es dir leisten könntest und dein Dad es dir erlauben würde, hättest du auch Tattoos an den Armen.«

»Ja, aber keltische Knoten und Maorisymbole und keine Hakenkreuze«, verteidigte sich Sam. »Obwohl das Hakenkreuz eigentlich ein altes Symbol ist, das die Faschisten für sich beansprucht haben, weil sie nicht mal schlau genug waren, sich ein eigenes auszudenken.«

»Egal, aber was machen wir jetzt?«, kehrte Sam zu seiner ursprünglichen Frage zurück. »Hier ist nur ein Security-Mann, und der ist so übergewichtig, dass er mit offenen Schnürsenkeln herumläuft, weil er sich nicht bücken kann, um sie zuzumachen. Was nutzt uns der bei einer Entführung?«

»Sollen wir zur Polizei gehen?«, schlug Kieron vor.

»Bei allem, was wir angestellt haben?«

Kieron seufzte. »Vielleicht sollten wir ihnen eine SMS schicken oder eine anonyme Nachricht hinterlassen.«

»So was gibt es nicht mehr«, wandte Sam ein. »Heute kann man jede Art von Nachricht oder SMS zum Absender zurückverfolgen. Hast du eigentlich von gar nichts eine Ahnung?«

»Ich hab nur eine Ahnung, dass du paranoid bist«, meinte Kieron.

»Aus gutem Grund!«, protestierte Sam. »Wir leben in der am meisten überwachten Gesellschaft der Welt.«

»Du solltest nicht alles glauben, was du im Internet liest.«

»Mach ich ja gar nicht«, verwahrte sich Sam. »Das Internet wird total von CIA, NSA, MI5 und GCHQ überwacht. Die Hälfte der Seiten im Darknet, auf denen Waffen oder Drogen angeboten werden, sind nur Phishing-

Seiten, mit denen Leute angelockt werden, damit man sie verhaften kann.«

Kieron kam plötzlich ein Gedanke. »Warte mal – ich habe das Headset und die Brille von dem Mann. Vielleicht kriegen wir darüber raus, wer das ist.«

»Nicht ohne sein Handy«, meinte Sam. »Wenn das Headset über Bluetooth mit seinem Handy verbunden ist, finden wir gar nichts heraus, weil es mittlerweile außer Reichweite ist.« Er überlegte einen Augenblick. »Allerdings kann man den Bluetooth-Geräten Namen geben. Wenn wir es an eines unserer Handys anschließen, kriegen wir den vielleicht raus.«

»Bei unserem Glück steht da höchstens »Pauls iPhone« oder »Steves iPhone««, bemerkte Kieron, »und das nutzt uns gar nichts.« Er holte die Sachen aus der Hosentasche, die er vom Boden aufgehoben hatte.

Als er sie auf den Tisch legte, betrachtete Sam sie aufmerksam.

»Also«, meinte er, »ich nehme das zurück – das ist kein Standard-Bluetooth-Headset.« Vorbei an den klebrigen Limo- und Colaflecken auf dem Tisch, die die letzte Reinigung überlebt hatten, zog er Brille und Headset zu sich heran. »Ich schätze, das ist Bluetooth der nächsten Generation oder vielleicht sogar Wi-Fi Direct.« Er nahm das Gerät auseinander. »Die Batterie ist auch keine Standardausführung.« Er betrachtete sie genauer. »Das ist nicht mal eine richtige Batterie – das ist eine winzige Brennstoffzelle. Mann, das ist ja clever.«

»Wenn du es sagst«, meinte Kieron und nahm ihm das Headset weg. Die Form und das weiche Silikon in seiner Hand ließen ihn den Preis, den er dafür veranschlagt hatte, um einiges höher ansetzen. Das war kein normales Nullachtfünfzehn-Supermarktgerät – es war etwas Besonderes. Ein hochentwickeltes Audiogerät.

Neugierig nahm er die Brille und inspizierte sie. Kein offensichtliches Logo, aber auch sie fühlte sich teuer an. Instinktiv setzte er sie auf und sah Sam mit gespielt ernstem Gesicht an.

»Und nun zu den weiteren Meldungen …«, begann er.

Sam lachte.

Plötzlich fiel Kieron auf, dass er Sams Gesicht völlig unverzerrt sah.

»He, das ist ja Fensterglas!«

»Vielleicht selbsttönend? Und die Gläser sind jetzt hell, weil hier keine Sonne ist?«

Kieron wollte schon antworten, als an seinem unteren Blickfeldrand Worte aufleuchteten.

Nutzer erkannt. Hochfahren aus Stand-by-Modus.

»Da ist etwas …«, begann er, doch dann sah er plötzlich das Bild einer anderen Welt in einem rechteckigen Fenster, das etwa drei Meter vor ihm zu schweben schien. Es war wie ein Breitbildfernseher, nur dass er durch das Bild hindurch Sam sehen konnte.

Auf dem Bildschirm konnte er einen grauen Himmel und ein weißes Gebäude mit großem Torbogen erkennen. Oh, und eine Hand, die eine Cola hielt, als wäre es seine eigene Hand. Aber das war sie nicht. Es war die Hand eines Mädchens, mit einer goldenen Uhr am Handgelenk und Goldringen an den Fingern.

»Bradley«, sagte eine weibliche Stimme, »hör auf, dich vollzustopfen. Ich brauche deine Hilfe.«

Kapitel 2

»Bradley, hör auf, dich vollzustopfen! Ich brauche deine Hilfe.«

Bex Wilson tippte auf den Knopf an der Seite ihrer Sonnenbrille und fragte sich, ob sie aus Versehen die Lautstärke ausgestellt hatte, als sie sich das Haar aus den Augen gestrichen hatte. Oder ein Schweißtropfen war in die Elektronik gelaufen und hatte einen Kurzschluss verursacht. Es würde sie nicht überraschen. Obwohl das Ding fürs Militär entwickelt worden war und unter allen möglichen Umständen funktionieren sollte, konnte so etwas schon einmal vorkommen, und so eine Hitze wie hier in Mumbai hatte sie noch nie erlebt. Es war, als würde man die Tür eines Backofens öffnen, in dem man eine Stunde lang eine Kartoffel gebraten hatte. Und die Feuchtigkeit war genauso schlimm. Die Luft war so feucht, dass ihr Schweiß nicht verdunsten konnte und daher einfach auf ihrer Haut kleben blieb. Hitze und Feuchtigkeit zusammen vermittelten Bex das Gefühl, die gesamte Erdatmosphäre lastete in einer Säule von der Grenze des Weltalls bis zu ihr herunter auf ihr.

Sie sah sich auf dem Platz vor dem Hotel um und fragte sich, warum sich niemand sonst so zu fühlen schien. Vielleicht ließen sie es sich nur nicht anmerken. Vielleicht würde es ja besser, wenn sie sich daran gewöhnt hatte. Aber darauf wetten wollte sie nicht.

Sie saß auf einer steinernen Bank am Rand eines gepflasterten Platzes und hielt eine Coladose in der Hand. Hinter ihr ragte die imposante, über und über verzierte viktorianische Fassade des Taj-Mahal-Palace-Hotels in die Höhe, wo reiche Touristen in luxuriösen, klimatisierten Zimmern wohnten. Vor ihr stand ein wuchtiger Basaltklotz mit einem riesengroßen Torbogen in der Mitte. Bradley hatte ihr gesagt, es sei das Gateway of India, also das Tor Indiens. Dahinter schwappte das ölige Wasser im Hafen von Mumbai.

Auch der Himmel über ihr war grau – dunkle Wolken hingen wie schmutzige Wäsche an Leinen hoch über ihr.

Bradley hatte sie vor dem Wasser gewarnt. *Schwimm nicht darin*, hatte er gesagt. *Komm am besten überhaupt nicht damit in Berührung. Es ist das reine Abwasser.*

Aus diesem Grund führte sie diese virtuelle Unterhaltung mit Bradley – damit er ihr solche Informationen gab. Und natürlich, damit er ihr helfen konnte.

Auf dem Platz vor dem Tor wimmelte es von Menschen. Einige davon waren ausländische Touristen mit Rucksäcken, Kameras und Reiseführern. Es gab auch indische Touristen im Sari oder in weitem Leinenhemd und Hose und zwei, drei oder vier Kindern. Dann waren da ein paar Einheimische, die Getränke, billige Sonnenbrillen, Postkarten und Stadtpläne verkauften. Ein einziger Mensch dort – Bex – war ein Undercoveragent. Und keiner von all den Leuten schien sich darum zu kümmern, dass es so heiß war, dass man auf dem Straßenpflaster Spiegeleier hätte braten können.

Bex hatte lange in Amerika gelebt, zwischen Death Valley und Florida, und glaubte, sie wüsste alles über Hitze. Aber so etwas wie das hier hatte sie noch nie erlebt. Das hier war, wie ihre Computerspielfreunde es ausdrücken würden, ein höheres Level als ihre früheren Erfahrungen.

Apropos Computerspielfreunde … Genervt klopfte sie erneut auf das Headset. Für alle anderen sah es so aus, als würde sie nur telefonieren. Was sie im Grunde ja auch tat.

»Bradley? Bist du da? Was ist los?«

Sie versuchte gar nicht, zu verbergen, dass sie ins Leere redete – heutzutage wusste man auf der ganzen Welt, was Bluetooth und Wifi ist, es fiel also nicht weiter auf.

Einen Augenblick lang hörte sie nur statisches Hintergrundrauschen, doch dann fragte eine Stimme vorsichtig: »Hallo?«

»Bradley?«, fragte sie zurück. Das klang nicht nach ihm.

»Nein, mein Name ist Kieron.«

Sie runzelte die Stirn. Sie und Bradley hatten noch nie irgendwelche Störungen in ihrer Leitung gehabt, allerdings kannte sie sich mit der Technologie nicht so gut aus und vermutete daher, dass es wohl für alles ein erstes Mal gab.

»Tut mir leid«, sagte sie deshalb höflich, »ich fürchte, unsere Leitungen haben sich überschnitten. Könnten Sie bitte Ihren Anruf beenden und erneut wählen? Ich mache es genauso.«

»Warten Sie!«, rief die Stimme eines Jungen in ihrem Ohr aufgeregt. »Ich muss Sie etwas fragen. Sehen Sie gerade auf einen riesigen Bogen aus Stein oder so?«

»J-ja.«

»Und Sie haben eine Dose Cola in der Hand?«

»Ja.«

»Das ist kein Spiel oder so?«

»Nein. Soll das heißen, du kannst den Bogen und die Dose auch sehen?«

Das war ganz und gar nicht in Ordnung. Irgendwie war dieser Kieron in die verschlüsselte Kommunikation zwischen ihr und Bradley geraten. Vielleicht hatte er sie gehackt. Instinktiv fuhr ihre Hand zu ihrer Sonnenbrille. Sie tat so, als würde sie sie auf ihrer Nase hochschieben, deckte dabei aber die beiden Minikameras an den Seiten ab, die ganz vorne auf den Bügeln saßen.

»He!«, sagte die Stimme. »Was ist passiert? Es ist plötzlich ganz dunkel geworden.«

Also sah er tatsächlich das, was sie sah. Das war wirklich nicht in Ordnung. Sie musste es ihren Auftraggebern bei SIS-TERR erzählen, dem Secret-Intelligence-Service-Terrorist-Technology-Enhanced-Remote-Reinforcement-Team. Aber zuerst musste sie herausfinden, was mit Bradley los war. Vielleicht versuchte er, auf einer anderen Leitung zu ihr durchzukommen, und stellte fest, dass besetzt war. Das hoffte sie jedenfalls.

Bevor es zu auffällig wurde, ließ sie die Hände sinken.

»Tragen Sie so eine Kamera, wie sie manchmal die Radfahrer auf den Helmen haben?«, fragte der Junge.

»So etwas in der Art, ja«, antwortete sie ausweichend. »Hör zu, Junge, du musst jetzt auflegen, ja?« Sie versuchte zu klingen wie eine Stewardess, die einem Passagier sagt, dass er keinen Wein mehr bekommen kann. »Das ist eine gesicherte Verbindung. Du könntest Schwierigkeiten bekommen.«

»Ich glaube, die Schwierigkeiten sind schon da«, erwiderte die Stimme. Er klang jung. Vielleicht war er noch ein Kind. Nicht dass sie selbst viel älter als zwanzig war, aber sie fühlte sich älter. In den letzten Jahren hatte sie eine Menge durchgemacht, auch wenn das meiste davon Training und Simulationen gewesen waren.

»Wie meinst du das?«

»Dieser Typ … er wurde entführt. Und das Zeug hier hat er liegen gelassen. Ich benutze es gerade, um mit Ihnen zu reden.«

Bex fühlte sich, als hätte man ihr einen Eimer kaltes Wasser über den Kopf gegossen. Es war wie eine eiskalte Dusche. Einen Augenblick lang zitterte sie, doch dann hüllte sie die Luft von Mumbai wieder ein wie eine warme, nasse Decke.

»Was für ein Typ?«, fragte sie eindringlich. »Wie hat er … ich meine, wie sieht er aus, der Mann, von dem du redest?«

Am anderen Ende entstand eine kurze Pause, dann sagte der Junge, der sich Kieron nannte: »Anfang dreißig, langes blondes Haar und Bart. Ich hätte schwören können, er trug eine dicke Brille, aber ich sehe gerade hindurch und es ist nur Fensterglas. Das ist überhaupt keine Lesebrille. Angezogen wie ein Hipster-Dad – Stoffhose und gebügeltes Hemd.«

»Du hast seine Brille und sein Headset?«, erkundigte sich Bex.

»Ja, sag ich doch.«

Das wurde ja mit jeder Sekunde schlimmer.

»Und wo bist du jetzt gerade genau?«

»Im Untergeschoss eines Einkaufszentrums in Newcastle.«

Newcastle. Ein unangenehmes Gefühl breitete sich in ihrem Magen aus. Von dort aus hatte Bradley operiert. Es gab eine Verbindung zwischen dieser Stadt und ihrer Mission in Indien, wenn sie auch noch nicht genau wussten, worin diese Verbindung bestand. Es war Bradleys Aufgabe gewesen, diese Verbindung zu untersuchen, wenn er nicht gerade Bex aushalf.

»Erzähl mir genau, was passiert ist.«

»Er hat einfach nur dagesessen, als zwei Männer gekommen sind und ihn gepackt haben. Sie haben ihn weggeschleift, runter ins Parkhaus. Da haben sie ihn in einen Lieferwagen gesteckt und sind weggefahren.«

Seine Stimme wurde immer höher, als ob er die Geschehnisse und den Schock, den sie ausgelöst hatten, erneut durchlebte. Bex war ausgebildet worden, unvoreingenommen zuzuhören und in Stimmen Emotionen und verborgene Bedeutungen zu entdecken, doch im Augenblick war sie ebenso geschockt wie dieser Kieron.

»Und er hat seine Sachen einfach so auf dem Tisch liegen lassen?« Sie konnte kaum glauben, was sie da hörte.

»Sie sind runtergefallen«, erklärte der Junge abwehrend. »Ich habe sie nur aufgehoben und ausprobiert. Und da habe ich festgestellt, dass ich irgendwie so ein superscharfes 3D-Bild sehen konnte, das auf die Gläser projiziert wird. Jetzt kann ich also sowohl sehen, was *hier* passiert, als auch, was *da drüben* vor sich geht. Das ist echt eine irre Technik.«

»Was ist mit dem Wachpersonal? Hat denn niemand versucht, sie aufzuhalten?«

»Niemand hat es bemerkt.«

Bex glaubte, eine Stimme zu hören, die sagte: »Oder es war allen egal!« Einen Moment lang glaubte sie, dass der Sprecher neben ihr stand, doch dann wurde ihr klar, dass sie aus ihrem Headset kam. Es war die Stimme eines weiteren Jungen. Kieron hatte also Freunde. Oder zumindest einen Freund.

Sie holte tief Luft und spürte einen Anflug von Panik, den sie nicht recht in den Griff bekam. Es fühlte sich an, als hätte sie versehentlich einen Schmetterling verschluckt.

Sie war sich nicht ganz sicher, was sie eigentlich sagen wollte, aber noch bevor sie den Mund aufmachen konnte, fragte der Junge: »Soll ich jetzt zur Polizei gehen oder so?«

»Nein«, antwortete sie schnell. Das war keine gute Idee. Darum sollte sich lieber SIS-TERR kümmern als die Polizei.

Sie musste nachdenken. Um sich herum nahm sie die Touristen und die Straßenverkäufer mit ihren Stadtplänen und Geschenkartikeln wahr, ohne sie wirklich zu sehen. Abwesend schweifte ihr Blick über sie hinweg, während sie fieberhaft nachdachte. Das Problem war, dass es eine Weile dauern würde, zu SIS-TERR durchzukommen und den Leuten dort zu erzählen, was passiert war. Und dann würde es noch länger dauern, bis sie ihr einen anderen Verbindungsmann zuweisen würden – vermutlich einen, den sie noch nie zuvor gesehen hatte – und die Mission weiterlaufen konnte. Und bis dahin hätte sie höchstwahrscheinlich gar keine Mission mehr.

Ihr war schlecht. Sie und Bradley waren unabhängige Agenten, die unter streng geheimen Verträgen für den Secret Intelligence Service arbeiteten. Bislang hatten sie jede Mission, die man ihnen zugeteilt hatte, erfolgreich abgeschlossen, aber wenn sie diese hier nicht hinbekamen, bestand die Gefahr, dass sie nie wieder einen Vertrag bekommen würden.

»Sind Sie sicher, dass das kein Spiel ist?«, fragte Kieron plötzlich.

»Das ist definitiv kein Spiel.« Bex glaubte, etwas Merkwürdiges in seiner Stimme zu hören, trotz der vielen tausend Meilen, die zwischen ihnen lagen. »Warum fragst du?«

»Weil oben am Bildrand auf einmal ein kleines rotes Kästchen auftaucht. Da steht: Sicherheitshinweis: Bedrohung erkannt.«

Jemand hatte die eiskalte Dusche wieder angestellt.

»Wo? Sag mir das!«

»Also«, antwortete Kieron, »das wird mir jetzt zu schräg. Echt. Ich geb das Zeug einfach da drüben am Infostand vom Einkaufszentrum ab – falls da jemand ist – und dann hat sich die Sache, einverstanden? Dann können Sie den Kram von Ihrem Freund da abholen.«

Bex' Blick glitt forschend über den freien Platz vor ihr, blieb an manchen Gesichtern einen Moment lang hängen und überprüfte dann die Körpersprache, und suchte nach etwas Bekanntem oder etwas, das »Gefahr!« schrie. Doch ihr fiel nichts Besonderes auf.

»Nein, warte, Kieron – du heißt doch Kieron, oder? Sag mir: Führt von einer Ecke des Kastens eine dünne gelbe Linie irgendwohin?«

»Ja. Sie deutet auf einen Mann.«

»Beschreib ihn mir.«

»Mittelgroß, sieht wie ein Inder aus. Er steht mit dem Rücken zum Torbogen und starrt über Ihre linke Schulter. Er hat eine Kamera in der Hand, eine von diesen altmodischen Kästen mit so großen Objektiven. Kein Smartphone oder Tablet. Wenn er sich bewegt, bewegt sich die Box mit ihm.«

Seine Beschreibung war perfekt. Schnell hatte sie einen Mann identifiziert, den er gemeint haben musste.

»Dünner Schnurrbart? Koteletten? Blaues Hemd?«

»Ja.« Er hielt inne. »Wer ist das? Und warum bezeichnet dieses Ding ihn als Bedrohung?«

»Sag du es mir«, verlangte sie.

»Keine Ahnung!«

»OK, hör mir zu. Das ist wichtig. Heb die rechte Hand und tippe in die Luft, da, wo die rote Box aufgetaucht ist.«

Nach einer Pause hörte sie: »Oh wow! Das Ding kann nicht nur Gesichter, sondern auch Gesten erkennen? Was für einen Prozessor hat das Teil denn?«

»Konzentrier dich! Was siehst du jetzt?«

»Es ist noch eine Box aufgetaucht. Da drin steht: »Shakeer Saryadhi – Agent des indischen Antiterrorzentrums«. Und da drunter steht: ›Mögliche Gefahr – Überwachung‹.«

Es handelte sich wahrscheinlich nicht um eine Bedrohung für die Mission, dachte Bex und entspannte sich ein wenig. Das Gateway of India war ein berühmtes Wahrzeichen in Mumbai. Es war mehr als wahrscheinlich, dass die größte Antiterrororganisation von Indien den Ort im Auge behielt: Laschkar-e-Taiba, eine Terrorgruppe aus Pakistan, war immer noch aktiv und die Beziehungen zwischen Indien und Pakistan waren alles andere als stabil. Wenn es sich hier um eine Überwachungsoperation handelte, dann richtete die sich bestimmt nicht gegen sie. Das indische Antiterrorzentrum wusste nichts von ihrer Anwesenheit.

»He«, meldete sich Kieron wieder, »das Ding ist ja wie Wikipedia! Ich kann einzelne Worte anklicken und bekomme weitere Informationen dazu. Sie sind in Mumbai? In Indien?«, fragte er dann.

»Ja.«

»Und dieses Ding hier kommuniziert über Satellit? Ohne Verzögerung? Toll.«

Er klang intelligent.

»Kieron, sei bitte mal einen Augenblick still. Ich muss nachdenken.«

Sie glaubte zu hören, wie er sich leise mit seinem Freund unterhielt, doch sie konzentrierte sich auf die Fakten, ihr Hirn arbeitete sich durch mögliche Annahmen, Spekulationen, Voraussagen, Möglichkeiten und Vorgehensweisen. Okay. Fakt eins: Ihr Verbindungsmann Bradley war von irgendwelchen bösen Jungs gekidnappt worden. Dieser Fakt gründete sich natürlich auf Annahme eins, nämlich, dass dieser Kieron tatsächlich vor Ort war und ihr die Wahrheit darüber erzählte, was passiert war. Fakt eins führte weiterhin zur Spekulation eins: dass Bradleys Entführung irgendwie mit ihrer gemeinsamen Mission zu tun hatte, warum sollte man ihn sonst dort in einem Einkaufszentrum entführen? Dies führte sie zur Voraussage eins: Bradleys Entführer würden, sobald sie merkten, dass er seine Brille und sein Headset nicht hatte, zurückkommen und das Equipment suchen. Die dafür verwendete Computertechnologie – bekannt als erweiterte Realität oder AR, für Augmented Reality – war neu und geheim und basierte auf AR-Geräten wie Google Glass, Oculus Rift und HTC Vive, war aber weiter entwickelt als diese kommerziellen Geräte. Aber in der Geheimdienst- wie in der Terroristenszene verbreiten sich Gerüchte schnell. Diese bösen Jungs wussten bestimmt, dass er irgendwie mit ihr kommunizierte. Sie würden versuchen, die Ausrüstung in die Finger zu bekommen.

»Kieron«, mahnte sie eindringlich. »Ihr müsst von da weg, wo ihr seid. Die Leute, die meinen … Freund entführt haben, kommen vielleicht zurück und suchen nach dem Equipment, das ihr gefunden habt.«

»Wir sind schon unterwegs«, beruhigte sie Kieron. »Sam hat vorgeschlagen, dass wir uns einen ruhigeren Ort suchen. Wir sind gerade auf dem Weg dorthin.«

»Gute Idee.«

Sam, das musste sein Freund sein.

Die Hitze, die von der steinernen Bank ausging, auf der sie saß, ließ ihre Beine jucken. Sie stellte die Coladose ab und versuchte, eine bequemere Stellung zu finden. Während sie nachdachte, ließ sie den Blick über die Szene vor sich gleiten, nahm die verschiedenen Eindrücke und Geräusche ihrer Umgebung in sich auf: die Touristen, die Einheimischen, die Boote und die großartige Architektur. An einem Mann, der ein wenig abseits stand, blieb ihr Blick hängen: schwarzes Haar und sauber gestutzter Bart. Er trug einen dreiteiligen Nadelstreifenanzug, der bei der Hitze unangebracht schien. Vielleicht war es ein Geschäftsmann auf dem Weg zu einem Treffen. Er schien zu spüren, dass er beobachtet wurde, und drehte sich zu ihr um. Bex lächelte ihn an und sah dann weg.

Spekulation zwei: Die Kerle würden Bradley leben lassen, solange sie nach seinen Kommunikationsgeräten suchten, mit deren Hilfe sie sie finden wollten. Das war natürlich kein Fakt, sondern wirklich nur eine Spekulation, aber sie musste daran glauben, dass sie ihn am Leben lassen würden, um nicht zu verzweifeln.

Damit hatte sie zwei Optionen – sie konnte versuchen, die Mission allein weiterzuführen und gleichzeitig dafür zu sorgen, dass Kieron nicht in Gefahr geriet und die Ausrüstung nicht in Feindeshand fiel, oder sie konnte die Mission stoppen und SIS-TERR von den Ereignissen unterrichten.

Fakt zwei: Bei ihrer Mission in Mumbai, die eigentlich

Bradley als ihr Einsatzleiter in Newcastle leiten sollte, war Zeit ein wichtiger Faktor. Daraus folgte Vorhersage zwei: Wenn sie die Mission unterbrach, um Hilfe von SIS-TERR zu erbitten, würden sich die Dinge hier schnell zuspitzen. Sie lief Gefahr, ihren Vertrag zu verlieren und damit alle weitere Arbeit.

Es war klar, was sie tun musste. Sie konnte nicht allein weitermachen, ohne Partner, und sie konnte auch nicht diesen Jungen Kieron mit in die Sache hineinziehen. Sie musste SIS-TERR benachrichtigen, damit sie die Mission abblasen konnten.

Sie wollte Kieron gerade sagen, dass er gehen konnte und die Geräte, wie er vorgeschlagen hatte, am Informationsschalter abgeben sollte, als er sich wieder meldete.

»Ich habe etwas vergessen – ich habe mir das Kennzeichen des Wagens aufgeschrieben, in dem sie Ihren Freund weggebracht haben.«

Das war etwas, was sie an die Zentrale weitergeben konnte.

»Gute Arbeit«, lobte sie. »Wenn du deine rechte Hand hebst, siehst du dann einen blauen Knopf vor dir?«

»Ja.«

»Er ist zwar nicht wirklich da, aber tu so, als ob du ihn drücken würdest.«

»Da ist ein leeres Kästchen aufgetaucht. Oh, und eine virtuelle Tastatur darunter.«

»Gib das Kennzeichen mit dem virtuellen Keyboard ein oder sag ›Spracheingabe ein‹ und sprich ins Mikrofon. Es ist sehr empfindlich, es reagiert auf ein Flüstern.«

»Okay.« Bex hielt den Atem an, bis er sagte: »Also, ich habe es eingegeben. Da ist ein kleines gehirnartiges Symbol, das wahrscheinlich bedeutet, dass die Information bearbeitet wird. Was ist das eigentlich – ein Chip der achten Generation oder so?«

»Mach dir darüber jetzt mal keine Gedanken.«

Wieder hörte Bex die andere Stimme im Hintergrund und Kieron fragte: »Sam will wissen, wie es geht, dass der Chip kühl bleibt. Oh Moment, das Symbol ist weg und da steht jetzt: *Mitsubishi Delica Stargazer, Besitzer: Three Cornered Square Communications Ltd.* Hilft das weiter?«

»Nicht wirklich«, antwortete Bex. In ihrem Bauch lag plötzlich ein Bleiklumpen, der vor ein paar Sekunden noch nicht da gewesen war. Dummerweise kannte sie den Namen *Three Cornered Square Communications Ltd.* Es war eine Briefkastenfirma, die zu SIS-TERR gehörte. Auf diese Weise konnte die Organisation Fahrzeuge zulassen, Immobilien registrieren und Gehälter zahlen, ohne dass man es zu ihnen zurückverfolgen konnte. Allerdings hatte sie dieselbe Gesellschaft auch schon in streng geheimen Buchhaltungslisten auftauchen sehen.

Bradley war von SIS-TERR entführt worden. Oder von jemandem, der für SIS-TERR arbeitete. Nur ergab das überhaupt keinen Sinn.

Vielleicht wollten die Männer es so aussehen lassen, als wäre Bradley von seinen eigenen Auftraggebern entführt worden, um Bex zu verunsichern und auf eine falsche Fährte zu führen. Vielleicht war er auch ein Verräter, ein Doppelagent, der angeblich für SIS-TERR arbeitete, in Wahrheit aber zu den Terroristen gehörte oder für eine feindliche Regierung arbeitete. Eine ganze Reihe von Annahmen und Spekulationen breitete sich vor ihr aus, aber darüber wollte sie jetzt gar nicht nachdenken. Sicher war nur, dass es momentan keine Option war, SIS-TERR zu informieren.

Aber sie hatte keine Unterstützung, niemanden, der ihr helfen konnte.

Vor Schreck blieb Bex einfach sitzen und spürte, wie Verzweiflung sie zu übermannen drohte und sie daran hinderte, klar zu denken.

»Wie heißen Sie?«, fragte der Junge in Newcastle. Er klang ein wenig besorgt.

»Bex«, antwortete sie automatisch. »Kurzform für Rebecca.«

»Und was sind Sie? Eine Geheimagentin auf einer Mission in Indien?«

»So etwas in der Art.«

»Und dieser Bradley, der entführt wurde, der hat auf Sie aufgepasst – Ihnen Informationen geliefert, analysiert und Bedrohungen identifiziert, während Sie die Touristin gespielt haben?«

»Das ist ziemlich korrekt.«

»Und jetzt, wo er weg ist, sind Sie auf sich gestellt und wissen nicht, wem sie trauen können?«

»Genau«, gab sie mit einem traurigen Lächeln zu. »Du denkst ziemlich analytisch, Kieron.«

»Ich lese viel. Oh, und ich lerne programmieren, und dabei geht es darum, ein Problem in eine Reihe von Schritten aufzulösen und diese einzeln anzugehen.«

Bex begann, sich für diesen Jungen verantwortlich zu fühlen. Er war in etwas hineingeraten, was weit größer war als alles, womit er sonst zu tun hatte, und sie wollte ihn vor allen Gefahren bewahren, die ihm möglicherweise drohten.

»Seid ihr woanders hingegangen, Kieron? Wo seid ihr jetzt?«

»Wir sind im Einkaufszentrum in eine Milchbar zwei

Stockwerke höher gegangen.« Nach einer kurzen Pause fügte er hinzu: »Ich habe ein ›Super-Salted-Caramel‹-Milchshake und Sam ein ›Very-Berry-Explosion‹.«

Plötzlich und unerwartet spürte Bex ein Schluchzen aufsteigen. Das alles klang so normal, so alltäglich. Auch Bradley tat das, wenn er mit ihr sprach. Er erzählte ihr, was er aß, oder kommentierte im Vorübergehen, was die Leute in seiner Umgebung taten. Und er erzählte, dass es in der Nähe ein Café gab, das den besten Lassi verkaufte – oder welches Getränk in der Gegend, in der sie sich befand, eben so üblich war – oder dass irgendeine Berühmtheit genau da gestanden hatte, wo sie gerade war. Er übermittelte ihr solche Details, die er durch den Computer in seiner Brille bekam. Es entspannte sie und verhinderte, dass sie sich zu sehr auf die Details der Mission konzentrierte. So war er eben. Er tat so etwas. Zumindest hatte er es getan.

»Wie alt bist du, Kieron?«, fragte sie plötzlich.

»Alt genug«, antwortete er ausweichend.

»Welche Haarfarbe hast du?«

»Warum?«

»Weil ich euch Kids alles Mögliche erzähle, was ich besser für mich behalten sollte, und feststelle, dass ich keine Ahnung habe, wie ihr ausseht. Groß oder klein? Sportlich oder eher Geeks?«

Nach einer kleinen Pause sagte er ein wenig nervös: »Ich bin fast eins achtzig groß, habe schwarze Haare und meine Haut sieht aus, als wäre ich gerade im Urlaub gewesen. Bin ich aber nicht – mein Vater stammt aus Mauritius. Das ist aber das Einzige an mir, was nach Mauritius aussieht – in allem anderen komme ich nach meiner Mutter. Ich betrachte mich als Greeb, aber dem Aussehen nach könnte man mich auch für einen Emo oder Goth halten.«

»Wo ist da der Unterschied?«

»Goths haben eine Vorliebe für die dunkle Seite des Lebens, sind aber normalerweise nicht depressiv oder selbstmörderisch veranlagt. Die kleiden sich hauptsächlich schwarz, die Mädchen auch in Lila. Emos sind sehr sensibel und depressiv – sie überreagieren bei allem heftig und versuchen, damit fertig zu werden, indem sie sich selbst verletzen oder sich in ihr Zimmer einschließen, zusammenrollen und laute Musik hören. Greebs lehnen jede Art von Mode oder Trend ab. Das ist der Unterschied zwischen uns, Emos und Goths. Emo oder Goth zu sein, ist Modesache.« Er schien kurz nachzudenken. »Der natürliche Feind von Greebs, Emos und Goths ist der Chav. Chavs sind die Typen, die ihre Trainingshosen in die Socken stopfen, dazu tragen sie neue weiße Turnschuhe und Baseballcaps. Außerdem haben sie jede Menge Bling-Bling an Hals, Handgelenken und Fingern.«

»Klingt nach sehr festen Regeln«, lächelte Bex.

»Stimmt«, bestätigte Kieron leise. »Aber das ist im Augenblick nicht so wichtig. Gerade habe ich einen von den beiden blonden Kerlen wiedergesehen. Wir sitzen in der Milchbar am Fenster im zweiten Stock des Einkaufszentrums und sehen auf die Fast-Food-Läden runter. Wir können unseren Tisch sehen und den, an dem Ihr Freund gesessen hat. Der Kerl ist zurückgekommen und sieht sich um, als hätte er etwas verloren.« Nach einer Pause fuhr er fort: »Jetzt geht er zum nächsten Mülleimer. Er macht den Deckel auf und schaut rein. Wahrscheinlich glaubt er, dass einer vom Personal den Tisch abgeräumt und alles weggeworfen hat.«

»Er darf nicht sehen, dass ihr ihn beobachtet«, warnte ihn Bex.

»Wird er nicht. Wir sind zwei Stockwerke höher und ein Fenster liegt zwischen uns. Hier sind noch vier andere Leute, die am Fenster sitzen und runterschauen. Wir fallen hier nicht auf.«

»Er wird euch bemerken«, versicherte Bex. »Er ist wahrscheinlich dazu ausgebildet, alles in seiner Umgebung zu bemerken.«

»Uns nicht«, widersprach Kieron. Er klang zornig und enttäuscht. »Niemand achtet auf Kids wie uns. Für alle außer Chavs und alte Leute sind wir unsichtbar.«

»Was passiert jetzt gerade?«

»Er redet mit einem vom Personal. Sieht aus, als würde er sich aufregen. Okay, jetzt hat sich der Kellner weggedreht und will gehen. Der Kerl hat ihn an der Schulter gepackt und zurückgehalten. Jetzt hebt er die Hände, wie um sich zu entschuldigen, und zieht eine Brieftasche aus der Jacke. Sieht aus, als wollte er ihm Geld anbieten. Aber der Mann macht einen Schritt zurück und schüttelt den Kopf.«

Bex konnte sich die Geschehnisse vorstellen, als wäre sie selbst dabei. Kieron konnte gut reden.

»Weißt du noch, wie du an die Informationen über den Kerl hier in Mumbai gekommen bist?«

»Ja.«

»Versuch mal das Gleiche bei dem Mann, den du jetzt beobachtest. Heb die Hand, bis du deinen Zeigefinger vor seinem Gesicht siehst, und tu so, als würdest du zweimal auf eine Tastatur tippen.«

»Okay, ich … Wow! Ich kann also nicht nur Infos über das bekommen, was Sie sehen, sondern auch über das, was ich sehe?«

»Was passiert?«

»Sein Gesicht wird von einer gelben Linie umrahmt und

das Gehirnzeichen ist wieder aufgeleuchtet. Der Kerl ist jetzt zwar außer Sichtweite, aber jetzt ist eine Textbox aufgetaucht. Aber die hier ist blau, nicht gelb wie die letzte.«

»Was steht da?«

»*Suche nach bekannten Terroristen.* Oh nein, jetzt hat es gewechselt zu *Suche nach bekannten Verbündeten von Terroristen.* Jetzt ist es weg und da steht: *Suche nach bekannten Kriminellen.* Aha, jetzt hat es etwas gefunden. *Identifiziert als Kyle Renner. Britischer Staatsbürger, Alter 23. Verhaftungen wegen schwerer Körperverletzung und Raubüberfall. Verbindungen zur rechtsgerichteten Gruppierung Blut und Boden.* Da stehen eine Referenznummer und eine Reihe von Links. Wow, der Typ ist echt gefährlich.« Er hielt inne und sagte dann: »Das Ding hat nicht nur einfach Internetzugang, oder? Das ist nicht nur Wikipedia. Das durchsucht auch die Regierungsseiten – geheime Datenbanken.«

Bex wollte das Gerät nicht zu interessant aussehen lassen, damit Kieron nicht damit durchbrannte, daher schwieg sie. Sie wünschte sich, dass sie selbst auf die Informationen zugreifen könnte, die er zur Verfügung hatte, um ihn sofort zu überprüfen. Das Problem war nur, dass die Agenten im Feld das nicht durften, nur ihre Einsatzleiter. Das lag zum Teil daran, dass die Agenten undercover waren und an die Informationen kommen mussten, ohne in aller Öffentlichkeit mit den Armen zu wedeln. Und damit die geheimen Informationen nicht in die Hände von falschen Leuten gerieten. Der Agent vor Ort, der Einsatzleiter irgendwo in Sicherheit. Das war die Regel.

»Sagen wir, es hat Zugriff auf eine Menge Daten, die sonst nicht so einfach verfügbar sind.«

»Ich weiß – ich habe mir gerade den Plan für das Einkaufszentrum geholt, indem ich mit den Händen gewedelt und wild in die Luft geklickt habe. Auch die Alarmanlagen – wo die Sicherheitskästen sind, wo die Kabel entlanggeführt werden und mit welchen Codes man sie abschaltet. Das Ding ist unglaublich. He, Moment, jetzt habe ich auch die Personalakten über die Angestellten!« Plötzlich klang seine Stimme gedämpft, als spräche er zu seinem Freund – Sam. »Der Security-Mann wurde offenbar unehrenhaft aus der Armee entlassen, weil er eine Pistole und Munition gestohlen hat. Und er nimmt Medikamente gegen Stress – etwas, was sich Propranolol nennt.«

Bex hörte Sam im Hintergrund sagen: »Verdammt! Das ist ein Beta-Blocker. Das hätte er seinen Vorgesetzten gegenüber nie zugegeben.«

»Nein«, bestätigte Kieron. »Ich habe einen Link angeklickt und Zugang zu seinen medizinischen Akten bekommen. Greift das Ding auch auf das Deep Web zu? Todsicher. Und auf die Computersysteme anderer Länder? Das ist krass!«

»Wahrscheinlich. Was uns angeht, ist es nur ein Werkzeug.« Sie dachte einen Moment lang nach. »Was macht dieser Kyle Renner jetzt?«

»Er spricht mit dem Security-Mann, der hier seine Runden dreht. Sieht aus, als hätte er aus seiner Begegnung mit dem Kellner gelernt. Er ist jetzt wesentlich ruhiger. Er bietet dem Wachmann Geld an. Und jetzt gehen sie zusammen weg.«

»Das ist schlecht«, sagte Bex, ohne zu überlegen.

»Warum?«, fragte Kieron nervös. Bex konnte doch nicht ihn dafür verantwortlich machen.

»Wenn ich Renner wäre und wüsste, dass etwas Wichtiges von einem öffentlichen Ort verschwunden ist und dass es nicht einfach weggeräumt wurde, dann würde ich als Nächstes versuchen, die Überwachungskameras zu überprüfen.«

»Das wird ihm aber nicht viel nutzen«, spottete Kieron.

»Warum nicht?«

»Weil jemand die alle umgedreht hat, damit sie den Tisch, an dem Ihr Freund gesessen hat, nicht mehr filmen können.«

Bex lachte erleichtert auf. Dass der Junge so aufmerksam war, beeindruckte sie.

»Du hast recht. Da stehen sie vor einer intellektuellen Herausforderung.«

»Soll das heißen, dass wir in Sicherheit sind?«

»Wahrscheinlich. Für den Moment jedenfalls.«

Da die Bedrohung im Einkaufszentrum fürs Erste abgewendet war, widmete sich Bex wieder ihrer eigenen Situation. Was konnte sie tun?

»Ich will Sie ja nicht beunruhigen«, meldete sich Kieron plötzlich, »aber auf Ihrem Bildschirm ist gerade ein neues Fenster aufgetaucht.«

Er klang, als hätte er den Mund voller Eis.

»Welche Farbe hat es?«

»Grün.«

»Das hat mit meiner Mission zu tun.« Sie sah sich auf dem Platz um wie ein normaler Tourist. Es schien sich nichts verändert zu haben: Die Leute liefen immer noch vor dem Gateway of India herum, machten Selfies und waren beeindruckt. »Wohin zeigt es?«

»Rechts von Ihnen steht ein Mann in einem Anzug. Dunkelhäutig, oben schon kahl, aber ansonsten mit langem Haar, das ihm über den Kragen fällt. Mittleres Alter.«

Sie konnte den Mann sehen. Er stand still und sah sich

um, als erwarte er jemanden. Er hatte eine Aktentasche an die Brust gedrückt. Einheimische Verkäufer und Touristenführer auf der Suche nach Kunden gingen erwartungsvoll auf ihn zu, doch er winkte sie nur weg.

»Was sagt das System über ihn?«

»Es sagt: *Zielperson Eins identifiziert – Fahim Mahmoud, stellvertretener Direktor der pakistanischen Atomenergiekommission.* Was ist denn los mit ihm?«

»Kann ich dir nicht sagen«, erwiderte sie. »Streng geheim.«

»Egal«, erklärte Kieron selbstzufrieden. »Ich habe ein Untermenü geöffnet. Er soll jemanden treffen, dem er Informationen über das Atomprogramm übergeben soll, richtig? Aus Anrufen, die die amerikanische NSA an Großbritannien weitergegeben hat, wissen Sie, dass er Geheimnisse verkauft, aber nicht, an wen und für was. Also wollen Sie herausfinden, wen er hier treffen will. Vermutlich Terroristen.«

»Das kann ich weder bestätigen noch abstreiten«, erklärte Bex steif, doch innerlich musste sie den Jungen, den sie noch nie getroffen hatte, ein wenig bewundern.

»Oh, interessant!«, fügte Kieron hinzu. »Die abgefangenen Telefongespräche waren gar nicht zwischen diesem Kerl und seinem potenziellen Kunden, sondern zwischen zwei Telefonnummern, die man nicht zurückverfolgen konnte. Aber darin wurden der Mann und dieses Treffen erwähnt. Und alles, was ihr darüber herausfinden konntet, wer da gesprochen hat, war, dass eine der Nummern aus der Nähe von Newcastle kam«

»Wie gesagt«, sagte Bex, »das ist reine Spekulation deinerseits. Ich werde das nicht kommentieren.«

»Aber das steht doch hier!«

In diesem Moment kam jemand auf Mahmoud zu: Ein junger Inder mit Pockennarben auf den Wangen. In der Hand hielt er einen Rucksack.

Die beiden Männer schüttelten sich die Hände.

»Kann das System den zweiten Mann identifizieren?«, fragte sie. Im gleichen Augenblick drehte sich der Mann mit dem Rucksack um, um die Umgebung abzusuchen. Damit sie seinem Blick nicht begegnete und seinen Verdacht erregte, wandte Bex sich ab und sah zur reichverzierten Fassade des Taj-Mahal-Palace-Hotels hinauf. Sie ließ den Blick darüber schweifen und zählte bis zwanzig.

»Das System kennt ihn nicht«, berichtete Kieron schnell, »aber Sie haben ein größeres Problem.«

»Welches?«

»Gerade ist ein roter Kasten aufgetaucht. Mit einer Linie, die auf das Dach des Hotels deutet.«

»Und was steht da?«

»Oh Gott! Verschwinden Sie da! Da steht: *Gefahr! Reflexion von einem Zielfernrohr entdeckt. Schussbereiter Scharfschütze entdeckt.*«

Bex erste Reaktion war der Drang, das Dach des Hotels hinter sich abzusuchen, doch sie unterdrückte ihn, da sie sich so dem Scharfschützen sofort verraten würde. Stattdessen hob sie die Kamera, als wolle sie ein Foto machen. Sie hielt sie nach unten gerichtet und sah darüber hinweg nach oben.

Das Dach des Hotels bestand aus einer Mischung aus roten Ziegeln, kleinen weißen Türmchen und drei großen roten Kuppeln – eine an jedem Ende und eine in der Mitte. Es gab eine Menge zu sehen und keinen direkten Hinweis darauf, wo sich der Scharfschütze möglicherweise versteckt hielt.

»Ruf einen Zeiger auf«, sagte sie leise zu dem Jungen am anderen Ende des AR-Gerätes und hielt die Kamera vor ihren Mund, damit niemand sah, wie sich ihre Lippen bewegten.

»Sehen Sie die mittlere Kuppel?«

»Die ist nicht zu übersehen.«

»Rechts davon – etwa sieben Meter.«

Sie ließ den Blick von der Kuppel nach rechts schweifen, hielt die Kamera jedoch weiter auf einen Punkt gerichtet. Tatsächlich! Da war eine schwarze Gestalt im Schatten eines der weißen Türme. Es war der einzige Makel in der perfekten Zuckerbäckerfassade des Hotels, wie eine Fliege auf dem Zuckerguss.

»Hab ihn. Zu weit weg, als dass ich etwas unternehmen könnte.« Sie ließ die Kamera sinken und sah zu Mahmud, der dem Inder zögernd die Hand reichte. Als er sie losließ, sagte dieser etwas. Der Pakistani nickte und hielt die Aktentasche hoch. Der Inder nickte ebenfalls und nahm den Rucksack von der Schulter.

Es sah aus, als würde gleich der Austausch vonstattengehen: pakistanische Geheimdokumente über Nuklearwaffen gegen Bargeld. Bex' Instruktionen lauteten, zu beobachten, sich aber nicht einzumischen, und der Person zu folgen, die die Dokumente übernahm. Mahmoud war dem MI6 bekannt, der Käufer nicht. Ihre Aufgabe war es, ihm zu dem Ort zu folgen, den er als Basis benutzte, und ihn möglichst zu identifizieren. Das Problem war nur, dass die unerwartete Anwesenheit des Scharfschützen die Aufgabe erschwerte. Wollte er Mahmoud töten oder den Inder? Oder sollte er nur beobachten und jeden töten, der versuchte, den Austausch zu verhindern?

Oder er wollte sie töten, dachte Bex schaudernd.

Zwischen ihren Schulterblättern kribbelte es, als hätte sie ein Fadenkreuz auf dem fünften Brustwirbel.

Wenn sie sich bewegte, wenn sie versuchte, sich zu verstecken oder zu ducken oder aus dem Weg zu hechten, würden die beiden Männer, die da Geheimdokumente austauschten, sofort wissen, dass etwas nicht stimmte, und die Flucht ergreifen. Also musste sie sie einfach stehen bleiben, obwohl sie sich fühlte, als würde eine Spinne über ihren Rücken krabbeln, und so tun, als sei alles in Ordnung.

»Drehen Sie sich um!«, rief der Junge am anderen Ende des AR-Geräts panisch. »Ich kann den Scharfschützen nicht mehr sehen!«

»Es gibt Wichtigeres«, antwortete sie leise. »Ich muss meinen Job machen.«

Als Mahmoud mit einer Hand den Rucksack nahm und die Aktentasche mit der anderen übergeben wollte, schien der Rucksack plötzlich zu explodieren. Bex hörte Kieron über das Headset erschrocken nach Luft schnappen. Stofffetzen flogen überall herum und ein Haufen bunter Geldscheine flatterten wie Schmetterlinge im heißen Wind herum.

Entsetzt wich Mahmoud zurück und ließ den Rucksack los, der zu Boden fiel. Der andere Mann sah sich erschrocken um und versuchte, herauszufinden, was passiert war und warum das geheime Treffen plötzlich so öffentlich geworden und aus dem Ruder gelaufen war. Mit beiden Händen hielt er die Aktentasche vor sich wie einen Schild. Offenbar hatte er Angst, dass die nächsten Schüsse ihn treffen würden.

Die Leute um ihn herum wichen ein paar Schritte zurück, wie es jede Menge tat, wenn etwas Unvorhergesehenes geschah. Nun, alle bis auf zwei Leute, die stattdessen näher traten. Einen Augenblick lang glaubte Bex, sie hätten die herumflatternden Geldscheine vor allen anderen erkannt und wollten sich ein paar davon greifen. Doch stattdessen griff einer von ihnen nach der Aktentasche, während der andere den Inder im Genick packte und zudrückte.

Mit schmerzverzerrtem Gesicht ging der Inder zu Boden, als ihm die Aktentasche entrissen wurde. Die beiden Fremden drehten sich um und da erst konnte Bex sie deutlich sehen. Sie waren beide jung und blond, ein Mann und eine Frau. Der Mann hatte kurzes Haar, während die Frau ihr Haar zu einem Pferdeschwanz gebunden hatte. Sie trugen unauffällige Kleidung, wie man sie in jedem Outdoorladen bekommt. Leichte Jacken und weite Leinenhosen.

»Sie sehen aus wie die Männer, die Ihren Freund entführt haben«, stellte Kieron plötzlich fest. »Sie könnten alle aus ein und derselben Familie stammen.«

»Oder zur selben Organisation gehören«, meinte Bex. Sie überlegte fieberhaft, sortierte Fakten, Möglichkeiten und Spekulationen.

Da sowieso alles in Aufruhr war, hatte sie keine Bedenken, sich umzudrehen und zur Hotelfassade zu sehen. Dort, wo sie zuvor den Kopf eines Menschen zu sehen geglaubt hatte, und möglicherweise eine Waffe, war jetzt nichts mehr. Der Scharfschütze war verschwunden.

Kapitel 3

Das blonde Pärchen hatte fast den Rand der Menge um den großen Torbogen des Gateway of India erreicht. Kieron konnte sie nur im Auge behalten, weil die Brille ihm netterweise zwei Pfeile über ihren Köpfen zeigte wie bei einem Computerspiel, mit deren Hilfe er ihre Bewegungen verfolgen konnte. Marker, dachte er. Wenn es im wahren Leben nur auch so etwas geben würde. Es wäre schön, wenn er mal in einen Skaterpark oder ein Kaufhaus gehen und alle Chavs und Rowdys sofort erkennen könnte, um ihnen aus dem Weg zu gehen.

»Wo sind sie?«, fragte Bex eindringlich.

»Sie gehen gerade um die Ecke des Hotelgebäudes Richtung Straße«, antwortete er.

Bex' Gesichtsfeld verschob sich plötzlich so, dass es Kieron schwindlig wurde. Da muss es irgendeinen Trick geben, dachte er. Vielleicht sollte er Tabletten gegen Reisekrankheit nehmen. Bex sah nun am Hoteldach entlang. Der Scharfschütze war verschwunden. Nicht einmal ein Marker deutete an, dass er sich vielleicht nur geduckt hatte. Da die Kamera an Bex' Brille eine Weile nicht auf den Schützen gerichtet gewesen war, hatte das Computersystem keine Ahnung, wohin er verschwunden war, stellte Kieron fest. Es hatte also seine Grenzen. Es war nur Technologie, keine Zauberei.

»Ich hatte recht«, sagte sie und sah zu den Menschen auf dem Platz. »Das war nur eine Ablenkung. Ich muss hinter ihnen her.«

Sie ging los, doch das Bild vor Kierons Brille wackelte erneut, als wäre sie gestolpert oder von jemandem festgehalten worden. Sie sah sich um. Der Mann, der bis eben noch den Rucksack in der Hand gehalten hatte, stand hinter ihr und hatte ihr die Hand auf die Schulter gelegt. Offenbar hatte ihn die Explosion nicht lange aufgehalten. Jetzt sah er wütend und verängstigt aus. Das überraschte Kieron nicht sonderlich. Der Mann hatte nicht nur das verloren, was mit größter Wahrscheinlichkeit Geheimdokumente zur nuklearen Macht der pakistanischen Regierung waren, sondern hatte nicht einmal das Geld erhalten, das ihm ermöglichen sollte, ein neues Leben im Verborgenen zu führen. Sollten seine Auftraggeber ihn in die Hände bekommen, würde sein Leben höchstwahrscheinlich ziemlich kurz und ziemlich schmerzhaft werden. Wenn Kieron eines aus Actionfilmen gelernt hatte, dann das.

»Wo haben Sie die Aktentasche hingebracht?«, fragte er mit Panik in der Stimme. »Ich muss sie unbedingt zurückbekommen!«

»Sie ist weg«, erklang Bex Stimme. Beiläufig nahm sie seine Hand von ihrer Schulter. Dabei musste sie wohl bewusst einen Nerv gequetscht haben, denn Mahmoud zuckte zusammen.

»Bitte!«, flehte er. »Sie verstehen das nicht. Wenn ich diese Aktentasche nicht wiederbekomme …«

»Lassen Sie uns eines klarstellen«, unterbrach ihn Bex. »Sie haben die Aktentasche Ihrem Kontaktmann, einem Terroristen, übergeben. Das Einzige, was Sie verloren haben, ist ein Umschlag voller Rupien. Oder waren es Dollar? Die kann man so viel leichter ausgeben und so viel leichter außer Landes bringen, wenn man irgendwo anders ein neues Leben anfangen will, was wohl Ihr nächster Schritt gewesen wäre, habe ich recht?«

Auf Kieron Bildschirm tauchte eine beige Box auf, mit dem Text: *Die indische Rupie ist nach der Silbermünze Rupiya benannt, die Sultan Sher Khan Suri im 16. Jahrhundert prägen ließ und die später im Mogulreich verwendet wurde. Der derzeitige Wechselkurs liegt bei 81,06 indischen Rupien gegenüber dem Britischen Pfund oder 66,71 Rupien für einen Dollar.*

Dieses Ding wäre großartig als Hilfe bei seinen Hausaufgaben. Es wäre einfach super. Andererseits hatte es offenbar Schwierigkeiten zu unterscheiden, welche Informationen im Augenblick relevant waren und welche nicht.

Bex' Stimme unterbrach seine Gedanken.

»Wer war Ihre Kontaktperson?«, fragte sie.

Kieron wischte die Währungsinformation weg und stellte fest, dass er in der realen Welt des Einkaufszentrums aussehen musste, als würde er vor seinem Gesicht nach einer Fliege schlagen.

»Ich habe keine Ahnung, wovon Sie reden!«, verteidigte sich Mahmoud und versuchte, sich davonzumachen. Doch Bex hielt ihn immer noch an der Hand fest. Kieron konnte sehen, wie seine Haut unter ihrem Griff weiß wurde. Auch sein Daumen schien in einem unnatürlichen Winkel verdreht zu sein.

»Ihr Name ist Fahim Mahmoud und Sie arbeiten für

die pakistanische Atomenergiekommission«, fuhr Bex fort. »Sie haben mit einer Terrororganisation einen Deal abgeschlossen, ihnen die Nukleargeheimnisse Ihres Landes im Austausch gegen Bargeld zu übergeben, aber die haben sie gerade verraten. Die Geheimnisse sind weg und das Geld ebenfalls. Ich will wissen, welche Terrororganisation Sie angeheuert hat und wer Ihr Kontaktmann ist!«

»Meine Leute bringen mich um, wenn sie mich erwischen«, kreischte Mahmoud.

»Das ist nicht wirklich mein Problem, aber ich kann dafür sorgen, dass die britische Regierung Sie aufnimmt. Nennen Sie mir nur die Organisation und den Namen Ihres Kontaktmannes.«

Auf Mahmouds Gesicht glänzte der Schweiß.

»Den weiß ich wirklich nicht! Sie haben mir eine SMS von einem nicht identifizierbaren Handy geschickt. Sie haben mir Geld angeboten – so viel Geld! – für nur ein wenig Information. Nicht mal Information über unser Atomenergieprogramm …«

»Ihr Atom*waffen*programm«, korrigierte ihn Bex.

»… nur ein paar geografische Daten. Orte, an denen diese Dinge gelagert werden.«

»Und darauf haben Sie sich eingelassen?« Bex Stimme klang ungläubig. »Was sind Sie eigentlich für ein Mensch? Eine Art Volltrottel?«

Mahmoud schaffte es tatsächlich, gleichzeitig verlegen und beleidigt dreinzusehen.

»Ich habe eine amerikanische Freundin«, erklärte er. »Ich wollte mir die Zähne richten lassen und …« Er deutete auf seinen zurückweichenden Haaransatz. »… vielleicht so ein Haarimplantat haben, von dem ich in den Zeitschriften gelesen habe.«

»Sie sind tatsächlich ein Volltrottel«, stellte Bex fest und ließ seine Hand los. »Aber für uns können Sie nützlich sein.« Sie deutete mit dem Daumen auf das Hotel hinter ihr. »Buchen Sie dort ein Zimmer auf den Namen …«

Plötzlich hielt sie inne, als warte sie auf etwas. Kieron stellte fest, dass sie darauf wartete, dass er, beziehungsweise Bradley, ihr Informationen lieferte.

Seine Finger zuckten in der Luft, als er *Suche den Namen eines pakistanischen Fußballers* in die virtuelle Tastatur tippte. Er wusste selbst nicht, warum er ausgerechnet an Fußballer dachte – er hasste Fußball –, aber es war besser, als sich einen Namen auszudenken, oder den Computer dazu zu bringen, sich einen auszudenken.

Vor Kierons Augen tauchte ein weiteres beiges Kästchen auf. *Mohsin Ali: Pakistanisches Nationalteam. Weitere Information?*

»Mohsin Ali«, sagte er.

»Mohsin Ali«, wiederholte Bex. »Warten Sie da. Es wird Sie jemand kontaktieren.«

Sie stieß Mahmoud sachte an der Schulter an und mit einem angsterfüllten Blick stapfte er unsicher davon.

»Vielen Dank«, murmelte Bex. Sie drehte sich wieder um und sah zu den Menschen am Rande des Platzes. »Kannst du die beiden mit der Aktentasche noch sehen?«

Kieron erkannte noch die Pfeile, die über zwei Gestalten an einem Zaun standen, der eine Rasenfläche zu umgeben schien. Eine von ihnen hatte eine Hand erhoben.

»Ja, so gerade noch. Ich glaube, sie winken gerade ein Taxi heran.«

»Dann laufe ich ihnen lieber mal nach. Sie sind die einzige Spur, die wir haben. Kannst du bei mir bleiben?«

Kieron zitterte fast vor Aufregung. »Klar.«

In der realen Welt berührte jemand seinen Arm.

»Einen Moment mal, ich muss hier nur kurz was erledigen«, fügte er hinzu. »Gehen Sie auf den Park zu, den Sie vor sich sehen. Ich halte Sie auf dem Laufenden.«

Der Wechsel der Perspektive von den auf die Brillengläser projizierten Bildern in die reale Welt war seltsam, aber er schaffte es. Sam starrte ihn an.

»Wo bist du eigentlich, wenn du dieses Ding aufhast?«, wollte er wissen.

»Kann ich dir nicht sagen«, erwiderte Kieron, »aber da ist eine Frau am anderen Ende dieser Brille, die meine Hilfe braucht.«

Sam zog kritisch eine Augenbraue hoch.

»Hast du eigentlich selbst gehört, was du da eben gesagt hast?«

Kieron lächelte schwach und nickte.

»Ja, schon. Aber es ist wahr.«

»Das da auch.«

Sam nickte zum Fenster der Milchbar, in der sie saßen.

Vor dem Fenster stand ein Mann mit kurzgeschorenem blondem Haar am Geländer. Es war der Mann, den der Computer als Kyle Renner identifiziert hatte. Er sah sich im offenen Bereich des vielstöckigen Einkaufszentrums um und ließ seinen Blick über die Etagen gegenüber und die Rolltreppen gleiten. Er schien jeden einzelnen Menschen anzusehen und nach etwas zu forschen.

Vielleicht wollte er sehen, ob sie getönte Brillen trugen oder seltsame Gesten in die Luft zeichneten und Selbstgespräche führten. Und wenn er es geschafft hatte, einen Blick auf die Überwachungskameras des Einkaufszentrums zu werfen, suchte er vielleicht wirklich nach der Person, die die Brille und das Headset aufgehoben hatte, nachdem er und sein Kumpan Bex' Freund Bradley entführt hatten. So oder so steckte Kieron in Schwierigkeiten.

»Du solltest nach Hause gehen«, sagte er zu Sam.

»Redest du jetzt mit mir oder mit ihr?«, wollte Sam wissen.

»Mit dir, du Idiot.«

»Nein, im Ernst, mit wem?«

»Ich rede mit Sam«, seufzte Kieron.

»Na gut. Nein, ich bleibe hier.«

Sam hatte diesen Gesichtsausdruck – diesen trotzigen Blick, der sagte: *Nein, ich werde den Skaterpark nicht verlassen und nach Hause gehen, auch wenn es dunkel ist und meine Eltern sich Sorgen machen werden, oder Nein, ich werde diese Katze nicht loslassen, auch wenn sie mich anfaucht und mich kratzt, und Nein, ich werde das Spiel nicht anhalten, um aufs Klo zu gehen, auch wenn ich eine ganze Zweiliterflasche Mineralwasser getrunken habe und mir gleich die Blase platzt.* Genau diesen Blick.

Doch Kieron musste es trotzdem versuchen: »Das hier könnte gefährlich werden. Ich will nicht, dass dir etwas passiert.«

Sam verschränkte die Arme vor der Brust und erwiderte: »Ich will auch nicht, dass dir etwas passiert. Deshalb bleibe ich hier.«

Kieron nickte und wandte seine Aufmerksamkeit wieder der Brille zu. Bex ging durch die Menschenmenge auf die beiden blonden Aktentaschendiebe zu. Gerade hatte ein Taxi vor ihnen angehalten.

»Sie haben ein Taxi«, meldete Kieron aufgeregt.

»Mit wem redest du?«, fragten Sam und Bex gleichzeitig.

»Mit Ihnen, Bex.« Er holte tief Luft. »Also, Bex, ich

muss jetzt eine Weile offline gehen. Der Mann, der Ihren Freund entführt hat, ist zurückgekommen. Das Pärchen, dem Sie folgen, ist gerade eben in ein Taxi gestiegen. Das Kennzeichen ist schwarz mit gelbem Hintergrund, das heißt, es ist wie ein Uber. Die Nummer ist DN-1L-4262. Ich melde mich wieder, sobald ich kann.«

»Warte!«, rief Bex eindringlich. »Das System hat ein Sicherheitsprotokoll eingebaut. Wenn die Brille länger als ein paar Minuten nicht getragen wird, fährt das System herunter und du brauchst ein Passwort, um wieder Zugang zu bekommen. Tippe »MyLittlePony1983« ein.«

»Echt jetzt?«, quiekte Kieron.

»Das war Bradleys Idee. Er behauptete, dass da nie jemand draufkommen würde.«

Vor der Eisdiele drehte sich Renner plötzlich um und starrte durchs Fenster. Kieron hatte gerade noch Zeit, sich über das Gesicht zu wischen, die Brille abzunehmen und sie unter dem Tisch zu verbergen. Schnell drehte er den Kopf weg, um das Headset zu verstecken und hob die Hand, um sich am Ohr zu kratzen. Das Headset fiel ihm in die Hand. Zusammen mit der Brille steckte er es in die Tasche.

»Komm«, forderte er Sam auf. »Gehen wir.«

Der Drang, den Mann vor dem Fenster draußen anzusehen, war fast unwiderstehlich. Doch er vermutete, dass das ein tödlicher Fehler wäre – im wahrsten Sinne des Wortes.

Kieron und Sam standen auf und gingen langsam zur Tür. Sie waren gerade dort angekommen, als Renner sich plötzlich zu ihnen umdrehte, auf sie zuging und den Arm hob. Kieron musste sich durch die schwarze Jeans in den Schenkel kneifen, um nicht zusammenzuzucken, doch anstatt ihn zu packen oder zu schlagen, streckte Renner nur die Hand nach der Tür aus. Und während Kieron und Sam die Eisdiele verließen, ging Renner hinein.

»Das war knapp«, murmelte Sam. »Und wo gehen wir jetzt hin?«

»Ich glaube, wir sollten einfach nach Hause gehen«, schlug Kieron vor.

»Zu dir oder zu mir?«

»Dein Dad sitzt sicher zu Hause vor dem Fernseher und deine Schwestern sind wohl auch daheim. Da sind wir nicht ungestört. Ich schlage vor, wir gehen in meine Wohnung.«

»Und was ist mit deiner Mutter?«, fragte Sam.

»Die arbeitet. Sie kommt erst spät nach Hause.« Er hörte die Bitterkeit in seiner Stimme und hasste sich dafür. Er klang – und fühlte sich – weit erwachsener, als er eigentlich sein sollte. Und als er sein wollte.

Bei all der Aufregung mit Bex in Mumbai hatte Kieron überhaupt nicht auf die Zeit geachtet und war deshalb überrascht, dass es schon später Nachmittag war, als er mit Sam zusammen das Einkaufszentrum verließ. Der Himmel war bedeckt und schiefergrau. Die verspiegelten Glaspaneele vor der Betonfassade des Einkaufszentrums reflektierten das Licht vom Himmel. Von den Glasscheiben waren nur die dunklen Rahmen zu erkennen, was das Gebäude aussehen ließ wie das Skelett eines Hauses, das noch nicht gebaut worden war.

Kieron und Sam entfernten sich vom Einkaufszentrum und gingen zum Tyne, dem Fluss gleich in der Nähe. Als sie die Brücke überquerten, die Newcastle mit Gateshead verband, und aufs Wasser sahen, das nur eine Spur dunkler war als der Himmel über ihnen, sagte Sam: »Diese Person, mit der du die ganze Zeit gesprochen hast, die ist also in Indien?«

»Ja.«

»Und sie befindet sich auf einer Art Mission – wie ein Geheimagent?«

»Ja, genau wie ein Geheimagent.« Kieron setzte die Brille wieder auf und steckte das Headset ans Ohr. Er wedelte mit der Hand in der Luft und rief so eine virtuelle Tastatur auf, die vor seinen Augen hing und sich mit ihm bewegte, als er weiterging. Er tippte das Passwort ein, das Bex ihm gegeben hatte, was ihn ein wenig verlegen machte. »Wahrscheinlich kann ich mit diesem Ding hier herausfinden, wer sie ist und für wen sie arbeitet. Gib mir nur einen Moment Zeit.«

»Du siehst idiotisch aus«, stellte Sam fest. »Die Leute starren dich schon an.«

»Wir sind Greebs«, gab Kieron zurück. »Die Leute starren uns doch ständig an.«

Er war so darin versunken, den Text auf dem virtuellen Bildschirm vor sich zu lesen, dass er nicht darauf achtete, wo er hintrat, stolperte und hinfiel. Die reale Welt sowie die virtuelle Tastatur und der Bildschirm verschwammen vor seinen Augen. Er streckte die Hände aus, um seinen Sturz abzufangen und spürte, wie sich der Schotter in seine Hände grub. Ihm blieb die Luft weg, als er der Länge nach auf den Boden schlug.

»Ist alles in Ordnung?«, erkundigte sich Sam besorgt und versuchte, ihn umzudrehen.

Kieron untersuchte schnell, ob die Brille und das Headset sich noch an Ort und Stelle befanden. Glücklicherweise waren sie bei seinem Sturz nicht heruntergefallen.

Mit Sams Hilfe stand er wieder auf, doch seine Handballen waren aufgeschürft. Als er sie betrachtete, sah er zerfetzte Haut und kleine Blutströpfchen.

»Autsch«, beschwerte er sich.

»Du musst besser aufpassen«, mahnte ihn Sam.

Kieron nickte.

»Das Zeug sollte einen Warnhinweis haben. Ich warte lieber, bis wir bei mir zu Hause sind, bevor ich damit weitermache.«

»Du hast es doch nicht kaputtgemacht?«

»Ich glaube, das wurde fürs Militär entwickelt. Also praktisch unzerstörbar.«

»Das hast du von deinem iPhone auch behauptet«, murmelte Sam.

Ihr Weg führte sie weitere zwanzig Minuten am Saltwell Park vorbei zu den alten Reihenhäusern von Low Fell. Die Backsteinhäuser waren einst sehr geräumig gewesen und hatten betuchten Familien gehört, doch jetzt waren sie in mehrere Wohnungen aufgeteilt worden – Erdgeschoss, erster Stock und manchmal sogar noch ein zweiter. Die pompösen Eingangstüren waren durch zwei schmalere Türen nebeneinander ersetzt worden. In einigen Häusern hatte man Einzimmerappartements eingerichtet, die sich Bad und Küche teilten. Er und seine Mutter hatten zum Glück ein ganzes Stockwerk für sich allein: zwei Schlafzimmer und ein kleines Wohnzimmer sowie eine schmale Küche, durch die man das winzige Bad erreichte. Die Badezimmertür war eine Schiebetür, die man mit einem Bolzen verriegelte, an dem die Hälfte der Schrauben fehlte. Jedes Mal, wenn Kieron ein Bad nahm oder aufs Klo ging, hatte er Angst, dass seine Mum oder einer ihrer Freundinnen, die gelegentlich auf eine Flasche Wein kamen, zu kräftig am Griff zogen und den Riegel vollkommen abrissen.

Seine Mutter war nicht zu Hause. Sie gingen die Treppe in den Flur hinauf und am Wohnzimmer vorbei in sein Zimmer.

Wenn man mit jemand anderem in ein Zimmer in seiner eigenen Wohnung ging, stellte Kieron fest, sah man es merkwürdigerweise mit dessen Augen und nicht mit den eigenen. Plötzlich war er sich peinlich der Tatsache bewusst, dass der Teppich geradezu unsichtbar war, weil er mit abgelegten T-Shirts, mehreren schwarzen Jeans, einigen Kaffeebechern und drei oder vier halb abgegessenen Tellern übersät war. Unter dem Bett vermutete er noch ein paar weitere Teller, wollte aber lieber nicht darüber nachdenken, was mittlerweile alles darauf wuchs.

Sam starrte das Lethal-Insomnia-Plakat an, das Kieron über seinem Bett an die Wand getackert hatte.

»Wir haben gar nicht mehr darüber nachgedacht, wie wir zu dem Konzert kommen«, stellte er fest.

»Ist was dazwischengekommen.«

»Ja«, bestätigte Sam. »Ganz schön merkwürdig, das alles. Habt ihr ein paar Dosen im Kühlschrank?«

»Ich glaube, da ist irgendwo Cola. Hol uns doch mal ein paar, okay? Und Käse, wenn einer da ist.«

Während Sam fort war, rief Kieron schnell wieder die Tastatur und den Bildschirm auf, einerseits, um nachzusehen, ob das System seinen Sturz unbeschadet überstanden hatte, aber auch, um die Suche abzuschließen, die er begonnen hatte. Als Sam mit zwei Getränkedosen und einer Tüte mit geriebenem Cheddar wiederkam, hatte er gefunden, wonach er gesucht hatte.

»Also«, begann er. »Die Frau, mit der ich gesprochen habe, ist Rebecca Wilson. Ihr Freund – der, der im Einkaufszentrum entführt worden ist – heißt Bradley Marshall.

Sie arbeiten beide freiberuflich und haben einen Vertrag mit einer Gesellschaft, die sich SIS-TERR nennt.«

»Und? Macht sie das jetzt zu deiner großen Schwester?«, wollte Sam wissen und zog eine Augenbraue hoch.

»Halt die Klappe«, verlangte Kieron. »SIS-TERR steht für Secret Intelligence Service Technology-Enhanced Remote Reinforcement Unit. Das ist eine technikgestützte Einheit des Geheimdienstes im Außeneinsatz. Sieht aus als hätten die beiden die Geschäftsidee für diese Brille und das Headset gehabt und sie dem Secret Intelligence Service vorgeführt – so nennt sich der MI6 wohl offiziell. Danach haben sie wohl Aufträge für weitere Missionen bekommen. Bex war eine Weile bei der Army, daher hat sie eine militärische Ausbildung. Sie macht die Undercoverarbeit, während Bradley sie mit Informationen versorgt.«

»Aus einem Einkaufszentrum in Newcastle?«

»Von wo auch immer er will. Oder muss.«

»Sind wohl so eine Art High-Tech-Söldner«, vermutete Sam.

»Ja, nur dass sie Vollzeit für die Guten arbeiten, wie es scheint.«

»Kannst du jetzt gerade immer noch dasselbe sehen wie sie?«

Kieron schüttelte den Kopf.

»Es ist ausgeschaltet. Ich nehme an, sie wird mich anrufen, wenn sie mich wieder braucht.«

»Wenn sie dich braucht?« Sam schüttelte traurig den Kopf. »He, Kumpel, sie arbeitet vielleicht für den MI6, aber du nicht. Das ist dir doch klar, oder?«

Kieron wusste, dass Sam ihm nur helfen wollte, doch seine Worte hatten ihn getroffen.

»Sie braucht Hilfe«, verteidigte er sich, »und ihr Freund

ist gekidnappt worden. Ich glaube nicht, dass sie weiß, wem sie noch trauen kann. Ich bin der Einzige, der ihr die Informationen geben kann, die sie gerade braucht.«

»Du bist also ihre letzte Hoffnung?«, spottete Sam. »Na, dann steckt sie echt in Schwierigkeiten.« Er runzelte die Stirn. »He, wenn das Ding auf streng geheime Datenbanken zugreifen kann, könntest du gerade die Gesetze über Staatsgeheimnisse verletzen. Was ist, wenn ihre Chefs beim MI6 das bis zu dir zurückverfolgen können?«

»Ich glaube kaum, dass es dazu kommen wird«, meinte Kieron, obwohl er sich wesentlich weniger sicher war, als er klang. Doch das sollte Sam möglichst nicht merken. »Der Zugriff auf die Computer des MI6 ist begrenzt. Soweit ich sehe, kann ich nur auf geheimes Material zugreifen, das mit der Mission in Verbindung steht, die sie gerade durchführen, sowie auf eine Menge nicht geheime, aber schwer zugängliche Infos wie Autokennzeichen, Gebäudegrundrisse und die Personalakten von verschiedenen Firmen und Organisationen. So eine Art Super-Wikipedia.« Er winkte Sam zu seiner Spielekonsole. »Spiel doch eine Weile. Ich will versuchen, herauszufinden, was mit Bex passiert ist.«

»Und warum sollst nur du den ganzen Spaß haben?«, fragte Sam ein wenig gereizt.

»He, wenigstens kannst du bestimmen, wo du hingehst, und du kannst auf Zombies schießen und so. Ich bin bei dieser Sache hier nur so eine Art Beifahrer.«

Das konnte Sam zwar nicht wirklich beschwichtigen, aber er fuhr den Computer hoch, während Kieron die Brille und das Headset wieder einschaltete. Doch gleich darauf schrie er auf, weil er das Gefühl hatte, nach hinten gerissen zu werden, und in eine Welt voller schriller Farben, stockender Bewegungen und dem hohen Jaulen eines Zweitaktmotors gestoßen wurde.

»Alles in Ordnung?«, erkundigte sich Sam besorgt.

»Ich … ich muss mich nur daran gewöhnen«, erwiderte Kieron angespannt.

Es sah aus, als säße Bex in einem Auto. Nein, korrigierte sich Kieron, als sie kurz nach unten sah und er feststellte, dass ihre Hände die Griffe eines Motorradlenkers hielten. Sie fuhr an einer Reihe von zur Straße offenen Läden vorbei, in denen Körbe mit Obst und Gemüse, gefährlich hohe Bücherstapel in Klarsichtfolie, Rollen von bunt bedruckten Stoffen und alle möglichen anderen Dinge standen, die Kieron so schnell gar nicht erkennen konnte. Ihr Motorrad – wahrscheinlich eher ein Moped, dachte er – schoss zwischen den unterschiedlichsten Autos hin und her – einige staubig und verbeult, andere sauber poliert und teuer, die einfach dort auf der Straße parkten, wo ihre Besitzer mit den Verkäufern verhandelten. Vor ihr fuhr das Taxi, in das Kieron zuvor die beiden blonden Diebe hatte einsteigen sehen. Bex hielt ein wenig Abstand und behielt sie im Auge, hoffentlich ohne dass sie sie bemerkten.

»Wo haben Sie denn das Moped her?«, fragte er, nachdem er das Mikrofon mit einer kleinen Handbewegung aktiviert hatte.

Das Bild vor seinen Augen wackelte abrupt, als das Motorrad ins Schwanken geriet.

»Lass das gefälligst!«, fauchte ihn Bex an.

»Tut mir leid. Ich habe nicht nachgedacht.«

»Wo bist du jetzt?«, wollte sie wissen. »Bist du an einem sicheren Ort?«

»Wir sind zu Hause bei meiner Mutter.«

»Ist sie da?«

»Nein, sie arbeitet. Sie kommt erst in ein paar Stunden wieder zurück.«

»Was arbeitet sie denn?«

»Sie ist in der Personalabteilung einer großen Firma hier in Newcastle. Früher waren acht Leute in ihrer Abteilung, aber jetzt sind es nur noch drei, obwohl die Arbeitsmenge immer noch dieselbe ist. Deshalb machen alle irre viel Überstunden und sie wird nicht mal für alle bezahlt.«

»Das ist nicht schön«, antwortete Bex und fuhr um einen Mann herum, der mitten auf der Straße stand und telefonierte. Wütend gestikulierte er hinter ihr her, als sie vorbeifuhr, und rief ihr irgendetwas nach.

»Es ist, wie es ist«, erwiderte Kieron philosophisch.

»Und dein Dad?«

»Hat sich vor ein paar Jahren aus dem Staub gemacht.« Er lachte, doch es klang nicht wirklich fröhlich. »Mum meint, er hätte ein besseres Angebot von einer jüngeren, blonderen Frau bekommen. Nur hat sie nicht das Wort ›Frau‹ benutzt.«

»Kann ich mir vorstellen.« Bex schwieg eine Weile, während sie durch eine Staubwolke fuhr, die von einem Laster zwischen ihr und dem Taxi aufgewirbelt worden war.

»Also – das Moped?«, hakte Kieron nach, da er nicht weiter über seine alles andere als ideale Familiensituation reden wollte.

»Ach das – das hat wohl jemand am Straßenrand stehen lassen.«

»Einfach so stehen lassen? Echt?«

Bex fuhr zur Seite, um an dem Laster vorbeisehen zu können. Das Taxi vor ihr bog gerade um eine Ecke.

»Nun, ich sag mal ›stehen lassen‹. Sie standen daneben. Ich brauchte es dringender als sie. Wenn ich damit fertig bin, werde ich es auch einfach irgendwo stehen lassen. Dann wird die Polizei es ihnen wiederbringen.«

»Oder jemand anders klaut es«, bemerkte Kieron.

»Für wen hältst du dich? Für mein Gewissen?«

Er lachte. »Nennen Sie mich einfach Jiminy Grille.«

»Oh, du hast *Pinocchio* gelesen?«

»Ich hab den Film gesehen.«

Kieron sah, wie Bex den Gashebel am Handgriff des Mopeds drehte, den Lastwagen in einem Spurt überholte und dann an der Ecke scharf abbremste. Der Lastwagenfahrer hupte sie wütend an.

»Den alten Disneyfilm?«

»Nein«, antwortete er. »Den neuen Animationsfilm.«

»Und plötzlich komme ich mir so alt vor«, murmelte Bex.

Das Taxi vor ihr wurde langsamer und hielt dann an. Bex fuhr unauffällig daran vorbei und blieb vor einem Laden stehen, in dessen bizarrer Auslage Käfige mit Kätzchen, Welpen und kleinen Vögeln standen. Kieron hoffte inständig, dass es ein Laden für Haustiere war und kein Lebensmittelladen.

Bex stellte das Moped auf den Ständer.

»Na gut«, meinte sie. »Wollen wir doch mal sehen, was diese beiden so treiben.«

Kapitel 4

Die Straßen von Mumbai waren ein Wirbel aus Gerüchen und Farben. Wo Bex auch hinsah, trugen die Menschen knallbunte Hemden oder Saris. In den Läden hinter ihnen stapelten sich Obst und Gemüse, Bücher und Tiere – Kätzchen, Welpen und Papageien in winzigen Käfigen. Die Läden wetteiferten miteinander darum, die ansprechendsten Auslagen zu haben, und über ihnen hingen große Plakate, auf denen Kosmetikartikel, Elektrogeräte und merkwürdigerweise auch die einheimischen Politiker mit strahlend weißem Lächeln angepriesen wurden. Vielleicht war es auch Reklame für Zahnpasta, das ließ sich schwer sagen.

Während all diese unterschiedlichen Eindrücke ihre Augen ganz wirr machten, wurde ihre Nase vom Duft Hunderter verschiedener Gewürze attackiert. Einige davon lagen in den vielen Schalen vor den Läden. Ihre Farben leuchteten so intensiv, dass sie beinahe in den Augen brannten. Diese Symphonie von Gewürzdüften überlagerte fast, aber nicht ganz, den Gestank von verfaultem Gemüse und Abwasser, der in diesem Teil von Mumbai vorzuherrschen schien.

Und, stellte sie stirnrunzelnd fest, sie glaubte, noch etwas anderes riechen zu können … Ja, es roch nach frischer Wäsche. Waschpulver. Wie merkwürdig.

Die Straße, zu der sie den beiden Aktentaschendieben gefolgt war, war vollkommen vom Verkehr blockiert. Da standen verbeulte alte Autos neben glänzenden neuen Wagen, dazu dreirädrige motorisierte Rikschas. Die hatten ein Dach, um den Regen abzuhalten, aber keine Türen, und vorne war nur Platz für den Fahrer. Die Passagiere saßen hinten auf einer gepolsterten Bank.

Bex sah sich um und versuchte auszusehen wie eine Touristin, während die beiden blonden Diebe das Taxi bezahlten. Doch die Stadt und ihre Atmosphäre faszinierten sie tatsächlich. Im Jahr vor dem Studium war sie in vielen Teilen Asiens herumgereist, war aber damals nicht in Indien gewesen, sondern hatte stattessen Indonesien und Thailand besucht.

Das hier war, soweit sie sehen konnte, das richtige Mumbai – nicht der alte viktorianische Teil, den die Engländer hinterlassen hatten, als sie sich aus Indien zurückzogen, oder die hübschen Teile, die sich die Besucher so gerne ansahen – das hier waren die Viertel, in denen die Menschen leben, die diese Stadt wirklich ihre Heimat nannten und hier Tag für Tag lebten.

Über die Schreie der Verkäufer und das Brummen von Motorrädern und Mopeds konnte sie ein gleichmäßiges, klatschendes Geräusch vernehmen, doch sie hatte noch nicht entdeckt, woher es kam. Immer noch von dem Geruch nach Waschpulver abgelenkt, ließ sie ihr Moped stehen (oder besser gesagt, das Moped, das sie sich vorübergehend ausgeborgt hatte) und überquerte die Straße, um zu einer brusthohen, mit Plakaten zugepflasterten Ziegelmauer zu gehen, an der die Passanten über Tanzfestivals, religiöse Veranstaltungen und Konzerte informiert wurden. In England hätte eine solche Mauer den Blick auf eine Eisenbahnlinie oder einen Fluss freigegeben. Etwas Ähnliches erwartete Bex auch hier, doch was sie sah, war so ungewöhnlich, so typisch indisch, dass sie unwillkürlich lächeln musste.

Es sah aus, als flösse dort unten tatsächlich ein Fluss, im rechten Winkel zur Straße, doch man konnte ihn kaum sehen, weil sich Hunderte von Wäscheleinen darüber spannten. Wie ein bizarres Spinnennetz, in dem sich viele bunte Papierfetzen verfangen hatten, zogen sie sich bis zum Horizont hin. Durch die flatternden Kleider, Laken und Kissenbezüge konnte Bex erkennen, dass die Ufer des Flusses mit Beton verkleidet waren. Das Wasser selbst bestand nur aus einem Haufen Seifenblasen und auf dem Beton drängten sich Frauen in Saris, die immer wieder Kleidungs- und Wäschestücke in das seifige Wasser tauchten, herauszogen, zu Strängen drehten und sie so heftig wie möglich auf den Beton schmetterten, um das Wasser herauszuschlagen. Das erklärte das klatschende Geräusch, das sie oben vernommen hatte. Wenn sie so viel Wasser wie möglich aus den Wäschestücken geschlagen hatten, hängten sie sie auf die Leine, damit sie in der heißen Luft trockneten. Bex vermutete allerdings, dass die Luft hier mindestens so viel Wasser enthielt wie die riesige Outdoor-Wäscherei, auf die sie hinuntersah. Die ungeheure Menge von Bettlaken und Kopfkissenbezügen brachte sie außerdem zu der Annahme, dass die meisten Hotels in Mumbai hier ihre Wäsche waschen ließen. Unwillkürlich fragte sie sich, ob das Bettlaken, auf dem sie letzte Nacht geschlafen hatte – und von dem sie angenommen hatte, dass es nach dem letzten Gast gründlich gewaschen worden war – ebenfalls hier in einen dreckigen Fluss getunkt und auf den Beton geschlagen worden war, um es sauber zu bekommen.

Indien. Was für ein Land.

Sie drehte den Kopf, um sich nach den beiden blonden Dieben umzusehen, doch ein kleiner Mann mit mahagonifarbener Haut und rabenschwarzem Haar verstellte ihr die Sicht. Die meisten seiner Schneidezähne fehlten.

»Sie brauchen Touristenführer?«, fragte er in gebrochenem Englisch. »Ich zeige Ihnen beste Plätze. Ich zeige Ihnen Plätze, was niemand kennt. Ich kann Sie überall reinbringen. Viele Freunde in vielen Museen und Kunstgalerien.«

Sie lächelte und hielt abwehrend die Handfläche hoch.

»Nein danke«, erklärte sie bestimmt. »Ich weiß, wo ich hinwill.«

Sie versuchte, an ihm vorbeizugehen, auf das Taxi zu, das gerade wieder losfuhr, doch der Mann packte sie am Arm.

»Keiner in Mumbai besser als ich!«, rief er. »Bester Touristenführer der Welt!«

»Nein!«, lehnte sie ab. Sie machte ihren Arm frei und ging weiter, behielt ihn aber aus dem Augenwinkel im Blick. Er ging ihr ein paar Schritte nach und zog eine hässliche Grimasse. Doch dann zuckte er nur mit den Achseln und ging weiter, um sich nach einem neuen Opfer umzusehen.

Betteln schien in Mumbai vollkommen normal zu sein – zumindest in dieser Gegend. Frauen in Saris und Schals gingen auf der Straße von Auto zu Auto, streckten die Hände aus und baten die Fahrer um »Bakschisch!«. Sie ging davon aus, dass das Wort für »Geld« war. Einige von ihnen trugen Babys auf dem Arm, andere hatten Verbrennungen an den Armen oder Narben im Gesicht.

Sie zuckte zusammen, als sie eine Stimme aus ihrem Headset vernahm.

»Es sieht aus, als würden sie für sich selbst betteln, aber meist gehören sie zu einer Gang.«

Es war Kieron. Der Klang einer vertrauten Stimme ließ sie sich auf einmal weniger einsam und verwundbar fühlen. Außerdem erinnerte es sie an Bradley. Die Ereignisse der letzten Stunde – der Diebstahl der Aktentasche mit den geheimen Dokumenten, die Verfolgung des Taxis und ihre Erkundung der Lage hier – hatten den Gedanken an ihn in den Hintergrund gedrängt, doch jetzt, wo es einen Moment lang relativ friedlich war, kam ihr das alles wieder zu Bewusstsein. Sie musste Bradley finden und ihn aus der Hand der Leute befreien, die ihn entführt hatten. Aber wie? Ihren Auftraggebern bei SIS-TERR konnte sie es nicht sagen, da die Entführer offensichtlich mit ihnen in Verbindung standen. Und was die Sache noch schlimmer machte, war, dass sie hier in Mumbai in einer Mission steckte, bei der ihre einzige Unterstützung aus einem Jungen in England bestand, den sie nicht kannte.

»Wo bist du?«, fragte sie schließlich.

»Immer noch zu Hause.«

»Hast du etwas von den Kerlen gesehen, die Bradley mitgenommen haben?«, wollte sie wissen, denn diese Frage brannte ihr am meisten auf der Seele. »Sind sie noch einmal zurückgekommen, um nach euch zu suchen?«

»Ja, einer von ihnen. Aber wir konnten ihm aus dem Weg gehen.«

Erleichtert seufzte sie auf. Das war wenigstens etwas.

Dann konnte sie die Entscheidung darüber, was sie in dieser Sache unternehmen konnte, aufschieben, bis die Angelegenheit hier geregelt war.

»Sieht aus, als wären Sie auf einem Markt«, stellte Kieron fest. »Haben Sie die beiden Verdächtigen dorthin verfolgt?«

»Das sind keine Verdächtigen«, erklärte Bex. »Sie haben diese Aktentasche tatsächlich gestohlen. Ich habe es gesehen. Aber ja, ich habe sie bis hierher verfolgt.«

»Moment mal, ich ...«, sagte Kieron und fuhr dann fort: »Oh, dieses Ding ist ein fantastischer Stadtführer. Ich kann alles über die billigsten Cafés abrufen, über lokale Bräuche und Sachen, die man besser nicht sagt oder tut. Es gibt sogar eine Übersetzungsfunktion.«

»Ich brauche kein Café«, gab Bex zurück. »Zumindest nicht jetzt.«

Plötzlich hörte sie ein erstauntes Schnaufen aus dem Headset.

»Oh, das ist nicht in Ordnung.«

»Was?«

Die beiden blonden Diebe waren jetzt ein Stück weiter, und sie ging die Läden entlang bis zu der Stelle, an der sie eben noch gestanden hatten.

»Diese Frauen können sich offensichtlich Babys mieten, die sie mit sich herumtragen, damit sie mehr Mitleid und dadurch mehr Geld von den Leuten erbetteln können. Was für eine Mutter würde denn ihr Baby vermieten, damit man es auf der Straße herumschleppt?«

Im Hintergrund hörte sie eine andere Stimme – offenbar die des mysteriösen Sam – sagen: »Meine würde es tun.« Sie zuckte zusammen und hoffte, dass das ein Scherz war.

Vor ihr und ein wenig zurückgesetzt von der Straße,

über ein paar breiten Treppenstufen, sah Bex plötzlich etwas völlig Unglaubliches. Es nahm sich in dieser Umgebung so merkwürdig aus und war so bunt, dass sie unwillkürlich den Atem anhielt. Es musste sich um irgendeine religiöse Stätte handeln, aber es sah mehr aus wie etwas aus einer Fieberfantasie als wie eine Kirche irgendeiner Art. Die Säulen und Bögen vor dem weit geöffneten Hauptportal erinnerten sie ein wenig an die gotische Architektur der St.-Pauls-Kathedrale oder Westminster Abbey, doch sie waren in Pastellfarben gestrichen – sanftes Rosa, ruhiges Hellblau, mildes Lila und meerfarbenes Türkis. Außerdem waren Skulpturen in die Säulen gemeißelt, nicht Wasserspeier oder religiöse Figuren wie bei einer Kirche in England. Nein, diese hier sahen eher aus wie Tänzerinnen in spärlichen Kostümen, bereit für ein großes Fest.

Die Bögen waren nicht glatt, sondern gewellt, als hätte jemand mit einer riesigen Lochzange alle paar Zentimeter halbrunde Löcher aus dem Stein gestanzt. In den oberen Stockwerken glitzerte und glänzte es golden. Die Fenster waren schmal wie bei einem Schloss, und als sie weiter hinaufsah, stellte sie fest, dass das ganze Gebäude von einer Reihe von Kuppeln gekrönt war. Doch es waren keine gewöhnlichen halbrunden Kuppeln wie bei westlichen Gebäuden, sie waren größer und unten schmaler, sodass sie aussahen wie Giftpilze. Auch sie waren golden.

Nur mit Mühe konnte Bex ihren Blick davon lösen und sah wieder nach unten. Dabei stellte sie fest, dass nichts von dem, was sie eben gesehen hatte, so bizarr war wie die Tatsache, dass zu beiden Seiten des Tempels die Statue eines Elefanten stand.

Diese Statuen waren etwa drei Mal so groß wie sie

selbst, also höchstwahrscheinlich lebensgroß. Ihre Haut war in einer graublauen Farbe gestrichen, doch die Skulpturen trugen steinerne Decken in Rot und Gold, die unter ihren Bäuchen mit Schnallen befestigt waren. Ihre Augen waren anders als die der Elefanten, die sie im Fernsehen gesehen hatte oder während einer Reise nach Afrika. Normale Elefanten hatten orange Augen in runzligen Hautfalten. Doch diese hier hatten übertrieben große menschliche Augen – weiße Augäpfel mit leuchtend blauer Iris und schwarzen Pupillen. Sie hatten sogar Wimpern – überlange Wimpern wie aus *Let's Dance* oder einem frühen Disneyfilm – und ein schalkhaftes Glitzern in den Augen.

»Unglaublich!«, stieß Kieron hervor.

»Das ist echt«, versicherte ihm Bex, obwohl sie selbst noch nicht ganz überzeugt davon war.

»Das muss ein Jain-Tempel sein. He, darüber wusste ich bisher auch nichts, aber die Information taucht hier einfach auf. Jainismus ist eine alte Religion, deren Anhänger hauptsächlich in Indien leben, aber es gibt Ableger davon in der ganzen Welt. Sie glauben an Gewaltlosigkeit und an die Liebe zu allen Lebewesen, an Offenheit und Besitzlosigkeit. Sie glauben so sehr an die Gewaltlosigkeit, dass sie allesamt Vegetarier sind und sogar Spinnen lieber aufheben und aus dem Haus tragen, anstatt sie zu töten. Manche Jains essen nicht mal Kartoffeln oder Karotten oder so, weil sie glauben, dass die Pflanzen Schmerz empfinden, wenn sie aus der Erde gezogen werden.« Nach einer kleinen Pause fügte er hinzu: »Irgendwie kann ich mir nicht vorstellen, dass es Fundamentalisten unter den Jains gibt. Ich bezweifle stark, dass es Jain-Terroristen gibt.«

»Warum sind dann gerade zwei mutmaßliche Terroristen in den Tempel gegangen?«, fragte Bex.

»Der Computer sagt, er hat keine Ahnung.«

Zwei westliche Touristen mittleren Alters, ein Mann und eine Frau, kamen gerade aus dem Hauptportal. Beide trugen Kameras in der Hand. An der Tür blieben sie stehen und bückten sich, und Bex begriff, dass sie wohl ihre Schuhe draußen hatten stehen lassen, während sie sich im Tempel umsahen. Wahrscheinlich war es ein Zeichen von Respekt, aber es sagte Bex, dass sie wohl hineingehen konnte, ohne weiter aufzufallen.

»Ich gehe mal rein und sehe nach, was da los ist«, sagte sie, ging die Stufen hinauf zum Portal, bückte sich und zog ihre Schuhe aus.

»Das ist auf jeden Fall einen Besuch wert«, bemerkte der Mann, der gerade aus dem Tempel gekommen war, als er sich aufrichtete. Er hatte einen amerikanischen Akzent.

»Es ist wunderschön«, bestätigte seine Frau. »Es ist alles so liebevoll und sorgfältig gepflegt.«

Bex lächelte und ging hinein.

Gleich hinter der Tür sah sie die lebensgroße farbig gefasste Statue eines Mannes, der im Schneidersitz auf einem Podest saß. Er hatte dunkle Haut, die Augen waren geschlossen und seine Hände lagen in seinem Schoß. Einen Augenblick lang dachte Bex, er wäre echt und lebendig, bis sie den glänzenden Lack erkannte und die Risse um den Hals und an der Stirn. Unwillkürlich blieb sie einen Moment stehen und senkte respektvoll den Kopf.

Eine Frau in weißen Gewändern, die kurz hinter ihr eingetreten war, lächelte sie an und nickte. Auch sie neigte ihren Kopf vor der Statue und Bex glaubte, sie flüstern zu hören: »*Nishihi, nishihi, nishihi.*«

Das Innere des Tempels war groß und geräumig und im

Gegensatz zur Luft draußen erfrischend kühl. Mönche in weißen oder orangen Gewändern schwebten geräuschlos über den gefliesten Boden. Die Wände und Säulen im Inneren waren ebenso bunt wie außen, und als Bex nach oben sah, stellte sie fest, dass die Innenseite der Kuppeln mit vielen kleinen bunten Fliesen gepflastert war, die sie aussehen ließen wie Kaleidoskope.

Sie ging im Tempel herum und versuchte, wie eine Touristin auszusehen, hielt dabei aber sorgfältig Ausschau nach den beiden Dieben. Wenn sie an einem der Mönche vorbeiging, verneigten sie sich höflich vor ihr. Sie tat das Gleiche. Merkwürdigerweise rannten auch ein paar Hühner herum, als gehörten sie hierher – was aber angesichts der Art des Tempels vielleicht doch nicht so verwunderlich war. In einer Stadt wie Mumbai mit ungefähr zwölf Millionen hungrigen Einwohnern, die Kühe für heilig und Schweine für unrein hielten, war der Tempel wahrscheinlich der einzige Ort, an dem Hühner sicher waren.

An den Wänden des Tempels liefen Säulenreihen entlang und dahinter führten Türen in weitere Räume. Bex sah in mehrere davon hinein, wobei sie sich bemühte, sich so unauffällig wie möglich zu verhalten.

Bei den ersten Räumen schien es sich um Meditationsräume zu handeln, wo ein paar Leute mit geschlossenen Augen knieten oder im Schneidersitz saßen. Vielleicht waren es auch Statuen, das konnte sie nicht genau erkennen. Durch eine weitere Tür gelangte man in einen großen, abgeschiedenen Garten mit verdorrtem Gras und Wegen aus geborstenen Pflastersteinen. Am Rand standen Büsche und Kirschbäume und dahinter zog sich eine Mauer entlang.

Hinter der nächsten Tür sah sie eine schmale Treppe,

die nach oben führte. Sie lauschte einen Augenblick lang, konnte aber niemanden hören. Sie glaubte schon, dass die beiden Diebe durch den Tempel und den Garten hindurch in der Stadt untergetaucht waren und so alle Verfolger abgeschüttelt hatten, als sie die nächste Tür erreichte.

Sie erwartete einen weiteren Meditationsraum oder so etwas Ähnliches, doch als sie einen kleinen, quadratischen Raum betrat, standen dort die beiden Diebe an einem Tisch. Die Aktentasche lag offen darauf und der Inhalt in Form von mehreren DIN-A4-Blättern war darauf ausgebreitet. Mit seinem Handy machte der blonde Mann Fotos davon.

»Oh, tut mir leid«, sagte sie automatisch, »ich dachte, das gehört zum Rundgang dazu.«

»Das hier ist privat«, erklärte der Blonde mit rauer, harscher Stimme. Schnell hielt er das Telefon ans Ohr, als wolle er jemanden anrufen oder hätte gerade telefoniert.

»Tut mir leid«, entschuldigte Bex sich noch einmal und zog sich mit einem höflichen Lächeln zurück. Doch sie versuchte, sich so viele Details des Raumes wie möglich einzuprägen. Auf dem Boden standen ein Laptop, angeschlossen an ein tragbares Ladegerät, und ein WLAN-Router.

»Sehr schlau«, hörte sie Kieron aus ihrem Headset. »Wer wird sich in einem Jain-Tempel schon über Eindringlinge beschweren? Diese Mönche sind so höflich, sie würden sie wohl nur anlächeln und weitermachen lassen. Es ist die perfekte Tarnung.«

Die blonde Frau sah Bex herausfordernd an. Sie hatte ihr Haar zu einem strammen Pferdeschwanz zurückgebunden, was ihr Gesicht streng und gefährlich aussehen ließ.

»He, die habe ich schon mal gesehen«, sagte sie zu

ihrem Gefährten. »Sie war am Gateway of India, als wir die Aktentasche geholt haben.«

»Bist du sicher?«, fragte der Mann und sah Bex finster an.

»Sie hat uns angesehen. Direkt angesehen.«

Der Mann verzog das Gesicht.

»Wir sind aufgeflogen. Schnapp sie dir, ich nehme die Tasche.«

Die Frau kam auf Bex zu und ihre Hand fuhr zum hinteren Hosenbund. Bex wartete nicht ab, ob sie ein Messer, eine Pistole oder sonst eine Waffe zückte, sondern drehte sich um und rannte los. Sie machte sich nicht mehr die Mühe, wie eine Touristin auszusehen.

Ihre nackten Füße klatschten auf die Fliesen, als sie über den offenen Bereich des Tempels zur Tür rannte. Die Mönche sahen ihr erstaunt nach, erschrocken über die Entweihung ihres sonst so ruhigen Tempels. Bex verspürte den unwiderstehlichen Drang, sich bei ihnen zu entschuldigen, als sie zwischen ihnen hindurchrannte, unterdrückte ihn aber. Vor ihren Füßen stoben die Hühner laut gackernd in einem Federwirbel auseinander.

Hinter sich hörte sie die hämmernden Schritte der Frau, die sie verfolgte. Es klang, als trüge sie Stiefel. Sie hatte eindeutig keinen Respekt vor den Bräuchen des Tempels.

Als Bex zur Tür kam, explodierten Staub und Steinchen aus der Wand neben ihrem Kopf. Sie hatte keinen Schuss gehört, offenbar benutzte die Frau einen Schalldämpfer. Wenn sie jetzt durch die Tür ging, würde sie ein perfektes Ziel bieten, weil sie im Licht von draußen lange genug als Silhouette sichtbar wäre, dass die Frau sie von hinten niederschießen könnte. Also wich sie zur Seite aus, hinter eine der Säulen, und rannte den Säulengang an der Wand entlang.

Die Stirn einer der lebensgroßen Statuen zersplitterte, als sie daran vorbeikam. Die Meditationsräume boten keine Zuflucht, dort säße sie nur in der Falle. Außerdem würde sie das Leben aller Jains darin in Gefahr bringen. Vor sich sah sie die Tür zu der Treppe in einer Ecke des großen Raumes. Sie lag halb verborgen hinter einer Säule. Sollte sie dorthin laufen?

»Ich habe den Grundriss des Tempels hier«, erklang Kierons Stimme eindringlich. »Gehen Sie nicht nach oben. Es gibt nur die eine Treppe und die Fenster sind zu schmal, um durch sie zu flüchten. Sie säßen in der Falle.«

»Danke«, stieß sie hervor und änderte ihren Kurs.

Vor ihr tauchte die Tür zum Garten auf. Sie rannte darauf zu und raste in den Garten. Dort kamen ihr auf einem der Pfade drei japanische Touristen entgegen. Sie rannte zwischen ihnen hindurch und sie stoben auseinander wie zuvor die Hühner. Die Zweige eines der Kirschbäume reichten über die Mauer. Sie sprang hoch, ergriff die untersten Äste und zog sich zwischen den Blätter und Blüten hinauf.

Sie hörte die Schritte von Stiefeln auf dem Pflaster. Das musste die Frau sein. Niemand außer ihr und ihrem Begleiter würde im Tempel Stiefel tragen.

Die Schritte hielten inne. Bex vermutete, dass die Frau sich umsah, die Pistole schussbereit in der Hand. Im Moment verbargen die Blätter und Blüten sie, doch sobald sie versuchte, weiter hinaufzuklettern, würde das Geräusch sie verraten. Und selbst wenn sie sie nicht sehen konnte, konnte die Frau immer noch blind in den Baum schießen und würde Bex mit Sicherheit treffen. Also verharrte sie still auf einem Ast und hielt sich an einem anderen fest. Sie versuchte, so langsam wie möglich zu atmen.

Weitere Schritte erklangen. Es hörte sich an, als stünde die Frau mit der Waffe jetzt direkt unter dem Baum.

Der Duft einer Kirschblüte direkt neben ihr kribbelte Bex in der Nase. Sie spürte ein Niesen aufsteigen, immer drängender und drängender, bis es fast unerträglich war. Langsam hob Bex die freie Hand und hielt sich die Nase zu, bis das Gefühl nachließ.

Weitere Schritte erklangen und wurden leiser, als die Frau sich entfernte. Ihr Klang veränderte sich, als sie wieder den Tempel betrat.

Um sicher zu sein, zählte Bex bis zwanzig und begann dann, bis zu den obersten Ästen hochzuklettern. Der Blick über die Mauer zeigte ihr eine schmale Gasse, durch die ein Rinnsal Schmutzwasser lief. Eine struppige Katze schlich auf der Suche nach Futter an der Mauer entlang. Bex hielt sich oben an der Mauer fest und ließ sich vorsichtig hinunter, die Füße an die Wand gepresst, bis sie nur noch ein paar Fuß über der schlammigen Gasse schwebte.

Die Ziegel unter ihren Händen begannen zu bröckeln, sodass sie das letzte Stück hinunterfiel und auf dem Rücken im Dreck landete. Es tat weh, doch sie konnte sich keine Pause erlauben, daher drehte sie sich schnell um und stand auf. Irgendwo vor dem Tempel standen demütig ihre Schuhe – vorausgesetzt, sie waren noch nicht gestohlen worden. Doch sie konnte sie nicht holen, da die Diebe sie dort mit Sicherheit erwarten würden.

Mit quatschenden Schritten ging sie durch die Gasse und entfernte sich vom Tempel.

»Kann ich etwas für Sie tun?«, frage Kieron unsicher.

»Such mir einen Laden, in dem ich neue Schuhe bekomme«, verlangte sie müde. »Oh, und ein neues T-Shirt. Das hier ist völlig verdreckt.«

Eine Stunde später fühlte sie sich wesentlich besser. Sie hatte sich neue Turnschuhe gekauft, ihre Frisur geändert und ihr T-Shirt gegen ein völlig anderes Kleidungsstück ausgetauscht. Das schmutzige T-Shirt hatte sie auf der Straße in einen Mülleimer geworfen. Als sie wegging, hörte sie es hinter sich rumoren und als sie sich umdrehte, sah sie, wie drei magere Kinder das T-Shirt aus dem Müll zogen und sich darum stritten. So wie sie daran zerrten, würden sie es wahrscheinlich zerreißen.

Doch das war nicht ihr Problem. Zumindest hatte sie ihr Aussehen geändert. Wenn die Aktentaschendiebe noch nach ihr suchten, würden sie jemanden mit einer anderen Frisur und einem anderen Oberteil suchen. In einer Drogerie hatte sie sogar Geleinlagen für ihre Turnschuhe gefunden. Sie veränderten ihren Gang. Es war nicht offensichtlich, aber sie war ausgebildet worden, Leute anhand ihres Gangs identifizieren zu können, und sie ging davon aus, dass die Aktentaschendiebe von ihren Auftraggebern ebenso ausgebildet worden waren. Wenn sie irgendwann rennen musste, würde sie sie herausnehmen und wegwerfen müssen, aber im Augenblick gehörten sie zu ihrer Verkleidung.

Dumm war nur, dass sie weiter die Sonnenbrille tragen musste. Die war zwar so neutral wie möglich gehalten, aber hätte sie es gekonnt, hätte sie sie ebenfalls ersetzt, etwas Auffälligeres, was ihr Aussehen mehr veränderte. Nur war die Brille ihre einzige Verbindung nach England und jeglicher Hilfe. Falls sie Kieron wirklich als eine Hilfe bezeichnen konnte.

Jetzt saß sie in einem Café vor einem Flat White, der

dem Barista zufolge mit Kardamom gewürzt war. Er schmeckte ziemlich gut.

Kieron erzählte ihr über das Headset etwas über Kardamom. Sie drehte die Lautstärke herunter, um besser nachdenken zu können. Er war von dieser Technologie begeistert wie ein Kind von einem Weihnachtsgeschenk. Allerdings hatte sie keine Ahnung, was sie jetzt tun sollte.

Plötzlich fiel ihr auf, dass Kieron verstummt war, als warte er auf eine Antwort. Sie tippte auf das Headset, um ihn wieder lauter zu stellen.

»Entschuldige, was hast du gesagt?«

»Ich sagte, soll ich lieber eine Weile still sein? Sie scheinen abgelenkt zu sein?«

»Nein. Oder, ja«, seufzte sie. »Weißt du, du hast dich in eine gefährliche Lage gebracht, und ich muss zusehen, wie ich dich da wieder heraushole.«

»Okay.« Überzeugt klang er nicht. »Also Sie sind in Indien und ich bin in Newcastle. Sie können also nicht wirklich verhindern, dass ich Ihnen helfe, oder?«

»Ich kann meinen Vorgesetzen melden, dass du das Gerät für die Einsatzleitung hast«, bluffte sie.

»Dann kriege ich Ärger, und ich glaube, das wollen Sie nicht«, gab er zurück. Er klang vernünftig und er hatte recht, das musste sie zugeben. »Außerdem haben Sie vermutet, dass einer ihrer Vorgesetzten den Auftrag für die Entführung Ihres Freundes Bradley gegeben hat. Wenn Sie das der falschen Person erzählen, bringen Sie sich und mich in Gefahr.«

Auch damit hatte er recht.

»Ich könnte es der Polizei erzählen.«

Das war ein Schuss ins Dunkle, aber in der Eile fiel ihr nichts Besseres ein.

»Die glauben Ihnen doch sowieso kein Wort. Eine Geheimagentin, die im Ausland operiert und von einem Teenager aus Newcastle Informationen bekommt? Sie glauben doch nicht im Ernst, dass sie dann sofort jemanden vorbeischicken, um die Geräte zu holen?« Nach einer kurzen Pause fuhr er fort: »Außerdem bin ich der mit der Informationsbrille, nicht Sie. Sie wissen doch nicht mal, wo ich wohne.«

»Stimmt auch wieder«, meinte sie und nahm einen Schluck Kaffee. »Und wie stehen meine Chancen, wen ich dich bitte, die Brille und das Headset in einen Umschlag zu stecken und zur Post zu bringen?«

»Null. Mir macht das viel zu viel Spaß und Sie brauchen meine Hilfe. Also – tun Sie einfach so, als sei ich Bradley. Was machen wir jetzt?«

Sie seufzte.

»Okay, wir haben drei Probleme, wenn wir mal die Tatsache außer Acht lassen, dass unsere superteuren, supergeheimen Spionagegeräte ein paar Teenagern in die Hände gefallen sind.«

»Übertreiben Sie es nicht«, warnte Kieron, doch er klang belustigt.

»Das erste Problem ist, dass Bradley von diesen Blut-und-Boden-Fanatikern in Newcastle als Gefangener oder Geisel festgehalten wird. Vielleicht verletzen sie ihn oder foltern ihn, um Informationen aus ihm herauszupressen.«

Der Gedanke daran ließ sie schaudern.

»Aber Sie vermuten doch, dass einer Ihrer Chefs mit Blut und Boden in Verbindung steht. Ich habe mit der Brille das Kennzeichen überprüft. Es gehört zu einer Firma, die eine Scheinfirma für den MI6 ist.«

»Das hatten wir doch schon.«

»Ja, aber Sie übersehen da etwas. Der Verräter im MI6 weiß doch genauso viel wie Bradley, oder?«

Bex hätte sich gerne vor die Stirn geschlagen, nur dass das in dem Café viel zu auffällig gewesen wäre.

»Da hast du recht. Also – wo haben sie ihn hingebracht?«, fragte sie sich, doch noch bevor Kieron etwas erwidern konnte, kam sie selbst auf die Antwort: »Sie mussten unsere Mission stören, damit diese beiden Diebe Fahim die Aktentasche stehlen konnten.«

»Stimmt«, bestätigte Kieron befriedigt. »Sie haben nur nicht erwartet, dass ich die Geräte aufhebe und Ihnen helfe, die Diebe zu verfolgen.«

Sie fühlte sich gleich besser. Vielleicht war Bradley nicht in Sicherheit, aber zumindest würde er nicht gefoltert werden. Vermutlich.

»Das bedeutet«, fuhr sie fort, während sie in Gedanken die verschiedenen Verbindungen herstellte, »dass die Aktentaschendiebe und die Kerle, die Bradley entführt haben, alle zur gleichen Verschwörung oder Organisation gehören.«

»Das ließ ja schon ihr Aussehen vermuten«, meinte Kieron. »Alle blond und sauber gescheitelt.«

»Wenn ich sie also hier in Mumbai finden kann, kann ich herausfinden, was sie machen, und vielleicht, vielleicht erfahren, wer der Verräter im MI6 ist. Und den können wir dann dazu bringen, uns zu sagen, wo Bradley gefangen gehalten wird.«

»Gute Idee.«

Kieron klang so zufrieden, als hätte er gerade eine Eins für seine Hausaufgaben bekommen.

Bex spürte, wie ihre Laune sank.

»Das Problem ist nur, dass sie mittlerweile den Jain-

Tempel verlassen haben und wahrscheinlich alle Spuren, die ich verfolgen könnte, verwischt haben. Ich habe keine Ahnung, wo sie jetzt sein könnten.«

»Da kann ich vielleicht helfen«, meinte Kieron noch zufriedener als zuvor.

»Wie?«

»Zum einen: der Typ auf dem Hoteldach – der mit dem Zielfernrohr, der für die Ablenkung gesorgt hat, damit die Diebe die Aktentasche stehlen konnten? Vielleicht gibt es auf dem Dach Hinweise, die ihn identifizieren können.«

Bex dachte einen Moment darüber nach.

»Unwahrscheinlich, aber möglich«, fand sie. »Die Chancen stehen schlecht. Noch etwas?«

»Ja. Die Papiere auf dem Tisch im Tempel?«

Bex erinnerte sich. Die Aktentasche war offen gewesen und die Papiere hatten auf dem Tisch gelegen. Der Mann hatte sie gerade mit seinem Handy fotografiert.

»Ja, aber ich denke, sie haben sie mittlerweile weggebracht.«

»Schon, aber ich habe herausgefunden wie man mit der Kamera in der Brille Aufzeichnungen macht. Ich habe ihn fotografiert, wie er die Papiere fotografiert hat.«

»Dann können wir ihn also identifizieren?«, fragte Bex ungläubig.

»Nein.« Kierons Selbstzufriedenheit wurde langsam unerträglich. »Ich könnte die Bildteile mit den Papieren vergrößern und lesen, was darauf steht. Ich konnte nur die obersten davon sehen und die waren in einer fremden Sprache geschrieben, aber ich wette, ich kriege Ihr Computerdings dazu, sie zu übersetzen. Dann wissen wir hoffentlich, was die beiden vorhaben, und wir können sie finden.«

»Kieron«, stellte Bex fest, »ich nehme alles zurück. Du bist ein Genie.«

»Ich weiß«, behauptete er. »Und noch etwas …«

Sie wurde ein wenig unruhig. »Was?«

»Sam und ich werden Ihren Freund Bradley aus der Hand von Blut und Boden befreien.«

Kapitel 5

»Auf keinen Fall! Das verbiete ich euch!«, erklärte Bex im gleichen Tonfall wie Kierons Mutter, wenn sie ihm sagte, dass er sich abends um elf Uhr nicht mit seinen Freunden in der Innenstadt von Newcastle treffen durfte.

Kieron versuchte, erwachsen und vernünftig zu klingen, als er argumentierte: »Also, wir sind hier und Bradley ist hier und Sie sind in Indien.« Um möglichst so zu klingen, als hätte er Ahnung, warf er einen Ausdruck ein, den er aus dem Fernsehen kannte: »Wir sind vor Ort, wir haben hier sozusagen »Boots on the Ground«. Wer sonst könnte Bradley helfen, diesen Kerlen zu entkommen?« Er beschloss, noch ein wenig mehr Druck auszuüben. »Wer weiß, was sie gerade mit ihm anstellen? Wir sind seine letzte Hoffnung.«

»Kieron, du bist noch ein Kind! Ich kann nicht zulassen, dass ihr da mit reingezogen werdet, du und Sam. Ich meine, im Augenblick sitzt du nur irgendwo in einem Zimmer und hilfst mir, indem du mit mir redest. Glaub mir, ich weiß das zu schätzen. Ohne dich wäre ich nicht so weit gekommen. Aber Bradley zu befreien ist gefährlich. Dafür müsstet ihr raus, wo euch die Leute von Blut und Boden leicht finden können.«

Sie klang ehrlich besorgt, und Kieron verspürte einen Anflug von schlechtem Gewissen, weil er versuchte, sie zu manipulieren.

Er wollte schon sagen, dass die von Blut und Boden ihn und Sam sowieso schon suchten, wenn man bedachte, dass der Kerl im Einkaufszentrum sich nach ihnen umgesehen hatte, hielt aber lieber den Mund, denn das machte die Sache womöglich nur noch schlimmer. Wenn er sie daran erinnerte, würde Bex den Kontakt möglicherweise ganz abbrechen.

»Lass mich das von hier aus regeln«, sagte sie. »Sobald ich herausgefunden habe, wem ich beim MI6 noch trauen kann, werde ich dieser Person Bescheid geben und sie kann Bradley da rausholen. Aber jetzt muss ich mich um andere Dinge kümmern. Ich brauche mal ein paar Stunden ohne Kontakt, ja?«

»Okay.«

Widerstrebend drückte er den Knopf zum Trennen der Verbindung an der Seite der Brille.

»Also was genau werden wir jetzt tun?«, erkundigte sich Sam, die Brauen hochgezogen.

Kieron versuchte, seinem Blick auszuweichen.

»Wir vergrößern das Bild von den Aktentaschendieben und ihren Papieren und sehen, ob wir so irgendwelche Hinweise darauf finden, was sie vorhaben und wohin sie verschwunden sind«, erklärte er beiläufig. »Dann kann Bex ihre Mission abschließen und wir leben alle glücklich bis an unser Ende. Bis auf die bösen Jungs natürlich.«

»Du weißt genau, was ich meine«, unterbrach ihn Sam. »Die andere Sache. Die, bei der wir den Kumpel deiner

Freundin aus den Händen der Rechtsextremisten befreien.«

»Das ist nicht meine Freundin!«, rief Kieron entsetzt. »Ich kenne sie doch gar nicht!«

»Na gut, dann eben deine virtuelle große Schwester oder wie immer du sie nennen willst. Wir werden also ihren Kumpel retten?«

»Ja.«

»Aus den Händen von Rechtsextremisten?«

»Noch mal ja.«

»Obwohl sie uns gerade deutlich gesagt hat, wir sollen es lassen?«

»Immer noch ja.«

Sam schwieg einen Moment und sah Kieron nur an. Dann sagte er: »Du weißt schon, dass dein Plan eine Schwachstelle hat, oder?«

Kieron zuckte mit den Achseln.

»Wir sind Jugendliche ohne jede Erfahrung bei Rettungseinsätzen und wir können nicht kämpfen, schon gar nicht um unser Leben?«

»Genau.«

Kieron seufzte.

»Hör mal, abgesehen von den Entführern sind wir die einzigen Leute in England, die wissen, dass Bex' Freund entführt worden ist, oder?« Einen Augenblick hielt er inne. »Okay, er weiß es vermutlich auch, aber das spielt wohl im Moment keine Rolle. Wir sind die Einzigen, die es wissen und etwas unternehmen können.«

Sam nickte zögernd. »Stimmt.«

»Und wenn wir damit zur Polizei gehen, tätscheln sie uns nur den Kopf und schicken uns nach Hause, oder?«

»Stimmt auch.«

»Und wir verfügen – rein zufällig – über ein Hochleistungs-AR-Computerset, mit dem wir auf Informationen zugreifen können, die normalerweise nur Spione und Geheimagenten bekommen, oder?«

Sam verzog das Gesicht und rieb sich die Nase. »Das geht zwar gerade in eine Richtung, die mir gar nicht gefällt, aber ja, das stimmt.«

»Wer könnte also diesen Bradley besser finden und aus seinem Gefängnis befreien als wir?«

»Deine Argumentation ist beeindruckend«, stellte Sam fest. »Ich werde deinen YouTube-Channel abonnieren.« Er schüttelte den Kopf. »Okay, mit zwei Dingen musst du dich einverstanden erklären, bevor wir loslegen.«

»Schieß los.« Kieron merkte einmal wieder, wie sehr er seinen Freund mochte. Sam war ungemein praktisch veranlagt und würde ihn immer unterstützen. Immer. So ungern er es auch zugab. Solange er denken konnte, waren sie schon befreundet. Ihre Mütter hatten während der Schwangerschaft im Krankenhaus nebeneinandergelegen. Sie hatten zur gleichen Zeit die Emo-Musik für sich entdeckt und Sam hatte nicht einmal etwas dagegen gehabt, dass Kieron ein Auge auf seine Schwester geworfen hatte. Sie waren und würden immer beste Freunde sein.

»Erstens: Wir finden raus, wo dieser Bradley steckt, und dann werden wir beide eine vernünftige, erwachsene Unterhaltung darüber führen, ob er tatsächlich von zwei minderjährigen Greebs gerettet werden kann. Einverstanden?«

»Einverstanden.« Kieron musste unwillkürlich darüber lächeln, wie sich das Blatt gewendet hatte. Gerade noch hatte er die Argumente auflisten müssen und Sam hatte widerwillig zugestimmt. Jetzt war es genau umgekehrt.

»Zweitens: Wenn wir – oder jemand anderes – diesen

Bradley wo auch immer rausholen, kriegt er dieses AR-Equipment zurück und wir machen uns aus dem Staub.«

Darüber musste Kieron eine Weile nachdenken. Eigentlich wollte er sich gar nicht aus dem Staub machen, er wollte sich nicht von Bex und ihrer Mission in Indien verabschieden, wusste aber auch, dass er nur durch eine zufällige Verkettung von Umständen damit zu tun bekommen hatte. Im Grunde war er der Letzte, der dafür infrage kam, einem Geheimagenten zu helfen. Er hasste Sport und hatte keine Ahnung von Politik. Es gab wesentlich besser geeignete Leute da draußen – zum Beispiel diesen Bradley. Und wenn er versuchte, weiterzumachen, wenn er versuchte, weiterhin ein Teil dieser Welt zu sein, in die er unbeabsichtigt gestolpert war, konnte er Bex' Leben tatsächlich in Gefahr bringen. Und das konnte er guten Gewissens nicht tun.

»Einverstanden«, erklärte er.

Sam nickte. »Na gut. Wo fangen wir an?«

»Als Erstes ziehen wir für Bex die Informationen aus dem Bild, damit sie ihren Job machen kann«, überlegte Kieron. »Also, auch wenn diese Brille eine wirklich gute Auflösung für die AR-Bilder im Display hat, laden wir die Bilder wahrscheinlich besser herunter und sehen sie uns auf einem großen Bildschirm an.« Er deutete auf seinen Schreibtisch, auf dem sein Computer stand. Er war ein Weihnachtsgeschenk von seiner Mutter. Er war teuer – wenn auch Second-Hand –, und tief im Innersten wusste er, dass er zum Teil eine unausgesprochene Entschuldigung dafür war, dass sie so oft weg war und arbeitete, und zum Teil eine Bestechung, damit er die Tatsache akzeptierte, dass sie auch in absehbarer Zukunft weiterhin so viel arbeiten würde. Er wusste, dass sie das eigentlich nicht wollte, dass sie nur so viel arbeitete, um genügend Geld für sie beide zu verdienen. Außerdem liebte er den Computer und wollte sich nicht beschweren. Die Tastatur leuchtete, wenn sie eingeschaltet wurde. Die Tasten waren grün umrandet und im Gehäuse befanden sich LEDs, die man durch eine transparente Fläche sehen konnte.

»Schalte du ihn ein und rufe ein Bildbearbeitungsprogramm auf, während ich versuche, herauszubekommen, wie ich mir dieses Bild selbst zumailen kann.«

Aber nachdem er erst mal die Ordnerstruktur gefunden hatte, in der das Bild von den beiden Aktentaschendieben gespeichert war, musste er es nur noch auswählen, mit der Hand wedeln, bis ein Menü auftauchte, die entsprechende Mailoption auswählen und seine Adresse in die virtuelle Tastatur eingeben, die vor ihm auftauchte, um es zu senden.

»Hast du keine Angst, die falsche Leute könnten deine E-Mail-Adresse in die Finger bekommen und herausfinden, wer du bist?«, erkundigte sich Sam, als Kierons Computer mit einem Pling bekannt gab, dass eine E-Mail eingegangen war.

»Das ist ein Gmail-Konto«, erklärte Kieron. »Ich bin emohead257@gmail.com. Das ist an sich schon relativ anonym, aber wenn ich irgendeinen Hinweis darauf finde, dass sich Leute dafür interessieren, werde ich sie einfach aufgeben und eine andere Adresse benutzen. Ich bin auch emohead258 und emohead259. Alles abgesichert.«

Sam nickte zustimmend.

»Gut gemacht. Und auch ein bisschen irre. Ich wusste nicht, dass deine Paranoia so weit geht. Drei Mailadressen? Du bist ja schlimmer als ich.« Er öffnete Kierons Mailprogramm und wählte eine der Nachrichten aus, die gerade hereingekommen waren. »Oh, du hast mehrere Benachrichtigungen von Computerspielherstellern und – oh, interessant – du hast eine Nachricht von Naomi!«

»Das ist privat!«, rief Kieron schnell. »Nicht aufmachen!«

»Ist das die Naomi, die wir neulich in der Stadt gesehen haben? Die mit den grünen Haarspitzen?«

»Wahrscheinlich will sie nur wissen, wo wir sind.« Er spürte, wie sein Herz schneller schlug. Als er sah, dass Sam die oberste Nachricht geöffnet hatte, die mit der Bilddatei, die er sich gerade selbst zugeschickt hatte, beruhigte er sich ein wenig und fuhr fort: »Ich hab sogar acht E-Mail-Adressen. Nur drei davon sind von Gmail.« Er tippte an die Brille. »Wenn du je daran gezweifelt hast, dass Big Brother dich beobachtet, dann bringt dich das Ding hier dazu, es zu glauben.«

»Aber nur weil Big Brother dich beobachten kann, heißt das noch nicht, dass er es auch tut«, meinte Sam und wandte sich um, um Kieron anzugrinsen. »Und in deinem Fall ist es ja wohl eher Big Sister, oder?«

»Ja, sehr lustig.« Kieron ging zu Sam hinüber und sah ihm über die Schulter. Das Bild wurde im Grafikprogramm geöffnet, das er installiert hatte, um Memes oder Ähnliches für das Internet zu machen. Es war genau so, wie er die Szene in Erinnerung hatte. Die beiden blonden Diebe beugten sich über den Tisch mit dem Stapel DIN-A4-Blätter und die Aktentasche stand offen daneben.

Sam runzelte die Stirn.

»Weißt du was? Die sehen aus wie diese Leute, die ab und zu durch die Innenstadt von Newcastle laufen und verlangen, dass alle Einwanderer dorthin zurückgehen, wo sie hergekommen sind.«

»Wobei sie die Tatsache ignorieren, dass die meisten Menschen, die in den kleinen Läden und den indischen

Restaurants arbeiten, aus Familien stammen, die schon länger im Land sind als sie selber«, bestätigte Kieron. »Okay, versuch mal, den Stapel mit den Papieren zu vergrößern.«

Sam zog ein Kästchen um die Papiere und klickte auf die Maus. Sofort zeigte der Bildschirm eine Nahaufnahme des Papierstapels. Auf mehreren Blättern konnte man Schrift erkennen und das Bild war kaum verpixelt.

»Gute Kamera, die sie da in der Brille hat«, lobte er.

»Ich erkenne nur Kritzel«, sagte Kieron und beugte sich über den Bildschirm. »Zoom noch weiter ran.«

Sam wiederholte den Vorgang, bis die Blätter den gesamten Bildschirm einnahmen.

»Der Grund dafür, dass diese Schrift aussieht wie Gekritzel, ist, dass das eine fremde Sprache ist«, stellte Sam fest, nachdem er eine Weile intensiv darauf gestarrt hatte. »Sieht aus wie Urdu.«

Kieron starrte ihn an.

»Sieht aus wie Urdu«, wiederholte er. »Seit wann erkennst du denn Urdu?«

»Kennst du das Mädchen aus Mrs Adams Klasse?« Sam zog ein wenig die Schultern zusammen, was er immer tat, wenn er verlegen wurde. »Shahlyla? Wir sind ein paar Mal miteinander ausgegangen. Bei ihr zu Hause habe ich eine Menge Bücher in Urdu gesehen.«

»Du und Shahlyla?«

»Lass gut sein!«

»Und triffst du dich noch mit ihr?«

»Ich sagte: Lass gut sein!« Sam zuckte abwehrend mit den Schultern. »Offenbar steht sie mehr auf Rugbyspieler als auf Greebs. Hätte sie mir auch sagen können, bevor wir uns geküsst haben, anstatt Wochen danach.«

»Und du wagst es, mich nach Naomi zu fragen! Du

Witzbold!« Kieron lachte. »Okay, es ist also Urdu. Das können wir bestimmt übersetzen. Dafür gibt es Tools im Internet.«

»Dein AR-Gerät könnte es«, meinte Sam.

»Ja, aber hier geht es schneller. Lass mich mal.«

Er schob Sam vom Stuhl und setzte sich, rief einen Internetbrowser auf und versuchte, eine Seite zu finden, mit der man Text auf Bildern erkennen und übersetzen konnte, lud die Datei auf die Seite und ließ sie arbeiten.

»Machst du dir echt keine Sorgen um die Sicherheit?«, fragte Sam, der sich auf Kierons Bett zurückgezogen hatte.

»Diese Seiten bearbeiten Tausende von Bildern pro Minute«, bemerkte Kieron.

»Aber die Computer der NSA können in einer Sekunde Millionen von Bildern bearbeiten.«

»Außerdem verwende ich einen anonymisierten Router und meine E-Mail-Adresse kann nicht zu mir zurückverfolgt werden. Ich bin doch paranoid, schon vergessen?«

Der Computer piepte erneut, Kieron hatte eine Übersetzung direkt an seine E-Mail-Adresse schicken lassen. Schnell öffnete er die Mail und überflog sie.

»Also«, meinte er ungläubig, »das sieht aus wie eine Einkaufsliste für Terroristen. Die Übersetzung ist nicht perfekt – die Worte sind durcheinander und die Grammatik ist grauenvoll, aber ich kann »Polonium«, »Neutron«, »Strahlung«, »Zentrifuge« und »Plutonium« verstehen und etwas, was nach Koordinaten aussieht.« Er zögerte, weil ihm das auf einmal alles so unwirklich vorkam. »Oh Mann. Ich glaube, darauf steht, dass eine bestimmte Nuklearwaffe an einem bestimmten Ort an der Grenze zwischen Indien und Pakistan gelagert wird. Nein, halt, da steht, dass die Waffe von einem Bunker an der Grenze zu einem sichereren Ort weiter im Inneren von Pakistan gebracht wird. Das ist eine Versandliste!«

»Das ist ein Drehbuch«, widersprach Sam düster. »Für einen Film.«

»Nein.« Kieron schüttelte den Kopf. »Das ist echt. Hier wird ein Bunker ein paar Hundert Meilen südlich von Islamabad beschrieben – wo immer das auch ist. Ich glaube, wir sollten Bex davon erzählen.«

Er drehte sich zu Sam um, um seine Reaktion zu sehen, doch sein Freund lag auf dem Bett, hatte die AR-Brille auf und wedelte mit den Händen in der Luft. Offensichtlich rief er Menüs und die Tastatur auf.

»He!«, schrie Kieron. »Lass das liegen!«

»Wieso? Darfst nur du das benutzen?«, beschwerte sich Sam. »Das ist doch nicht dein Privateigentum!«

Kieron hechtete zu ihm hinüber und riss Sam die Brille vom Kopf.

»Das ist empfindliche Technologie – damit spielt man nicht einfach nur blöde Ego-Shooter-Spiele.«

»Hab ich gar nicht.« Sam setzte sich auf und sah ziemlich beleidigt aus. »Also, wenn du es genau wissen willst, habe ich nachgesehen, ob ich auf den Schulserver komme. Überleg mal – wenn ich vor dem Examen an die Prüfungsaufgaben komme, könnten wir sie verkaufen. Oder wir könnten sie für uns behalten und alle Prüfungen mit Auszeichnung bestehen.«

»Das wäre dann überhaupt nicht verdächtig«, behauptete Kieron und überprüfte die Brille auf mögliche Schäden. »Also, wir stecken hier bis zum Hals in Regierungsangelegenheiten. Das Letzte, was wir wollen, ist, irgendeinen Verdacht zu erregen oder auch nur Aufmerksamkeit auf uns zu ziehen. Also lass das Ding einfach liegen!«

Sam wollte gerade den Mund aufmachen, um – seinem Gesichtsausdruck nach zu urteilen – etwas möglichst Ätzendes und Sarkastisches zu sagen, als sie durch das Schlagen einer Tür unterbrochen wurden.

»Deine Mum!«, rief er plötzlich panisch.

»Kieron?«, rief eine Stimme. »Bist du da?«

»In meinem Zimmer!«, rief Kieron zurück und warf Sam die Brille wieder zu. »Versteck sie!«, zischte er und ging zur Tür, um seine Mutter abzufangen, bevor sie das Zimmer betreten konnte. Doch Sam wedelte hektisch mit der Hand.

»Headset!«, flüsterte er.

Kieron nickte, zog sich das Headset vom Ohr und warf es seinem Freund zu.

Dann ging er hinaus in den Flur und schloss die Tür hinter sich. In der Küche hörte er Geräusche.

»Wie war's in der Arbeit?«, fragte er.

»Wieder ein Tag geschafft, wieder ein paar Rechnungen bezahlt«, antwortete seine Mutter und strich sich ein paar Haarsträhnen aus dem Gesicht, als wolle sie die Welt von sich wegschieben. Geschirr klapperte und dann wurde die Kühlschranktür geöffnet und wieder geschlossen. »Hör zu, ich muss noch mal weg. Mein Chef will, dass ich bei einem Essen dabei bin, um einen Klienten zu unterhalten. Im Kühlschrank steht eine Schüssel Spaghetti für die Mikrowelle. Kommst du klar?«

»Ja, wir schaffen das schon.«

»Wir?« Sie drehte sich vom Küchentresen weg und sah ihn an. Sie trug ihr einziges gutes Kostüm, aber sie hatte abgenommen und wirkte darin ein wenig verloren, wie ein kleines Mädchen, das sich als Erwachsene verkleidet. »Du hast Besuch? Ist es ein Mädchen?« Ein plötzlicher Anflug von Panik flog über ihr Gesicht. »Nicht, dass es eine Rolle spielt. Ein Mädchen, meine ich. Du bist ein junger Mann – du kannst natürlich ein Mädchen mitbringen, wenn du willst.« Auch wenn Kieron es kaum für möglich gehalten hätte, wurde seine Mutter noch panischer als zuvor. »Oder einen Jungen. Ich habe keine Vorurteile. Wenn du einen Jungen auf dem Zimmer hast, ist das genauso in Ordnung. Vielleicht sogar besser – ein Junge kann wenigstens nicht schwanger werden. Nicht dass ich glaube, du …«

»Es ist Sam«, sagte er.

Auf ihrem Gesicht breitete sich ein Lächeln aus.

»Sam Rosenfelt? Oh, wie schön. Wie geht es ihm?«

»Gut.«

»Ist er noch in seiner Emo-Phase?«

»Das ist keine Phase, Mum«, antwortete er ernst. »Das ist ein Lebensstil. Und er ist kein Emo, sondern ein Greeb. Ich übrigens auch, falls dir das noch nicht aufgefallen ist.«

Sie starrte ihn intensiv an, und ihrem Gesichtsausdruck nach zu urteilen, konnte man meinen, sie sähe ihn zum ersten Mal nach einer sehr langen Zeit.

»Du bist schon so groß. Wie bist du nur so groß geworden? Wann ist das passiert?«

»Nach und nach«, antwortete er.

Sie schüttelte den Kopf und hielt eine Hand auf Hüfthöhe.

»Nein, ich schwöre, letzte Woche noch warst du erst so groß. Und jetzt bist du auf einmal …« Sie hielt die Hand auf Höhe ihres Kopfes.

»Mum, das nennt man Erwachsenwerden.«

»Also, mir gefällt das nicht. Hör auf damit.« Der schwermütige, fast traurige Ausdruck in ihrem Gesicht wich einem Stirnrunzeln. »Dein Kragen ist durchgescheuert.« Sie sah ihn von oben bis unten an. »Und ich kann deine Socken sehen. Du brauchst eine neue Hose. Am Wochenende gehen wir dir eine kaufen.« Doch dann verdüsterte sich ihr Gesicht. »Ach nein, vergiss es – ich bestelle sie online, eine Nummer größer als das letzte Mal. Vielleicht sogar zwei.«

»Skinny Jeans«, sagte er vorsorglich. »Und in Schwarz. Nicht so wie letztes Mal.«

»Mit Skinny Jeans siehst du aus, als würdest du hier nicht genug zu essen kriegen«, behauptete sie. Auf einmal schien sie zehn Jahre älter. »Was ja auch stimmt. Tut mir leid.«

Kieron trat vor und umarmte sie. Fest erwiderte sie seine Umarmung.

»So ist es eben«, sagte er leise. »Du rackerst dich für uns beide ab. Ich wünschte, ich …«

»Was?«, fragte sie gedämpft, weil sie in sein Haar sprach.

»Dass es anders wäre. Aber so ist es eben nicht.«

Einen Moment lang hielt sie ihn noch fester, dann ließ sie ihn los und trat einen Schritt zurück.

»Ich muss los«, erklärte sie. Sie klang sachlich, aber in ihren Augen glitzerte es feucht. »Benimm dich, und wenn das nicht geht, sei wenigstens vorsichtig. Esst etwas – du und Sam – und lasst die Finger von der Weinflasche im Kühlschrank. Die ist für mich, für später.«

»Bis dann! Viel Spaß!«

»Vergiss nicht, dir die Zähne zu putzen!«, rief sie ihm noch über die Schulter hinweg zu. »Und geh unter die Dusche!«

Als er wieder in sein Zimmer kam, spielte Sam erneut mit der AR-Brille herum und fragte: »Alles in Ordnung?«

Das Knallen der Haustür ließ die Vorhänge in Kierons Zimmer kurz aufflattern.

»Alles total super«, gab er zurück und verlangte dann: »Also – deine Zeit ist um. Ich bin dran.«

Missmutig nahm Sam die Brille ab und ließ sie auf dem Bett liegen, als er sich herunterwälzte. Das Headset warf er daneben.

»Da hast du das Zeug. Bitte sehr, leg los. Und was hast du jetzt vor?«

»Zuerst«, begann Kieron, »müssen wir Bex von den Dokumenten erzählen, die wir übersetzt haben, und während sie überlegt, was sie damit anfangen soll, versuchen wir, ihren Freund Bradley zu finden.«

»Ach ja, tun wir das?«, gab Sam zurück und ließ sich auf den Stuhl neben dem Computer fallen.

»Sei doch nicht so! Du kannst mir helfen.« Plötzlich kam ihm ein Gedanke, als er die Brille aufsetzte und das Headset ans Ohr klemmte. »Du hast doch nicht … mit Bex gesprochen, oder?«

Sam zuckte mit den Achseln.

»Wäre das so schlimm? Schließlich ist sie nicht deine Freundin, wie wir ja festgestellt haben. Und sie kann auch nicht *deine* MI6-Agentin sein.«

»Ich glaube«, erklärte Kieron ernst, »dass nur einer von uns mit Bex interagieren sollte, damit es nicht zu Chaos kommt.«

»Ach, jetzt interagieren wir also?«

»Sei kein Arsch.«

Sam zuckte mit den Achseln, drehte sich um und fuhr den Computer aus dem Ruhezustand hoch.

»Wenn du es genau wissen willst«, meinte er, ohne sich umzudrehen, »ich habe nach Downloads für Spiele gesucht. Solche, die noch nicht erschienen sind. Habe aber nichts gefunden.«

Beim Aufsetzen der Brille war vor Kierons Augen ein Startknopf erschienen. Als er darauf drückte, öffnete sich ein Fenster, das ihm zeigte, was Bex gerade tat. Einen Moment lang fürchtete er, dass sie in der Dusche stand, weil Wasser vor ihr herunterfloss, doch dann erkannte er, dass er durch ein Fenster in den Regen sah. Gleichzeitig fiel ihm ein, dass wohl niemand in der Dusche eine Brille trug, woraufhin er sich gleich viel besser fühlte.

»Wo sind Sie?«, fragte er.

»Oh, da bist du ja. Ich bin wieder in meinem Hotelzimmer.«

»Das Wetter sieht ja nicht so toll aus.«

»Offensichtlich ist Monsunsaison«, lachte Bex. »Da muss man mit gelegentlichen sintflutartigen Regenfällen rechnen, aber die drückend feuchte Hitze bleibt uns erhalten. Das ist, als würde man in einer kleinen Küche leben, in der permanent der Wasserkessel kocht.«

Kieron fiel auf, dass er schwach ihr Spiegelbild im Fenster sehen konnte: eine geisterhafte Gestalt im Regen, der an der Scheibe herunterlief. Einen Augenblick lang betrachtete er sie, denn er war neugierig auf die Person, die er in so kurzer Zeit so gut kennengelernt hatte, ohne sie je gesehen zu haben. Er konnte ihre Größe nicht einschätzen – schließlich betrachtete er sie genau auf ihrer eigenen Augenhöhe – aber sie schien jung zu sein, wie jemand, der gerade die Highschool abgeschlossen hatte und aufs College ging. Sie hatte langes braunes Haar und sah … normal aus. Wie jemand, den man hinter einer Supermarktkasse erwartet oder hinter der Theke einer Drogerie.

»Wie läuft es denn bei euch so?«, fragte sie schließlich. »Habt ihr irgendwelche Fortschritte gemacht?«

Sie wandte den Kopf, sodass Kieron ihr Hotelzimmer sehen konnte. Es war klein, aber hübsch und sehr aufwendig eingerichtet. Im Vergleich zu seinem Zimmer war es unglaublich ordentlich. Auf einem Tisch an der Tür stand ein offener Koffer, aber nirgendwo lagen Kleidungsstücke oder andere persönliche Dinge herum. Bex schien in einer Welt zu leben, in der sie möglicherweise blitzschnell ihren Koffer schnappen und den Ort verlassen musste, an dem sie sich befand, daher sorgte sie offenbar dafür, dass alles, was sie brauchte, immer darin verstaut war.

»Ich muss Ihnen ein Dokument zeigen«, sagte er. »Wie kriege ich das auf Ihre Brille?«

»Gar nicht«, bekam er zur Antwort. »Bis auf die Kamera, die in einem der Gelenke verborgen ist, ist das eine ganz normale Brille. Das ist eine Sicherheitsmaßnahme, um zu verhindern, dass jemand hinter mir die Bilder sieht, die auf die Linse projiziert werden, oder für den Fall, dass jemand misstrauisch wird und sie aufhebt, wenn ich sie dummerweise irgendwo habe liegen lassen, oder sie mir vom Kopf reißt. Du bist derjenige der auf die Informationen zugreifen kann, nicht ich.«

»Und was ist mit dem Headset?«, fragte Kieron gespannt. »Fällt das niemandem auf?«

»Ich habe lange Haare. Das Headset ist hinter meinem Ohr versteckt und die Haare fallen darüber. Und falls es doch mal jemandem auffällt und er danach fragt, sage ich, dass ich nicht mehr so gut höre, weil ich in meiner Jugend bei zu vielen Rockkonzerten direkt vor den Lautsprecherboxen gestanden habe.«

»Echt jetzt? In Ihrer Jugend gab es schon Rockkonzerte? Ich hätte gedacht, es wäre eher Jazz oder Klassik oder so gewesen.«

Sie lachte: ein warmes, angenehmes Geräusch.

»Na klar, jede Generation glaubt, sie hätte die Rockmusik erfunden. Was hört ihr denn so?«

Kieron zuckte mit den Achseln, auch wenn sie das nicht sehen konnte.

»Lethal Insomnia, Bearclaw und solche Sachen. Meist Screamo mit einem guten Schuss Goth. Und Sie?«

»Ich stand total auf Sisters of Mercy. Die galten auch als Goth-Band, obwohl das wahrscheinlich eine viel frühere Version war als bei euch. Oh, und Dead Can Dance, obwohl die eher Post-Rock als Goth waren. Ihr seid jetzt wohl beim Post-Post-Rock. Oder auch schon beim Post-Post-Post-Rock.«

»Also«, begann Kieron verlegen, »das von vorhin tut mir leid. Ich wollte einfach nur helfen.«

»Ich weiß. Danke.« Er hörte, wie sie Luft holte und dann in sachlicherem Tonfall fortfuhr: »Also, was wolltest du mir zeigen?«

»Wir haben das Foto von den Dokumenten vergrößert, die im Tempel auf dem Tisch lagen. Wir konnten nur das oberste Blatt übersetzen, aber es scheint eine Nuklearwaffe zu erwähnen, die in einem Militärlager in Pakistan gelagert wird. Sie wird bald für den Einsatz an einen Ort näher an der indischen Grenze verlagert. Was wir gesehen haben, war eine Art Versandschein.«

»Ein Versandschein?«, fragte Bex nachdenklich. »Interessant. Pakistan ist eine der sieben Nationen, von denen wir wissen, dass sie über Atomwaffen verfügen, und sie sind paranoid, was ihre Nachbarn in Indien angeht. Für alles, was in Pakistan passiert, macht die Regierung Indien verantwortlich. Und in Indien ist es dasselbe – sie geben den Pakistani die Schuld für eine Menge ihrer eigenen

Probleme.« Sie seufzte. »Ich hoffe nur, dass das nicht bedeutet, dass sich die Lage in der Gegend verschärft.«

»Werden Sie das Ihren Chefs berichten? Ich meine, selbst wenn einer davon ein Verräter ist, haben sie Ihnen doch schließlich diesen Auftrag erteilt.«

»Ja, aber den habe ich noch nicht richtig erledigt. Ich weiß, was übergeben wurde, aber ich weiß nicht, an wen oder warum, oder was diese Blut-und-Boden-Idioten hier zu suchen haben – falls die es überhaupt waren und das nicht nur ein Zufall ist. Also – vielen Dank für das, was ihr getan habt. Überlasst das mir und schlaft jetzt.«

»Okay. Gute Nacht.«

»Gute Nacht, Kieron. Und sag Sam auch Gute Nacht von mir.«

Er schaltete das Gerät aus. Einen Moment lang starrte er nur die Wand an und ließ die Realität seines Zimmers langsam wieder an die Stelle der Magie des fernen Indien treten.

»Also«, meinte er schließlich und klatschte in die Hände. »Jetzt suchen wir Bradley und morgen überraschen wir Bex mit Neuigkeiten.«

Sam starrte ihn mit hochgezogenen Brauen an.

»Und wie genau stellen wir das an?«

»Weiß ich nicht. Hast du eine Idee?«

Sam überlegte einen Moment.

»Du hast doch noch das Kennzeichen von dem Wagen, mit dem sie den Kerl weggebracht haben, oder?«

Kieron zeigte ihm die Filzstiftschrift auf seinem Arm.

»Lass dir daraus doch ein Tattoo machen«, schlug Sam vor. »Dann hast du eine Erinnerung, wenn das hier alles vorbei ist.«

»Lenk nicht ab!«

»Ja. Also, es gibt doch heutzutage an den meisten Kreuzungen Überwachungskameras an den Ampeln. Schon bemerkt?«

»Blitzer?«, fragte Kieron.

»Nein, die Dinger merken, von wo der Verkehr kommt, und schalten die Ampelfrequenzen um, wenn niemand von links oder rechts auf die Kreuzung zufährt. Aber sie zeichnen auch Leute auf, die bei Rot über die Ampel fahren. Und das heißt, dass sie Kennzeichen erkennen können.«

»Aha!«, nickte Kieron. »Wir können also mit dem AR-Equipment die Überwachungsaufzeichnungen für alle Kennzeichen von blauen Lieferwagen suchen, die zur richtigen Zeit vom Einkaufszentrum weggefahren sind. Easy!«

»Ja«, bestätigte Sam. »Der schwierige Teil ist dann: Was machen wir danach?«

Kapitel 6

In Mumbai war es Nacht, doch die Straße vor Bex' Hotelfenster wurde von den gelben Straßenlaternen, den vielen Reklameschildern und den Neonleuchten vor den Cafés und Restaurants, in denen noch reger Betrieb herrschte, in allen Farben des Regenbogens erleuchtet. Als Bex auf die Leute hinabsah, die vorübergingen, spürte sie, wie sich die Muskeln in ihrem Rücken und ihren Schultern verkrampften. Die Flucht aus dem Jain-Tempel hatte ihren Tribut gefordert. Eigentlich hätte sie ein langes, heißes Bad gebraucht, um die Schmerzen zu lindern, doch sie vermutete, dass so etwas noch lange nicht auf dem Plan stand. Sie hatte noch einiges zu erledigen.

Mumbai war England viereinhalb Stunden voraus, das hieß, dass Mitternacht bei Bex für Kieron und seinen Freund Sam erst halb acht war. Fast hoffte sie, dass Kieron nicht da sein würde, wenn sie am nächsten Morgen die Brille aufsetzte. Vielleicht verlor er das Interesse. Das passierte bei Teenagern gelegentlich, wie sie sich aus ihrer eigenen Jugend erinnerte. So lange war das noch gar nicht her, doch es kam ihr wie eine Ewigkeit vor. Vielleicht fand seine Mutter die AR-Geräte, nahm an, dass er sie gestohlen hatte, und konfiszierte sie. Vielleicht …

Ach, wem wollte sie etwas vormachen? Sie wusste, dass er da sein würde, und sie wusste, dass sie ihn brauchte. Als Agent im Auslandseinsatz stand man vor jeder Menge Schwierigkeiten, und es war lebenswichtig für sie, jemanden im Hintergrund zu haben, der auf Grundrisse, Datenbanken und alle möglichen anderen Informationen zugreifen konnte. Gelegentlich gab eine freundliche Stimme im Ohr, wenn man sich einsam vorkam, den Ausschlag dafür, ob eine Mission gelang oder fehlschlug. Auch wenn er nur ein Junge war, er war ihr Rettungsanker.

Abrupt schüttelte sie den Kopf, als könnte sie damit die Gedanken an die Gefahr, in die sie Kieron und seinen Freund möglicherweise brachte, einfach abschütteln. Stattdessen konzentrierte sie sich auf das, was vor ihrem Fenster stattfand. Der kurze Regenschauer war vorüber und es sah aus, als würden Rauchwolken über dem Straßenpflaster stehen. Es war aber offensichtlich nur Wasserdampf – so heiß, dass überall Brände ausbrachen, war es in Mumbai dann doch wieder nicht – aber sie wusste, dass die Luft da unten so feucht war, dass ihr der Schweiß nur so über die Haut laufen würde und ihre Kleidung sofort durchgeschwitzt wäre, falls sie hinausging. Sobald sie hinausging, korrigierte sie sich.

Gott sei Dank gab es Klimaanlagen und anständige Hotelzimmer.

Sie versuchte, sich vorzustellen, wo Kieron gerade war und was er wohl tat. Aß er mit seiner Mutter zusammen zu Abend? Sah er sich YouTube-Videos an? Sie wusste immer noch nicht, wie er aussah, vermutete aber, dass er den einen oder anderen Blick auf sie erhascht hatte, wenn sie an einem Fenster oder einem Spiegel vorbeigekommen war. Bei der Arbeit mit Bradley hatte sie schnell ein paar Regeln aufgestellt – vor allem, dass sie die Brille abnahm, wenn sie ein Bad betrat oder irgendwelche Kleidungsstücke ablegte. Nicht einfach zu plaudern, war eine weitere – dabei konnte man zu leicht vergessen, wo man war und was man eigentlich tat, sodass die Leute um einen herum misstrauisch wurden. Doch wenn man so viel Zeit mit der Stimme eines Menschen in seinem Ohr verbrachte – und der eigenen Stimme im Ohr des anderen –, dann fühlte man sich diesem Menschen unwillkürlich verbunden. Bradley war für sie wie ein Bruder – ein großer Bruder. Er hatte sie in ihren niedergeschlagensten Momenten erlebt und trotz der Regeln gegen das Plaudern hatte sie ihm durch einige emotionale Krisen geholfen. Das Problem war nur, dass Kieron auch langsam wie ein kleiner Bruder für sie wurde, und diese Verbindung musste sie trennen, bevor einer von ihnen sich zu sehr darauf einließ.

Aber erst, wenn diese Mission vorüber war. Und wenn Bradley in Sicherheit war.

Sie starrte auf die Straße und achtete darauf, ob sich irgendein Passant zu lange dort aufhielt oder ihrem Fenster zu viel Aufmerksamkeit widmete. Sie hatte sich ein Zimmer in einem kleinen Hotel gebucht – wesentlich kleiner als das Taj Mahal Palace, vor dem die Aktentasche gestohlen worden war. Es war nicht nur kleiner, es war auch viel anonymer. Angeblich befand sie sich auf einer Low-Budget-Rundreise – das zumindest war der Vorwand, unter dem sie hergekommen war. Es war zwar verlockend, sich in einem teuren Hotel einzumieten und die Rechnung für den Luxus und den Zimmerservice an den MI6 zu schicken, aber das konnte man kaum als Undercoverarbeit bezeichnen. Und natürlich war einer der Gründe, warum der MI6 Bex und Bradley als freiberufliche Agenten einsetzte, dass sie billig waren. Billig, aber sehr, sehr gut.

Als sie zurückgekehrt war, hatte sie in ihrem Zimmer kein Licht gemacht. Sie wollte nicht als Silhouette vor dem Fenster erscheinen, obwohl sie sich unter falschem Namen im Hotel eingetragen und darauf geachtet hatte, dass ihr auf dem Weg vom Café bis hierher niemand gefolgt war. Das Handwerkszeug eines Agenten – eine Reihe von Routinemaßnahmen, die man entweder bei der Ausbildung oder während der Arbeit lernte – wurden schnell zur Gewohnheit. Manchmal retteten diese Gewohnheiten einen davor, als Agent enttarnt zu werden, und manchmal retteten sie einem auch das Leben.

Wenn Kieron am nächsten Morgen wieder online ging, musste sie ihm wohl einige dieser Routinehandlungen beibringen. Er schien ja relativ schnell zu lernen. Das war zumindest etwas. Es hätte auch irgendein albernes Kind die AR-Brille aufheben können.

Obwohl sie Vorsichtsmaßnahmen getroffen hatte, hatte sie den Raum beim Eintreten kurz überprüft und nach Anzeichen Ausschau gehalten, dass ihn jemand durchsucht hatte. Es war nur gelegentlich schwer zu entscheiden, ob jemand Verdächtiges ihre Sachen durchsucht hatte oder ob sich nur die Zimmermädchen des Hotels umgesehen hatten, ob sie vielleicht irgendwo Kleingeld lose hatte herumliegen lassen. Der Trick aus den alten Geheimagentenfilmen, die sie an verregneten Samstagabenden zusammen mit ihrem Vater gesehen hatte, sagte, dass man sich ein Haar ausreißen und mit Spucke unauffällig über eine Schubladenecke oder über den Deckel des Kofferraums kleben konnte. Dann konnte man später sehen, ob es noch da war. Im Film hatte das immer gut geklappt, aber in der Realität trocknete die Spucke meist weg und das Haar fiel herunter. Schönen Dank an die Klimaanlage.

Jemand, mit dem sie einmal zusammengearbeitet hatte, hatte ihr erzählt, dass er, wenn er die Hotelzimmer mutmaßlicher feindlicher Agenten durchsuchte, sich absichtlich selbst ein paar Haare ausriss und sie an ein paar Schubladen und Koffer klebte. Das war seine Vorstellung von einem Witz gewesen – damit wollte er die feindlichen Agenten verwirren. Falls es überhaupt feindliche Agenten gewesen waren. Sie war sich nicht so sicher gewesen, ob sie ihm glauben sollte oder nicht. Nach einer Weile war ihr aufgefallen, dass er nicht mehr da war. Vielleicht hatte er zu viele Witze gemacht. Oder war irgendwann einmal an den Falschen geraten.

Der Gedanke an ihren Vater und die alten Filme, die sie so gerne zusammen gesehen hatten, als sie noch klein war, hatte sie traurig gemacht. Sie wusste, dass sie das Gefühl verdrängen sollte, damit sie sich besser auf das konzentrieren konnte, was sie tun musste, aber für einen kleinen Moment gab sie ihm nach und dachte an ihren Vater und wo er jetzt war. Der Mann, der einst so groß gewesen war, ihr Fels in der Brandung, dessen Arme sie umschlingen und all ihre Ängste einfach wegdrücken konnten, war nur noch ein Schatten seiner selbst. Das Personal in dem Heim, in dem man sich um ihn kümmerte, war großartig, aber jedes Mal, wenn sie ihn besuchen ging, brauchte er länger, um sich an ihren Namen zu erinnern. Eines Tages würde er ihm gar nicht mehr einfallen und es würde ihr das Herz brechen. Ihre Mutter war vor einigen Jahren an einem plötzlichen Herzinfarkt gestorben. Es hatte sowohl Bex als auch ihren Vater zutiefst getroffen. Doch ihr Vater hatte das mittlerweile ganz vergessen, und Bex war zu dem Schluss gekommen, dass ihre Mutter wohl das bessere Los getroffen hatte.

Sie sah auf die Uhr. Es war an der Zeit, sich auf die Jagd zu begeben.

Sie hatte schon entschieden, dass es zwecklos wäre, noch einmal zum Jain-Tempel zurückzugehen und dort nach Hinweisen zu suchen. Die beiden Aktentaschendiebe waren schon längst fort und sie hatten mit Sicherheit nichts zurückgelassen. Sie waren ihr sehr professionell vorgekommen: Sie hätten sicher nichts fallen lassen. Keine Karten oder Zettel, mit denen sie sie bequem hätte aufspüren können. Vielleicht hatten sie sogar den Tempel in Brand gesteckt, um ihre Spuren zu verwischen. Hoffentlich nicht, dachte sie, denn die Jain-Mönche hatten einen besseren Dank für ihre Gastfreundschaft verdient.

Bei dem Scharfschützen auf dem Dach des Taj-Mahal-Palace-Hotels war das etwas anderes. Der war so schnell verschwunden, nachdem er geschossen hatte. Scharfschützen hatten ihre eigenen Routinen, ähnlich wie Undercoveragenten. Sie sammelten immer alle Patronenhülsen ein, die aus dem Gewehr sprangen, damit sie keine belastenden Fingerabdrücke oder DNA-Spuren hinterließen. Das Besondere an diesem Schützen war, dass er sein Gewehr auf die Brüstung gelegt hatte. Mit etwas Glück war eine der Hülsen über den Rand gefallen. Der Scharfschütze wäre sicher nicht gleich hinuntergeklettert, um sie zu holen, das wäre dumm gewesen. Es konnte gut sein, dass er hoffte, sie wären verloren gegangen, und sich das Risiko, sie später zu holen, nicht lohnte. Doch dank der Aufzeichnung wusste Bex ungefähr, wo sie sich befinden mussten. Wenn sie eine davon finden würde, dann konnte sie vielleicht – vielleicht – Hinweise daran entdecken, mit denen sie den Scharfschützen identifizieren konnte. Es war zwar ein Schuss ins Dunkle – das Wortspiel ließ sie unwillkürlich lächeln – aber es war einen Versuch wert.

Also hängte sie sich zur Tarnung eine Kamera um den Hals, setzte die AR-Brille auf, verließ das Zimmer und machte sich auf die Suche.

Ihr Hotel lag nicht weit entfernt vom Taj Mahal Palace. Ihre Muskeln protestierten immer noch, aber sie bemühte sich, dass es ihren Gang nicht beeinflusste. Sie tat immer noch, als sei sie eine Touristin, sah sich neugierig in einem Park um, als sie an dessen verschlossenen Türen vorbeikam, und betrachtete eingehend ein beeindruckend großes Gebäude, das offenbar noch aus der Zeit stammte, als Indien britische Kolonie war. Jetzt diente es wohl als Museum.

Mit der Hitze hatte sie recht gehabt: Es war, als hätten die Pflastersteine und alten Gebäude die Hitze des Tages absorbiert wie eine Batterie, die Elektrizität speichert, und würden sie jetzt wieder an die Luft abgeben. Der Geruch nach Gewürzen und gebratenem Fleisch wetteiferte mit dem Duft der Blumen aus dem Park.

Bex überquerte eine Kreuzung, an der sich fünf Straßen trafen und wo die Auto- und Rikschafahrer die Ampeln wohl eher für Dekoration hielten als für Anweisungen. Sie ging auf das Hotel zu. Den pompösen Eingang ließ sie links liegen und ging um das Gebäude herum. Hier, hinter dem Hotel, lag der offene Platz, wo sie den Diebstahl der Aktentasche beobachtet hatte. An einer Seite spielte eine Gruppe von Musikern mit Trommeln und Sitars für die Touristen.

Bex ging über den Platz, auf dem nicht mehr ganz so

viele Menschen waren wie zuvor, aber immer noch eine ganze Menge – bis zu dem Ort, an dem sie gewesen war, als Kieron sie auf den Scharfschützen aufmerksam gemacht hatte. Sie vergegenwärtigte sich die Bilder, die die AR-Kamera gemacht und die Kieron ihr wieder übermittelt hatte, drehte sich um und sah an der beeindruckenden Fassade des Hotels hinauf. Ja, dort oben war der Scharfschütze gewesen und eine glitzernde Patronenhülse war dort vom Rand abgeprallt und gefallen … ja, in diesen Busch mit den glänzend grünen Blättern und den weißen Blüten.

Sie ging näher und hob die Kamera, als wolle sie die Blumen fotografieren. Dabei durchsuchte sie den Boden unter den Büschen. Dort war keine Spur der Patronenhülse. Sie sah sich links und rechts davon um, doch auch da war nichts zu sehen. Vielleicht hatte der heftige Regen oder ein vorbeigehender Tourist ein Blatt von einem der Büsche gerissen und es war auf die Patrone gefallen und hatte sie verdeckt. Vielleicht hatte der Regen auch den Boden aufgeweicht und die Patronenhülse war im Matsch versunken. Vielleicht war sie aber auch gar nicht da und sie suchte am völlig falschen Ort.

Ein Stück weiter fotografierte eine Touristin ihren Mann vor dem Taj-Mahal-Palace-Hotel. Der Blitz der Kamera beleuchtete grellweiß die Architektur des Hotels und Bex sah plötzlich etwas Metallisches neben dem Stamm von einem der Büsche aufblitzen. Das ist bestimmt nur eine Münze, dachte sie, oder ein Schlüssel oder etwas anderes ganz Gewöhnliches, doch vorsichtshalber ging sie etwas näher ran. Es wäre zu auffällig gewesen, wenn sie sich gebückt und das Objekt aufgehoben hätte, also fummelte sie an ihrer Kamera herum, als wolle sie die Speicherkarte wechseln, und ließ sie dabei absichtlich fallen.

»Ach, wie dumm von mir!«, rief sie laut genug, dass alle Umstehenden es hören konnten, und bückte sich. Ihre Finger berührten das glänzende Metallobjekt, das halb im Dreck steckte, und sie hob es vorsichtig auf, indem sie es nur am unteren Rand anfasste, um nicht Fingerabdrücke zu verschmieren, die sich möglicherweise darauf befanden. Dann nahm sie mit der anderen Hand ihre Kamera am Riemen.

»Funktioniert sie noch?«, erkundigte sich die Frau, die ihren Mann fotografiert hatte.

»Ich glaube schon«, erwiderte Bex. »Vielen Dank!«

Sie tat, als untersuche sie ihre Kamera, doch stattdessen betrachtete sie das Metallobjekt, das sie aus dem Dreck geholt hatte.

Es war eine glänzende Messingpatronenhülse mit Brandspuren um das ausgefranste Loch, in dem die Kugel gesessen hatte, und einer Delle am flachen Ende, wo der Bolzen aufgeschlagen hatte.

Perfekt.

Absichtlich ungeschickt legte sie sich den Kamerariemen wieder um den Hals und steckte dabei die Patronenhülse in die Tasche. Darüber, wie sie die DNA-Analyse beschaffen und die Fingerabdrücke davon nehmen konnte, würde sie sich später kümmern; immerhin hatte sie das Ding jetzt.

Sie blieb noch ein paar Minuten auf dem Platz, fotografierte das hell beleuchtete Gateway of India und machte sich dann wieder auf den Weg in ihr Hotel.

Auf halbem Weg zurück merkte sie plötzlich, dass sie verfolgt wurde.

Es begann als Prickeln in ihrem Nacken, mit dem ihr Unterbewusstsein ihr mitteilte, dass es jemanden bemerkt hatte, der ein wenig zu lange in ihrer Nähe verweilte oder sie ein wenig zu intensiv anstarrte. Agenten wurden darauf trainiert, solche Gefühle nicht zu ignorieren. Oft wusste das Gehirn mehr, als einem wirklich bewusst war, und es hatte gewisse Möglichkeiten, einen zu warnen.

Am Tor zum Park blieb Bex stehen und zog den Riemen der Kamera über den Kopf. Sie hielt sie hoch und fotografierte das Museum. Doch als sie die Kamera wieder heruntergleiten ließ, richtete sie sie so aus, dass die Linse nach hinten deutete, und machte ein weiteres Foto. Sie richtete es so ein, dass der Blitz gerade in dem Moment aufzuckte, als eine Reihe anderer Touristen, an denen sie gerade vorbeikam, einen Haufen Selfies machte. Dann ging sie weiter in Richtung ihres Hotels. Sie hielt die Kamera so, als wolle sie überprüfen, ob das Bild vom Museum gut geworden war, doch in Wirklichkeit betrachtete sie die Aufnahme von der Straße hinter ihr.

Etwa zwanzig Schritte hinter ihr stand eine Frau. Da sie keine Ahnung hatte, dass sie fotografiert wurde, hatte sie Bex direkt angesehen und die Stirn gerunzelt.

Das Bild des Scharfschützen, das die AR-Kamera aufgezeichnet hatte, war zwar verschwommen gewesen, aber Bex war sich ziemlich sicher, dass das hier dieselbe Person war.

Jetzt war ihr klar, was passiert war. Die Scharfschützin war zurückgekommen, um nach der verlorenen Patronenhülse zu suchen und hatte gesehen, wie Bex sie mitgenommen hatte. Jetzt verfolgte sie Bex – entweder, um die Hülse wiederzubekommen, oder um herauszufinden, was Bex damit wollte. Oder beides.

Bex war sich nicht sicher, ob das jetzt gut oder schlecht war. Einerseits hatte sie die Scharfschützin gefunden – mit weit weniger Aufwand, als sie erwartet hatte. Andererseits hatte diese aber auch sie gefunden.

Sie musste einen Weg finden, um diese Situation zu ihrem Vorteil zu nutzen.

Sie lief weiter, immer noch mit diesem Prickeln im Nacken. Ihr Hotel lag nur ein paar Minuten entfernt. Sie musste also schnell überlegen, was sie tun wollte, und ihren Plan dann sofort in die Tat umsetzen.

Bex spürte ein Kribbeln im Magen. Solche Situationen war sie nicht gewohnt. Normalerweise beobachtete sie entweder aus der Ferne oder undercover aus der Nähe. Natürlich hatte sie gelernt, was sie tun musste, wenn jemand ihre Tarnung durchschaute – Nahkampf und so etwas – und das hatte ihr bei ihrer Flucht aus dem Jain-Tempel geholfen. Aber das hier war etwas anderes. Hier wurde sie verfolgt und überlegte, wie sie ihre Verfolgerin ausschalten konnte. Nicht endgültig, aber lange genug, um sie festhalten und befragen zu können.

Trotz des flauen Gefühls im Magen ging sie, als sie im Hotel ankam, direkt zur Rezeption.

»Ich bin in Zimmer zwei-null-acht«, sagte sie zur Empfangsdame, einer zierlichen, stark geschminkten Inderin in einem Sari. Die Frau, die sie verfolgte, war ebenfalls in die Lobby eingetreten, blieb aber an der Tür stehen und sah auf ihre Uhr, als ob sie jemanden erwartete, der sich verspätet hatte. Bex sprach laut genug, dass die Frau sie hören konnte. »Ich möchte mich beschweren. Die Leute im Zimmer gegenüber waren letzte Nacht sehr laut. Können Sie sie vielleicht bitten, heute etwas leiser zu sein?«

Das Mädchen tippte schnell etwas in ihren Computer und sah dann stirnrunzelnd auf.

»Tut mir leid, aber das Zimmer gegenüber von Ihnen ist

im Moment leer«, sagte sie entschuldigend. »Vielleicht kam der Lärm aus dem Zimmer über Ihnen?«

»Möglicherweise«, gab Bex zu. »Ich könnte mich geirrt haben.«

»Bitte lassen Sie es uns wissen, wenn es noch einmal vorkommt, dann finden wir heraus, wer das ist.«

»Vielen Dank«, lächelte Bex. »Das weiß ich zu schätzen.«

Sie drehte sich um und ging zum Aufzug, wobei sie ein zufriedenes Lächeln unterdrückte. Sie war sich ziemlich sicher gewesen, dass das Zimmer nicht besetzt war – soweit sie es mitbekommen hatte, waren die Zimmermädchen nicht darin gewesen – aber es hatte sich gelohnt, das zu überprüfen.

Als die Aufzugstür aufging, war glücklicherweise niemand auf dem Flur. Sie lief den Gang entlang bis zu ihrer eigenen Tür, wandte sich dann aber zu der gegenüber. Glücklicherweise hatte das Hotel altmodische Metallschlüssel mit großen Schlüsselanhängern für die Türen und keine Schlüsselkarten. Das machte die Sache einfacher. Sie nahm eine kleine, aber effektive Brechstange aus ihrer Tasche, steckte sie zwischen Tür und Rahmen und zog einmal kurz und kräftig daran. Splitternd gab das Schloss nach. Leise betrat sie den dunklen Raum und schloss die Tür hinter sich wieder. Hätte die Tür ein elektronisches Schloss mit einer Schlüsselkarte anstelle eines normalen Schlosses gehabt, hätte sie sich etwas anderes ausdenken müssen, denn das elektronische Schloss hätte an der Rezeption einen Alarm ausgelöst, wenn jemand die Tür zu einem unbesetzten Zimmer geöffnet hätte.

Sie lehnte sich gegen die Tür und legte das Auge an den Türspion, der ihr ihre eigene Tür in Fischaugenperspektive zeigte.

Sie wartete.

Erst ungefähr zwanzig Minuten später hörte sie, wie die Tür zur Treppe am Ende des Korridors geöffnet wurde. Die Scharfschützin hatte nicht den Aufzug genommen. Das war klug – Aufzüge waren laut und langsam. Und man konnte darin natürlich auch nicht gut kämpfen. Bex erinnerte sich besonders an einen der Filme, den sie mit ihrem Vater gesehen hatte, wo zwei Männer versucht hatten, in einem Aufzug miteinander zu kämpfen. Das war gar nicht so einfach gewesen.

Es verging eine Minute, dann erschien eine dunkle Gestalt in ihrem Blickfeld. Es war jemand mit einem Kapuzenpullover und einer Baseballkappe. Die Kapuze war über die Kappe gezogen. Es war eine Frau – die Scharfschützin. Sie sah sich zu beiden Seiten im Gang um und nahm dann etwas aus ihrer Tasche. Wahrscheinlich handelte es sich um etwas, was ihr schnellen Zugang zu Bex' Zimmer verschaffen sollte – so schnell, dass Bex nicht reagieren konnte. Nur dass Bex gar nicht in ihrem Zimmer war.

Die Scharfschützin hob die Hand auf Kopfhöhe und Bex stellte fest, dass sie sich geirrt hatte. Es war eine Sprühflasche – eine Dose mit einem Druckknopf. Höchstwahrscheinlich ein sofort wirkendes Betäubungsmittel. Sie würde an die Tür klopfen und behaupten, sie käme vom Zimmerservice – oder nein, noch wahrscheinlicher, dass sie wegen des Lärms nachfragen wollte, über den Bex sich beschwert hatte. Und sobald Bex die Tür aufmachte, würde sie ihr das Mittel ins Gesicht sprühen.

Wenn Bex im Zimmer wäre.

Während sie noch überlegte, hob die Scharfschützin die linke Hand, um an die Tür zu klopfen.

Das war genau der richtige Moment.

Bex zog die Tür auf, trat auf den Flur und sagte überrascht: »Oh, tut mir leid, ich habe Sie gar nicht gesehen!«

Die Frau mit der Kapuze drehte sich reflexartig zu ihr um. Für eine Sekunde zögerte sie, ob sie angreifen sollte. In diesem Moment packte Bex die Hand mit dem Spray, drehte sie der Frau ins Gesicht und drückte ihren Finger auf den Knopf.

Eine Nebelwolke stob der Frau ins Gesicht. Bex hielt den Atem an und hielt den Knopf weiter gedrückt. Die Scharfschützin versuchte mit ihrer linken Hand, nach Bex zu schlagen oder sie wegzustoßen, doch ihre Beine gaben bereits nach. Die Spraydose fiel zu Boden. Bex holte ihren großen Schlüssel aus der Tasche, machte die Tür auf und stützte mit der anderen die jetzt bewusstlose Frau. Als die Tür aufging, trat Bex die Dose hinein, zerrte die Frau ins Zimmer und schloss die Tür mit dem Fuß wieder.

Das Ganze hatte höchstens fünf Sekunden gedauert. Sie war stolz auf sich selbst. Ihre Ausbilder wären sehr zufrieden mit ihr gewesen.

Sie warf die Scharfschützin aufs Bett, während sich ein Geruch, der sie an Krankenhäuser erinnerte, im Zug der Klimaanlage verflüchtigte.

Bex sah sich im Zimmer nach etwas um, womit sie die Frau fesseln konnte. Es war ihr schmerzlich bewusst, dass, wäre die Sache nur ein klein wenig anders gelaufen, die Scharfschützin jetzt genau dasselbe mit ihr gemacht hätte. Aber so war das Leben nun mal.

Ihr Blick fiel auf die Lampen, die zu beiden Seiten des Bettes standen, und das Kabel, das davon zu den nicht wirklich vertrauenerweckend aussehenden Steckdosen führte, die halb aus der Wand hingen. Doch dann fielen ihr die LAN-Kabel in der Schreibtischschublade ein. Schnell zog sie die Kabel heraus und band die Knöchel der Scharfschützin zusammen. Dann drehte sie die Frau um und fesselte ihre Hände auf dem Rücken, bevor sie sie wieder mit dem Gesicht nach oben hinlegte. Die Scharfschützin atmete schwer und Bex hatte keine Veränderung des Atemrhythmus gehört, der sie hätte glauben lassen, dass sie aufwachen würde. Die Frau war ein Profi: sie würde kein Betäubungsmittel verwenden, das nach ein paar Minuten seine Wirkung verlor.

Bex hatte die Scharfschützin nicht ans Bett gefesselt, aber sie hatte noch immer das Betäubungsspray. Das sollte ausreichen, um die Frau daran zu hindern, Widerstand zu leisten.

Sie sah schnell auf die Uhr. Zwei Uhr morgens, also halb zehn in England. Kieron war ein Teenager, daher war er wahrscheinlich noch wach, und sie brauchte seine Hilfe. Sie drückte auf den kleinen Knopf an der Brille, der das Warnzeichen in Kierons AR-Brille aktivierte und einen Signalton in seinem Headset ertönen ließ.

Ein paar Augenblicke später sagte Kieron: »Oh, hi!« Er klang ein wenig verwirrt. »Ich dachte, Sie wollten erst morgen wieder mit mir sprechen.«

Bex glaubte, im Hintergrund ein Motorengeräusch zu vernehmen.

»Sag mal – fährst du Auto?«

»Ich? Nein. Ja. Aber Sam fährt.«

»Sam kann Auto fahren?«

»Natürlich kann Sam fahren!« Kieron schien stellvertretend für seinen Freund beleidigt zu sein.

»Nein, was ich meine ist: *Darf* Sam Auto fahren?«

Nach kurzem Schweigen sagte Kieron schließlich beiläufig: »Also, was ist los bei Ihnen?«

Bex seufzte.

»Um die Sache kurz zu machen: Ich habe den Scharfschützen gefunden. Oder vielmehr *die* Scharfschützin.«

Sie sah zum Bett, damit Kieron sie sehen konnte.

»Oh. Ja.« Wieder entstand eine Pause, dann fragte er: »Was haben Sie denn jetzt vor? Wollen Sie sie foltern, um ihr Informationen zu entlocken?«

Bex war empört. »Auf keinen Fall!«

»Na gut – ich soll für Sie eine Apotheke in Mumbai ausfindig machen, die Ihnen ein Wahrheitsserum verkauft.« Kurze Pause. »Offenbar wird da Skopolamin empfohlen, aber das ist schwer anzuwenden.«

»Nein, das nicht«, seufzte Bex. »Ehrlich gesagt habe ich noch nicht genau darüber nachgedacht. Das ging alles ein wenig zu schnell. Kannst du mir etwas vorschlagen? Vorzugsweise etwas, was keine Schmerzen beinhaltet.« Sie musste schlucken, um den Kloß in ihrem Hals loszuwerden. »Ich glaube nicht, dass ich das könnte.«

»Lassen Sie mich mal überlegen.« Bex hörte, wie Kieron etwas zu Sam sagte. Und dann hörte sie plötzlich Bremsen quietschen.

»Bei euch alles in Ordnung?«

»Alles bestens.« Wieder entstand eine Pause. »Also … ich glaube, ich habe da etwas. Zeigen Sie mir mal ein hoch aufgelöstes Bild vom Gesicht der Frau.«

Bex ging näher und zog der Scharfschützin die Kapuze vom Kopf. Dabei achtete sie darauf, mit der Hand ihrem Mund nicht zu nahe zu kommen, nur für den Fall, dass sie nur die Bewusstlose spielte und plötzlich zubiss. Sicher war sicher.

»Okay, halten Sie einen Moment still. Ja, das AR-System hat sie identifiziert. Offenbar ist sie in der Datenbank des MI6. Ihr Name ist Emma Sprue und … oh, sie ist eine freiberufliche Profikillerin, die für etwa zwanzig bekannte Morde verantwortlich ist. Wissen Sie was, wir sind im falschen Geschäft. Bei dem, was sie so verlangt, muss sie echt reich sein.«

»Wie schön für sie«, meinte Bex. Sie glaubte, ein Zucken im rechten Augenlid der Scharfschützin entdecken zu können. »Ich hoffe, sie hat auch einen guten Plan für die Altersvorsorge. Hilft uns das, außer dass wir jetzt nicht nur loyal der Krone gegenüber sind, sondern auch noch neidisch?«

»Ehrlich gesagt«, erwiderte Kieron, »ich habe einen Plan …«

Kapitel 7

Vom Tyne her wehte ein kalter Wind und brachte einen widerlichen Geruch mit sich – eine Mischung aus totem Fisch, Industrieabwässern und fauligem Kompost, die Kieron ätzend in die Nase stach. Er zog den Kragen hoch, um sich vor der Kälte zu schützen und versuchte, den Gestank zu ignorieren. Das war nicht leicht, aber schließlich war das hier Newcastle und er war ein Emo. Da war nichts leicht.

Warum konnte er nicht an einem interessanten Ort leben wie New York oder London?

Warum konnten seine Eltern nicht immer noch zusammen sein?

Wenn das Wörtchen wenn nicht wär, wär mein Vater Millionär, hieß es nicht umsonst. Schon klar, sicher hatte jeder eine Menge unerfüllte Wünsche. Er hatte aber auch gelesen, dass man, wenn man sich etwas wirklich wünschte und hart genug dafür arbeitete, es auch bekommen konnte. Das Leben hatte ihn allerdings gelehrt, dass das nur Sprüche waren, um den Menschen ein wenig Hoffnung zu geben. Ansonsten bedeuteten sie nicht viel.

Er stand mit Sam im Schatten eines großen Gebäudes mit Metallwänden, die unter den gelegentlichen Windstößen ächzten. Die Metallplatten waren zusammengenietet und von den einzelnen Nieten zogen sich Rostspuren die Wand hinunter. Eine der Platten auf der anderen Seite hatte sich gelöst, und bei besonders heftigen Windstößen schlug sie gegen das Metallgerüst, an dem sie befestigt war. Als es neu war, hatte das Gebäude bestimmt toll ausgesehen, aber jetzt wirkte es nur noch alt und baufällig, stellte Kieron fest.

Nichts war von Dauer. Das erkannte er jetzt auch langsam, und die Erkenntnis gab ihm ein seltsam erwachsenes Gefühl, wenn auch auf eine irgendwie unangenehme Weise. Gebäude verrosteten und stürzten ein, ordentliche Parks wurden von Unkraut überwuchert, Hügel und Klippen bröckelten, und die Kindheit war vorbei, ehe man es merkte. Das erinnerte ihn irgendwie an die Sache mit der Entropie – darüber hatte er etwas in Physik gelernt –, aber zu wissen, dass etwas passierte und dass der Vorgang einen Namen hatte, erklärte auch nicht, warum es passierte. Es passierte einfach.

»Vielleicht sind wir am falschen Ort«, murmelte Sam. Auch ihm schien kalt zu sein, denn er hatte die Hände in die Hosentaschen gesteckt und stampfte mit den Füßen, um sich warm zu halten. Sein Atem stieg in Wolken vor seinem Gesicht auf.

Kieron deutete auf das Schild an dem Lagerhaus auf der anderen Seite des asphaltierten Parkplatzes, auf dem stand: Horowitz Automotive, Kfz-Zubehör.

»Die Bilder aus der Überwachungskamera, die den Lieferwagen aufgenommen haben, mit dem Bex' Freund entführt wurde, zeigen, wie er vor der Firma Horowitz

Automotive hält«, erwiderte er. »Und Google zufolge gibt es nur ein Horowitz Automotive in ganz Newcastle und Gateshead, und das ist hier. Der Lieferwagen hat irgendwo hier gehalten. Wir müssen ihn nur finden.«

»Wo ist denn die nächste Niederlassung von Horowitz Automotive?«, fragte Sam.

»In Manchester. Warum?«

Sam zuckte mit den Achseln. »Vielleicht sind sie ja dorthin gefahren und nicht hierher.«

»Okay, also zwei Dinge«, begann Kieron gereizt, »zum einen: Die Überwachungsbilder haben Zeitangaben, und bevor die Aufnahmen gemacht wurden, können sie es unmöglich bis Manchester geschafft haben. Zweitens: Wir haben keine Zeit und können es uns nicht leisten, heute noch bis Manchester zu fahren, also, wenn sie nicht hier sind, haben wir ein Problem. Sie sollten also besser hier sein.«

»Na gut. Ich meine ja nur.« Sam sah Kieron prüfend an. »Deine Backen sind ganz weiß.«

»Mir ist kalt.« Kieron deutete auf den dünnen schwarzen, knielangen Mantel, den er trug. »Das Problem damit, im Winter ein Greeb zu sein, ist, dass wir nicht richtig angezogen sind dafür.«

»Du kannst froh sein, dass wir Jungs sind und keine Mädchen«, bemerkte Sam. »Zumindest tragen wir Hosen und nicht Leggings mit Löchern.« Er sah auf seine zerrissene Jeans hinunter und fügte hinzu: »Na, du weißt, was ich meine. Zumindest ist das Material dicker.«

Kieron sah sich um. Sie waren mit dem Bus ins Zentrum von Newcastle gefahren und dann mit einem anderen Bus in einen der Außenbezirke. Als sie gekommen waren, hatten im Industriegebiet noch viele Autos und Laster gestanden, aber nach fünf Uhr gingen alle nach Hause und zwanzig Minuten später war die Gegend praktisch verlassen. Irgendwo klang es, als würde eine mittelmäßige Kneipenband in einem der Lagerhäuser proben, vielleicht ließ auch nur jemand das Radio überlaut laufen, aber das machte die ansonsten herrschende Stille nur umso deutlicher. Den Song, »House of the Rising Sun«, hatte Kierons Dad oft und schlecht auf seiner elektrischen Gitarre gespielt. Jedes Mal, wenn Kieron ihn hörte, wurde er traurig.

»Ich glaube, jetzt sind auch die letzten Leute gegangen«, vermutete Sam. »Und wenn wir uns nicht bald bewegen, frieren mir noch die Füße am Asphalt fest.«

Kieron sah sich um. Eine Straße führte von der Hauptstraße aus mitten durch das Industriegebiet. Wie Rippen zweigten davon kürzere Straßen ab, an denen die metallenen Lagerhallen standen. Die Schilder an den Gebäuden zeigten hauptsächlich Autowerkstätten, Schildermacher und Computerreparaturwerkstätten an, obwohl auch ein Rahmenmacher und ein Lieferant für Solarpaneele darunter waren.

»Okay«, sagte er. »Ich nehm die rechte Straßenseite, du die linke. Ruf mich auf dem Handy an, wenn du den blauen Delica findest. Ich mach es genauso.«

»Ich habe kein Geld mehr auf der Karte«, erklärte Sam. »Ich kann nur noch Anrufe empfangen, aber nicht mehr selber anrufen.«

Kieron seufzte.

»Okay. Wenn ich etwas finde, ruf ich dich an. Wenn du etwas findest, gehst du zum Ende der Straße und wartest auf mich. Wenn du mich nicht gesehen hast und ich dich nicht angerufen habe, bevor du mit deiner Seite fertig bist, treffen wir uns hier wieder. In … sagen wir, in einer halben Stunde.«

»Hast du noch genügend Akku?«

Kieron nahm sein Handy und sah nach. Die kleine Anzeige sagte, dass der Akkustand recht niedrig war. Er sah zu Sam und zuckte die Achseln. Sam griff in die Tasche und holte einen leuchtend lila Würfel mit einem baumelnden USB-Stecker heraus.

»Hier hast du Nachschub«, sagte er. »Nimm es, ich habe genug.«

Kieron nickte dankbar.

Dann trennten sie sich: Sam rannte auf die andere Seite der großen Straße, hielt sich dicht an den Gebäuden und kämmte die linken Seitenstraßen durch, während Kieron auf seiner Seite mit der Suche begann. Ein Stück weiter begann »House of the Rising Sun« erneut. Das Intro klang, als würde jemand angestrengt nach jeder Saite und jedem Griff suchen.

In der ersten Querstraße standen keine Autos. Statt den ganzen Weg wieder zurückzugehen, fand Kieron heraus, dass hinter dem letzten Lagerhaus ein schmaler Streifen zwischen den Metallwänden und einem hohen Holzzaun entlangführte. Er war dicht mit Unkraut bewachsen, aber es gab einen schmalen Trampelpfad, den wahrscheinlich Füchse ausgetreten hatten. In der nächsten Querstraße parkten mehrere Lieferwagen, die dort wohl über Nacht stehen bleiben würden. Nachdem er sich vergewissert hatte, dass der dunkelblaue Delica nicht darunter war, ging er weiter.

Als er wieder zur großen Längsstraße in der Mitte kam, tauchte auch Sam gerade dort auf. In seiner dunklen Kleidung war er vor den Lagerhauswänden kaum zu erkennen. Sie winkten sich zu.

Dann gingen sie in entgegengesetzter Richtung weiter.

In der dritten Seitenstraße auf Kierons Seite stand ein großer Lastwagen in einer Einfahrt und ragte so weit in die Straße herein, dass sich Kieron auf der anderen Straßenseite fast daran vorbeiquetschen musste, bevor er die drei anderen Autos, die dahinterstanden, überprüfen konnte. Immer noch kein Delica. Am Ende der Straße ging er wieder hinter dem letzten Gebäude am Zaun entlang vorbei. Hier wuchs ein Busch auf dem schmalen Pfad, an dem er sich vorbeizwängen musste. Unter dem Busch hatte sich ein kleiner Haufen Zigarettenkippen angesammelt. Wahrscheinlich hatte sie der Wind hier zusammengeweht.

In der Mitte der vierten Straße parkte ein dunkelblauer Lieferwagen. Mit klopfendem Herzen schlich sich Kieron vorsichtig näher heran. Doch als er noch ein paar Schritte entfernt war, stellte er fest, dass der Wagen die falsche Form hatte. Das Kennzeichen bestätigte, dass es nicht der gesuchte Delica war.

Als er wieder auf die mittlere Straße kam, wartete er darauf, dass Sam auftauchte.

Doch der kam nicht.

Kieron versteckte sich im Schatten des letzten Lagerhauses auf seiner Seite und wartete. Sein Freund konnte ihn doch nicht überholt haben? Kieron war nur kurz stehen geblieben, um sich das Kennzeichen des Lieferwagens anzusehen, es war also unwahrscheinlich, dass Sam schon am Ende der Straße angekommen war. Selbst wenn er den Weg hinter den Lagerhäusern nicht nutzte, musste er in derselben Zeit doch etwa gleich weit gekommen sein – ungefähr wenigstens.

Vielleicht hatte Sam etwas gefunden.

Kieron wartete noch ein paar Minuten. Er verschränkte die Arme vor der Brust, um sich ein bisschen zu wärmen, doch Sam tauchte nicht auf. Schließlich sah er sich nach rechts und links um, ob jemand in der Nähe war und ging dann auf Sams Seite hinüber.

In dieser Seitenstraße standen zwei Autos mit platten Reifen und ein Motorrad, das aussah, als hätte es jemand einfach dort stehen gelassen. Als er das Ende der Straße erreicht hatte, drehte er sich um und sah zur Kreuzung zurück. Immer noch keine Spur von Sam. Er kam sich ein wenig dumm vor, da es ihm immer wahrscheinlicher vorkam, dass sein Freund schon weiter war, doch ganz allmählich begann er sich Sorgen zu machen.

Vielleicht hatte irgendetwas Sam gefunden.

Er holte tief Luft und ging zwischen der Wand des letzten Lagerhauses und dem Zaun zurück in die Seitenstraße, in der er Sam zuletzt gesehen hatte.

Kurz bevor er die Ecke erreichte, verfing sich sein Fuß in einer Wurzel und er wurde abrupt festgehalten.

»Ist das der Einzige?«, hörte er plötzlich eine harsche männliche Stimme.

Sie erklang gleich hinter der Ecke. Wäre Kieron nicht mit dem Fuß an der Wurzel hängen geblieben, wäre er direkt in den Sprecher hineingelaufen.

»Der Einzige, den ich gesehen habe«, erklang eine andere Stimme.

»Sieh dich um, aber leise. Teenies sind wie Ratten: Sie tauchen meist im Rudel auf. Glücklicherweise kann man ihnen im Gegensatz zu Ratten ganz leicht das Genick brechen. Bei Ratten muss man sich wesentlich mehr anstrengen.«

Kieron befreite seinen Fuß und schlich leise zur Ecke des Lagerhauses. Es bestand zwar das Risiko, dass der zweite Mann plötzlich unvermutet auftauchte, aber die andere Ecke war zu weit entfernt, als dass er sie hätte rechtzeitig erreichen können. Auf jeden Fall nicht leise. Es war außerdem eher anzunehmen, dass der zweite Mann zu der größeren Straße zurückgehen würde, um sich dort umzusehen.

Er hörte, wie sich Schritte entfernten. Sie klangen schwer, als ob der Mann Stiefel trüge.

Er dachte an die Männer im Einkaufszentrum, die Bex' Freund Bradley entführt hatten. Sie hatten auch Stiefel getragen.

»Ich hasse Teenager«, erklärte der erste Mann. Kieron hörte das Schlurfen von Gummi auf dem Asphalt, als er sich umdrehte, dann entfernten sich auch seine Schritte. Plötzlich wurden sie viel leiser, als hätte er ein Gebäude betreten. Wahrscheinlich war er ins Lagerhaus gegangen.

Kieron riskierte einen Blick um die Ecke. Dort parkte ein neuer, glänzend polierter BMW, dahinter sah er einen Mann weggehen: kurzes blondes Haar und ein weiter, wasserdichter Blouson. Die Sonne stand jetzt hinter den Lagerhäusern und näherte sich dem Horizont, und der Himmel war trübe und bewölkt. Der Mann war fast nur eine Silhouette im Gegenlicht. Als er vorn an der mittleren Straße war, sah er sich in beide Richtungen um, bog dann nach links ab und verschwand aus Kierons Blickfeld.

Aus einer Türöffnung ein paar Schritte weiter fiel schwaches Licht. Kieron holte tief Luft, schlich die paar Schritte an der Wand entlang und warf einen Blick durch die Tür.

Sie war in ein größeres Garagentor eingelassen, das sich nach oben öffnen ließ, damit ein Auto oder ein kleiner Lieferwagen hindurchfahren konnte. Ein dunkelblauer Transporter stand darin, ein Mitsubishi Delica. Kieron musste nicht erst auf das Kennzeichen sehen, tat es aber trotzdem. Es war der Wagen, den er im Parkhaus des Einkaufszentrums gesehen hatte.

Im hinteren Garagenbereich, halb hinter dem Wagen verborgen, führte eine weitere Tür ins Innere des Lagerhauses. Von dort hörte Kieron die Stimme des ersten Mannes: »Da sind doch noch deine Freunde draußen, oder? Noch mehr so kleine Ratten wie du, was?«

»Ich habe die Polizei gerufen«, erklang Sams Stimme. »Die sind gleich hier. Sie sollten mich lieber gehen lassen, bevor die kommen.«

»Ich habe hier dein Handy«, erklärte der Mann. »Du solltest dir übrigens mal einen Sicherheitscode zulegen. Jeder kann einfach nachsehen und feststellen, dass von diesem Handy heute noch keine Anrufe ausgegangen sind.« Etwas Hartes schlug auf dem Betonboden auf, dann krachte ein Stiefelabsatz auf etwas, das darunter zerbrach. »Na also, das Problem hätten wir gelöst. Jetzt brauchst du keinen Sicherheitscode mehr.«

»Dafür werden Sie mir büßen!«, knurrte Sam. Kieron konnte seiner Stimme anhören, dass er Angst hatte, aber Sams spontane Reaktion darauf, wenn ihm jemand einen Schlag versetzte, war, noch kräftiger zurückzuschlagen.

Ein wenig amüsiert sagte der Mann: »Ziemlich bald schon wirst du genauso kaputt sein wie dieses Handy. Die Frage ist nur, wie schnell das passiert. Wenn du mir sagst, wo deine Freunde sind, dauert es nur ein paar Sekunden, wenn nicht, ein paar Stunden. Ich mache hier keine Spielchen, Kleiner. Ich muss es wissen.«

»Ich bin allein«, antwortete Sam.

Kieron war unwillkürlich ein wenig stolz auf den Mut seines Freundes.

»Allein? In einem Gewerbegebiet? Wenn jeder normale Mensch zuhause ist? Das wage ich zu bezweifeln.«

»Das ist mein Hobby. Ich erforsche Orte, wenn niemand mehr da ist.«

Kieron schlich seitlich am Lieferwagen entlang, vorbei an einem Metalltisch mit einem Werkzeugkasten und einem Autoschlüssel darauf, bis zu einem Punkt, von dem er durch die Tür in das Lagerhaus sehen konnte. Der Raum selbst war dunkel, vollgestapelt mit Kisten und nur spärlich von Lichtern hoch oben in den Metallstreben erleuchtet. Tische und Stühle standen herum und ein großer Plasmafernseher, doch das war es nicht, was Kierons Aufmerksamkeit erregte.

Sam war mit Kabelbindern an einen Metallstuhl in der Nähe der Tür gefesselt worden. Und neben ihm saß Bradley, ebenso gefesselt. Anders als Sam sah er aus, als ginge es ihm nicht sonderlich gut: Der Kopf war ihm auf die Brust gesunken und womöglich hatte er getrocknete Blutflecken auf dem Hemd, genau konnte Kieron es nicht sehen.

Er überlegte fieberhaft: Mögliche Aktionen tauchten fast vollständig ausgearbeitet vor ihm auf und verschwanden wieder, sobald er den Fehler darin entdeckte. Wenn er die Polizei rief, würden sie ihm nicht glauben. Wenn er Sam und Bradley befreien würde, würde er geschnappt werden. Wenn er nichts tat, würde sein Freund verletzt, möglicherweise sogar getötet werden. Was blieb ihm noch? Welche Möglichkeit hatte er übersehen?

Er könnte für eine Ablenkung sorgen. Wenn beide Männer weggelockt würden, hätte er Zeit, die beiden zu befreien.

Aber was für eine Ablenkung?

Es musste draußen sein und weit genug weg, damit die

Männer nachsehen gehen würden. Er konnte wohl irgendwo Feuer legen, aber es stand zu befürchten, dass so ein Feuer schnell außer Kontrolle geriet. Er fragte sich ob er irgendeine Art von Lärm machen sollte. Er konnte mit einem Schraubenschlüssel aus der Werkzeugkiste gegen die Metallwand eines der Lagerhäuser schlagen. Aber dann, erkannte er, würde auch er draußen sein, und zwar genau an dem Ort, zu dem die beiden Kerle gehen würden.

Die *beiden* Kerle ... Er sah sich um, denn plötzlich war er davon überzeugt, dass der zweite Mann, der ihn suchen gegangen war, direkt hinter ihm stand. Doch in der Garage war niemand. Als sich sein Herzschlag wieder wenigstens auf die aufgeregte Frequenz von zuvor beruhigt hatte, begann er auch wieder zu atmen.

»Hör zu«, verlangte der erste Mann sachlich aus dem großen Raum des Lagerhauses, »wir sollten vernünftig sein. Ich habe keine große Lust, viel Zeit darauf zu verwenden, dir wehzutun, und du willst nicht, dass man dir wehtut. Also ist es in unser beider Interesse, dass wir hier zusammenarbeiten. Da drüben ist eine Garage, wo ich mir alles holen kann, von einer Zange bis zu einem Schweißbrenner. Wenn ich echt unangenehm werden will, besorge ich mir eine Autobatterie und ein Startkabel und schließe dich daran an. Glaub mir, wenn du siehst, wie deine Haut zu qualmen beginnt, sagst du mir alles, was du weißt. Also spar mir die Mühe und dir den Schmerz.«

»Haben Sie das mit ihm auch gemacht?« Kieron hörte das Zittern in Sams Stimme, als er mit dem Kopf zu dem bewusstlosen Bradley hinübernickte.

Der Mann zuckte mit den Achseln.

»So etwas in der Art. Er ist dafür ausgebildet, einer solchen Befragung standzuhalten. Du nicht. Dich zu brechen wird einfacher als ein Ei mit einem Hammer. Und da wir gerade beim Thema Hammer sind: Wie sehr hängst du eigentlich an deinen Kniescheiben?«

Kieron sah sich hektisch um und versuchte, etwas zu finden, was ihm nützen könnte. Sein Blick fiel auf die Autoschlüssel des BMW mit ihrer Fernsteuerung, und als wäre die Idee schon immer da gewesen und wäre nur jetzt plötzlich von einem Scheinwerfer angestrahlt worden, fasste er einen Plan.

Er nahm den Schlüssel und schlich sich schnell auf die andere Seite des Delica. Der Schlüssel hatte zwei Knöpfe, mit denen man den Wagen automatisch öffnen und abschließen konnte. Wenn es so war wie bei dem Auto seiner Mutter, dann würde die Alarmanlage losgehen, wenn er den »Schließen«-Knopf zweimal drückte.

Also drückte er zweimal auf den Knopf.

Draußen ging die Hupe des BMW los und die Blinklichter blitzten im Dunkeln auf.

»Was zum …«

Kieron versteckte sich, während der Mann am Lieferwagen vorbei durch die Garage rannte, um draußen nachzusehen, was wohl den Alarm ausgelöst hatte.

Kieron ließ den Autoschlüssel fallen, schnappte sich ein Messer und ein paar Kabelbinder aus der Werkzeugkiste und rannte ins Lagerhaus, wo er die Tür hinter sich zuzog und abschloss. Schnell lief er zu Sam und schnitt die Kabelbinder durch, die ihn an den Stuhl fesselten.

»Ich habe geglaubt, du suchst noch«, stieß Sam leise hervor. »Ich dachte schon, ich wäre erledigt.«

»Nie«, behauptete Kieron und reichte Sam das Messer. »Schneide du Bradley los, ich habe noch etwas zu erledigen.«

Die Alarmanlage des BMW verstummte plötzlich. Kieron fluchte leise. Er hätte den Schlüssel behalten sollen.

Während Sam zu dem anderen Stuhl ging, knüpfte Kieron die Kabelbinder, die er mitgenommen hatte, in Windeseile zu einer etwa zwei Meter langen Kette zusammen.

Die Tür zum Garagenbereich klapperte – erst leicht, dann heftig. Gleich darauf erzitterte die ganze Wand, weil jemand heftig am Türgriff rüttelte.

Kieron kniete sich hin und zog seine provisorische Leine durch die Metallstreben zu beiden Seiten der Tür. Ungefähr auf Knöchelhöhe zog er sie fest. Als er sich wieder aufrichtete, sah er, dass Sam Bradley von seinem Stuhl gezogen hatte. Der Mann schien ein wenig durcheinander, aber offenbar bekam er mit, was vor sich ging.

»Versteckt euch hinter den Kisten da drüben«, befahl Kieron Sam schnell. »Sie dürfen euch nicht sehen!«

Sam stützte Bradley, um ihn wegzubringen, während Kieron die beiden Stühle nahm, sie zur Tür brachte und so hinlegte, dass ihre Stuhlbeine nach oben und zur Tür zeigten. Als er mit seiner Platzierung zufrieden war, überprüfte er, ob Sam und Bradley noch zu sehen waren und folgte ihnen dann.

Er hatte gerade die ersten Kisten erreicht, als die Tür zur Garage krachend aufflog. Offenbar war der zweite Mann zurückgekehrt und sie hatten die Tür mit dem Metalltisch eingeschlagen. Den Tisch warfen sie hinter sich und kamen gleichzeitig durch die Tür gestürmt. Sie hielten Pistolen in den Händen. Kieron hielt erschrocken den Atem an. Sie hatten tatsächlich Pistolen!

Der erste Mann, der, der Sam bedroht hatte, stolperte als Erster über die Kabelbinder, die seine Füße stoppten, während sich sein Oberkörper weiter nach vorn bewegte. Er erschrak, als er das Gleichgewicht verlor. Sein Freund war nur kurz hinter ihm und stolperte mehr über ihn als über die Kabelbinder, aber beide stürzten ins Lagerhaus.

Und in die umgekippten Stühle.

Das überraschte Ächzen verwandelte sich in Schmerzensschreie, als die harten Stuhlbeine sie an Gesicht, Schultern und Rippen trafen. Sie versuchten, sich zu befreien, doch dabei verhedderten sie sich mit Armen und Beinen und sie rollten in einem wilden Haufen von Menschen und Möbeln durcheinander. Doch irgendwie schafften sie es beide, ihre Pistolen festzuhalten, was Kieron fluchen ließ. Er hatte gehofft, zumindest eine davon in die Finger zu bekommen.

Er spürte Sam hinter sich.

»Hast du das Messer?«, flüsterte er.

»Nutzt uns nicht viel gegen die Pistolen«, gab Sam leise zurück.

»Kommt darauf an, wie man es einsetzt.«

Kieron hielt die Hand nach hinten und spürte, wie ihm der Griff in die Handfläche gedrückt wurde. Er wartete ab, während die beiden Männer sich laut fluchend von den Stühlen befreiten und unsicher aufstanden. Der erste Mann hatte einen Blutschmierer unter dem linken Auge, der andere hielt sich den rechten Arm, als wäre seine Schulter verletzt. Und beide sahen sehr, sehr wütend aus. Eigentlich sahen sie sogar aus, als würden sie gleich durchdrehen.

»Schnapp sie dir!«, befahl der erste Mann. »Ich will ihnen richtig wehtun und dann bring ich sie um!«

Kieron holte aus und warf das Messer auf die andere Seite des Lagerhauses. Es wirbelte durch die Luft, flog im hohen Bogen durch die dunkle Halle bis zu einem Stapel Kisten und fiel laut scheppernd dagegen.

»Da drüben!«, rief der zweite Mann und deutete zu den Kisten.

Die beiden humpelten mehr, als dass sie rannten, weg von Sam, Kieron und Bradley in Richtung der Stelle, wo das Messer gegen die Kisten geprallt war. Dort verschwanden sie im Dunkeln zwischen zwei Reihen von Kisten.

»Gut«, flüsterte Kieron leise. »Verschwinden wir.«

Sie stützten Bradley jeder an einer Seite und rannten los. Bradley konnte teils ein bisschen mitlaufen, teils mussten sie ihn mitschleifen, doch sie schafften es bis zur Tür Richtung Garage, ohne entdeckt zu werden. Die Tür selbst war zertrümmert, daher konnte Kieron sie nicht hinter ihnen abschließen. Er hoffte, dass die Kerle nicht so schnell merkten, dass sie abgehauen waren, aber die Chancen dafür standen relativ schlecht.

»Und jetzt?«, zischte Sam, als sie den blauen Lieferwagen erreichten.

»So weit habe ich noch nicht gedacht«, gab Kieron zu. »Vielleicht können wir den BMW da draußen klauen.«

»Hast du den Schlüssel?«

»Nein«, gab er verlegen zu. »Du kannst doch ein Auto kurzschließen, oder? Du hast doch schon mal die Autos unserer Lehrer kurzgeschlossen und sie auf dem Schulparkplatz umgeparkt. Dafür haben sie dich fast von der Schule ausgeschlossen.«

»Keines mit einem Sicherheitschip im Schlüssel und einem Diebstahlsicherungssystem«, erwiderte Sam. »Hast du denn im Mechanikunterricht gar nichts gelernt?«

»Nein.«

Bradley versuchte, sich zwischen ihnen aufrecht zu halten. Zum ersten Mal seit dem Einkaufszentrum sah Kieron sein Gesicht deutlich und erschrak über die Schnitte und das Blut.

»Der Lieferwagen«, brachte er durch die aufgerissenen Lippen hervor.

»Was?«, fragte Kieron begriffsstutzig.

»Der Lieferwagen. Kein Sicherheitschip. Nur Schlüssel.«

Kieron zerrte die Seitentür des Lieferwagens auf. Auf gut geölten Schienen glitt sie fast geräuschlos auf. Schnell halfen er und Sam Bradley ins Innere, stiegen hinterher und zogen die Tür zu.

Doch dann zögerten sie und jeder wartete darauf, dass der andere sich auf den Fahrersitz setzte.

»He«, verwahrte sich Kieron, »ich kann nicht fahren. Das wirst du schon tun müssen.«

Sam schüttelte den Kopf.

»Wie willst du eigentlich je eine Freundin bekommen?«, erkundigte er sich.

Kieron zuckte mit den Achseln.

»Vielleicht mit meinem schrägen Sinn für Humor?«

Während sich Sam auf den Fahrersitz schlängelte, wandte sich Kieron an Bradley.

»Wir sind Freunde«, erklärte er. »Wir helfen Bex.«

»Ihr solltet nicht euer Leben riskieren«, murmelte Bradley.

»Versuchen Sie, nicht zu sprechen. Wir bringen Sie irgendwo in Sicherheit.«

Draußen erklangen Rufe und die beiden Kerle rannten in die Garage, weil sie mittlerweile erkannt hatten, was geschehen war. Glücklicherweise rannten sie am Lieferwagen vorbei nach draußen, durch die offene Tür und in die Dunkelheit.

Sam drehte sich um und warf Kieron einen besorgten Blick zu. Der versuchte, so zuversichtlich wie möglich auszusehen und nickte ihm aufmunternd zu.

Sam griff unter das Armaturenbrett, zog an den dort verborgenen Drähten und zerrte sie hervor. Zwei davon suchte er aus und riss daran, bis sie zerrissen. Dann hielt er die bloßen Metallenden aneinander.

Der Motor des Lieferwagens sprang mit lautem Dröhnen an.

Die beiden Kerle vor der Tür drehten sich um. Sam schaltete die Scheinwerfer ein – Fernlicht. Geblendet taumelten die beiden Männer zurück.

Sam riss den Schalthebel auf »Drive«, zerrte die Handbremse los und stemmte den Fuß auf das Gaspedal. Der Lieferwagen schoss vor, auf die Tür zu, die etwa ein Drittel so groß war wie er selbst. Der Kuhfänger traf auf das weit größere Garagentor, in das sie eingelassen war, und das sich nach oben hin öffnen ließ. Einen grauenvollen Moment lang befürchtete Kieron, dass der Lieferwagen einfach davon abprallen würde und der Motor ausging, doch stattdessen riss er das Garagentor aus der Halterung und stieß es vor sich her.

Direkt auf die beiden Kerle zu.

Kieron konnte nicht sehen, wohin sie fielen, doch der Lieferwagen raste weiter. Eine Seite der Tür traf die hintere Ecke des BMW, wo sie herumwirbelte und auf den Wagen fiel, sodass Sam den Lieferwagen holprig daran vorbeilenken musste, bis er auf die Straße kam.

Eigentlich hätte Sam gleich weiterfahren müssen, um sie möglichst schnell in Sicherheit zu bringen, doch das tat er nicht.

Stattdessen bremste er.

Noch bevor Kieron ihn fragen konnte, was er sich dabei gedacht hatte, legte Sam den Rückwärtsgang ein, riss das Steuer herum und raste in schrägem Winkel zurück, direkt in die Kühlerhaube des BMW hinein.

Kieron sah nicht, was geschehen war, aber er hörte das laute Krachen und Splittern von berstendem Metall und Glas. Als Sam den Vorwärtsgang wieder einlegte und mit quietschenden Reifen davonraste, taumelte er zur hinteren Tür und sah aus dem Fenster. Die Szene hinter ihnen wurde rasch kleiner, als sie sich in einer Abgaswolke entfernten: Der BMW hing schief, die Motorhaube war eingedrückt und eines der Räder stand in schrägem Winkel ab. Kieron hatte zwar nicht viel Ahnung von Automechanik, aber dieser Wagen kam ihm nicht mehr einsatzbereit vor.

Plötzlich tauchten die beiden Kerle hinter dem Auto auf, wo sie sich offenbar versteckt hatten. Der erste – der Sam bedroht hatte – hob die Hand und zielte mit der Pistole auf den Lieferwagen. Über den Lärm des heulenden Motors konnte man nicht viel hören, aber plötzlich erschien ein Loch im Glas, umgeben von einem Kranz weißer Risse. Dann verschwanden die Gestalten, als der Lieferwagen um die nächste Ecke bog.

»Gute Arbeit«, lobte der am Boden liegende Bradley schwächlich.

»Hat irgendjemand eine Ahnung, wo wir jetzt hinsollen?«, rief Sam über die Schulter hinweg.

Kapitel 8

Die Scharfschützin Emma Sprue – falls das ihr richtiger Name war – sah Bex vom Hotelbett aus finster an. Bex sah, dass sie insgeheim die Festigkeit der Kabel prüfte, mit denen sie gefesselt war – sie spannte die Muskeln an, um zu sehen, ob die Kabel irgendwie nachgaben. Doch die waren bombenfest. Bex war sehr sorgfältig vorgegangen: Wenn man einen sozusagen staatlich geprüften Profikiller fesselte, wollte man auf jeden Fall vermeiden, dass er sich befreien konnte. Und im Knotenmachen war Bex ausgezeichnet: Es war doch erstaunlich, als wie nützlich sich all die Schulausflüge jetzt für ihre Arbeit erwiesen. Man sollte sie in Geheimagentenvorbereitungskurs umbenennen, dann würde die Teilnahme daran sicher zunehmen.

Genug, dachte Bex. Sie zögerte das Unvermeidliche nur hinaus.

»Also«, begann sie fröhlich, »wo sollen wir anfangen?«

Sprue starrte sie nur an.

Bex war nervös. So etwas hatte sie noch nie gemacht und war sich nicht sicher, wie das laufen würde. Diese Frau war eine erfahrene Profikillerin, die vermutlich von den meisten Geheimdiensten dieser Welt gejagt wurde, ohne dass diese sie schnappen konnten. Bex hingegen war nur eine junge Undercoveragentin, die freiberuflich für den MI6 arbeitete und deren Kenntnisse sich darauf beschränkten, auf eine Stimme in ihrem Ohr zu hören, sich nach den Informationen zu richten, die diese ihr gab, und dabei so zu tun, als höre sie gar nichts.

Einer ihrer Chefs beim MI6 hatte einmal gesagt – und zwar in ihrem Beisein –, dass jeder Nachrichtensprecher, der auf einen Teleprompter sehen und lächelnd die Schlagzeilen dort ablesen konnte, in der Lage wäre, Bex' Job zu machen. Es war ein harscher und nicht ganz berechtigter Vergleich gewesen. Schließlich mussten Nachrichtensprecher ihre Schlagzeilen nicht so lesen, als wären sie ihnen gerade eben erst eingefallen. Und außerdem richtete ihr Gegenüber meist eher eine Kamera auf sie als eine Schusswaffe.

Aber normalerweise gefiel Bex der Gedanke, dass sie nur eine Rolle spielte und lediglich tat, was Bradley ihr einflüsterte. Doch jetzt war sie auf sich gestellt, allein und ohne Drehbuch stand sie vor einem richtigen Profi.

Nur … sie spielte immer noch eine Rolle, oder? Es war ein bisschen wie bei einer Schulaufführung, wenn jemand anders seinen Text vergessen hatte und sie schnell improvisieren musste. Außerdem war Kieron da, der ihr zuhörte und ihr Informationen gab. Er war zwar nicht Bradley, aber er machte sich gar nicht schlecht.

»Fassen wir mal zusammen, ja?«, sagte sie schließlich. »Dein Name ist Emma Sprue und du bist Profikillerin. Mein Name ist – nun, das tut hier nichts zur Sache – und ich arbeite für – ach, eigentlich tut das hier auch nichts zur Sache. Wichtig ist eigentlich nur, dass du Informationen hast, die ich brauche, und ich habe die Absicht, sie aus dir herauszubekommen.«

Sprue sah sie immer noch stumm und ausdruckslos an, doch Bex hatte den Eindruck, als könne sie eine leise Belustigung in ihren Augen entdecken. Zumindest aber hörte sie ihr zu, auch wenn sie ihr kein Wort glaubte. Jedenfalls *noch* nicht.

»Wahrscheinlich glaubst du, dass ich dir Schmerzen zufügen werde, bis du mir sagst, was ich wissen will«, fuhr Bex nach einer kurzen Pause fort. »Das würdest *du* jedenfalls tun, und die Leute, die dich angeheuert haben, würden so etwas auch tun. Du hast eine Menge Leute getötet, von denen wir wissen, und wahrscheinlich noch eine ganze Menge mehr, von denen wir nichts wissen, ich mache mir also keine Illusionen über deine Fähigkeiten, jemandem Schmerzen zuzufügen. Wie dem auch sei, vielleicht habe ich einfach keine Lust auf die Sauerei in diesem Hotelzimmer, auf jeden Fall ich habe nicht die Absicht, dir wehzutun.«

Der amüsierte Gesichtsausdruck verwandelte sich in einen misstrauischen.

»Also, es hat nicht viel Sinn, dir wehzutun. Ich habe das dumpfe Gefühl, dass deine Schmerzgrenze relativ hoch ist. Du würdest bewusstlos werden oder einen Herzinfarkt bekommen und sterben, bevor ich dir genug Schmerzen zufügen könnte, dass du redest. Und das ist reine Zeitverschwendung. Bei so einer Gelegenheit wie dieser wünschte ich mir manchmal beinahe, ich wäre ein geübter und hartgesottener Folterknecht, denn dann könnte ich dich wahrscheinlich viel länger am Leben und bei Bewusstsein halten, aber eigentlich bin ich froh, dass ich es nicht bin. Denn dann müsste ich mein Gewissen für diese Fertigkeiten eintauschen, und diesen Tausch würde ich nicht eingehen wollen. Nie. Ich bleibe lieber eine von den Guten.«

Sprues Oberlippe kräuselte sich leicht verächtlich. Offensichtlich wurde sie unvorsichtiger und ließ ihre Emotionen erkennen. Sie unterschätzte Bex, und das war genau das, was Bex wollte. Dann würde der Schock, den sie ihr versetzen würde, nur noch umso … nun, schockierender werden.

»Also werde ich die Sache anders angehen«, lächelte Bex fröhlich. »Und nein, es wird auch keine Wahrheitsdroge. Selbst wenn ich so etwas hätte – und ich schleppe sie ja schließlich nicht in meinem Waschbeutel herum nur für den Fall, dass ich sie brauchen könnte –, sie sind ziemlich unzuverlässig und in unerfahrenen Händen wie den meinen möglicherweise auch gefährlich. Also Drogen scheiden aus.« Sie legte den Kopf ein wenig schief und starrte Sprue an wie ein Lehrer einen Schüler, der etwas verbrochen hat, es aber nicht zugeben will. »Ich werde übrigens auch nicht an das Gute in dir appellieren. Ich bin mir ziemlich sicher, dass du so etwas nicht hast.«

Sah Sprue jetzt neugierig aus? Nahezu unmerklich zog sie die rechte Augenbraue hoch. Mach weiter, dachte sie. Du machst das gut.

»Ich werde dir auch kein Geld anbieten, damit du redest. Per definitionem bist du jemand, der für Geld die schlimmsten Dinge tut, aber ich glaube nicht, dass es sinnvoll ist, dich zu bezahlen. Zum einen würde es deinem Ruf schaden, wenn du von einer Partei Geld annimmst, um einen illegalen Auftrag zu erledigen, und dann von einer anderen, um darüber zu reden. Unter so etwas leidet das Geschäft. Außerdem würde es ein schlechtes Beispiel darstellen. So wie meine – nun sagen wir: meine Auftraggeber –

keine Lösegelder an Geiselnehmer zahlen, bezahlen sie auch keine Söldner für Informationen. Wenn sie das täten, würden so kleine Ratten wie du in Scharen angelaufen kommen, um ihnen allen möglichen Klatsch zu verkaufen.«

Ja, in Sprues Augen war definitiv Neugier zu erkennen und vielleicht auch die Frage, wohin das alles führen sollte.

Bex sah sich im Hotelzimmer um.

»Die Art der Unterbringung hier sagt dir sicher auch, dass das Budget meiner Auftraggeber nicht wahnsinnig beeindruckend ist. Jede Regierung leidet unter Budgetkürzungen. Das liegt wohl an der Weltwirtschaft. Dir geht es wahrscheinlich recht gut und ich bin sicher, dass du auch in einem viel besseren Hotel wohnst als ich. Vielleicht sogar im Taj Mahal Palace. Es ist wohl recht angenehm, so direkt neben seinem Arbeitsplatz zu wohnen, wenn auch nicht besonders professionell. Von außen sieht das Hotel jedenfalls sehr beeindruckend aus. Ich kann mir gut vorstellen, dass du da wohnst, vielleicht sogar in einer Suite. Natürlich nicht unter deinem richtigen Namen. Oder du wohnst woanders. Aber egal wo, es ist auf jeden Fall Fünf-Sterne-Standard. Ich meine, was wäre der Sinn dabei, so oft auf Geschäftsreise zu sein wie du und dabei jedes Mal so viel Geld zu verdienen, wenn man sich nicht mal ein wenig Luxus leisten kann? Und Reisen, ja … Flüge erster Klasse, nehme ich an. Ich meine, du musst ja schließlich ausgeruht und bereit für deinen Auftrag ankommen, und außerdem, wer will sich schon zum gewöhnlichen Volk wie mir in der Economy-Klasse setzen?« Bex neigte sich vor und legte die Hände aneinander. »Die Frage ist nur: Willst du auch, dass das so bleibt?«

Sie machte eine längere Pause, lang genug, dass Sprue sich schließlich mit der Zungenspitze über die Lippen leckte. Es war eine unwillkürliche Geste, die Bex zeigte, dass sie langsam nervös wurde. Das war gut. Das war sogar besser als gut.

»Nun, wahrscheinlich hast du erst gedacht, ich rede so viel, weil ich nervös bin, aber wahrscheinlich hast du mittlerweile festgestellt, dass das nicht der Fall ist. Also fragst du dich wohl, was ich damit bezwecke. Und außerdem hast du wohl vor ein paar Sekunden erst erkannt, dass ich damit Zeit schinde, damit ein Kollege mir ein paar Informationen beschafft.«

Sprue blinzelte. Das war definitiv ein Blinzeln.

Bex berührte ihre Brille.

»Vielleicht hast du schon von der sogenannten Augmented Reality für Computer gehört. Das ist der neueste Trend bei der Unterstützung für Undercoveragenten. Mit dieser Brille und mit diesem Headset…« Sie tippte sich ans Ohr. »…kann ich mit einem Kollegen in … nun ja, in dem Land aus dem ich komme, reden. Er arbeitet nicht undercover, so wie ich. Er arbeitet in Cafés, Restaurants und allen möglichen anderen Orten. Er arbeitet in Zügen und Flugzeugen und auf dem Beifahrersitz von Autos. Und was er tut, ist hauptsächlich, auf Datenbanken zuzugreifen. Du weißt ja, was eine Datenbank ist: eine große Sammlung von Informationen in elektronischer Form, irgendwo auf einem Computerserver. Diese Informationen sollten zum größten Teil sicher sein, sind sie aber meist nicht. Wirklich nicht. Zum Beispiel Bankunterlagen. Die sollten eigentlich mit allen verfügbaren und undurchdringlichen Sicherheitsmaßnahmen geschützt sein. Aber Banken sind Geschäfte wie alle anderen auch und wenn sie glauben, sie könnten damit durchkommen, irgendwo eine billige Software einzubauen und darauf zu vertrauen, dass du dir ein vernünftiges Passwort ausdenkst, nun, dann haben sie schon wieder was gespart, oder? Nun glaubst du sicher, dass deine Bank, ich glaube es ist die …«

»Die Internationale Handels- und Kreditbank«, sagte Kieron in ihrem Ohr.

»… die Internationale Handels- und Kreditbank«, wiederholte Bex, als wüsste sie das schon lange.

»In Zürich«, fuhr Kieron fort.

»In Zürich, natürlich. Nun, du glaubst wohl, sie hätte die neuesten und besten Firewalls und so etwas, nicht wahr? Und weißt du was? Hat sie auch. Zumindest für einen Hacker, der versucht, einzubrechen und Geld zu klauen. Es ist nur so, dass die Ressourcen, die, sagen wir, mein Land für so ein kryptographisches Problem aufbringen kann, die des besten Hackers bei Weitem übersteigen. Wir können uns nicht nur bessere Hacker leisten, wir können uns auch Quantencomputer leisten, die im Nu jederzeit und überall jegliche Sicherheitssysteme knacken können. Was uns wieder zu dir zurückbringt und deinem Konto, auf dem sich augenblicklich …«

»Neunundachtzig Komma fünf acht sieben Millionen Dollar«, sagte Kieron schwer beeindruckt.

»Neunundachtzig Komma fünf acht sieben Millionen und ein paar Hundert Dollar befinden«, gab Bex weiter, »plus ein bisschen Kleingeld. Die genaue Summe tut nichts zur Sache. Machen wir uns lieber Sorgen, was passiert, wenn wir zum Beispiel hunderttausend Dollar von deinem Konto auf das einer wohltätigen Stiftung überweisen, die sich um Frühgeborene in der Neugeborenen-Intensivstation kümmert? Ehrlich gesagt können die das Geld sicher brauchen. Hat einer deiner Freunde oder Verwandten mal ein Frühchen bekommen? Das sind unglaubliche Sorgen und sehr viel Stress. Wenn man dabei irgendwie helfen kann, ist das wirklich eine gute Sache, glaube ich.«

»Und … fertig«, erklärte Kieron. »Das Great Ormond Street Hospital in London ist jetzt um hunderttausend Dollar reicher als noch vor ein paar Sekunden.«

Bei Sprue zeigte sich ein ganz leises Zucken im linken Augenlid.

»Nun, ich weiß, was du denkst«, fuhr Bex ruhig fort. »Du glaubst, dass ich mir das gerade ausdenke. Dass ich bluffe. Dass ich dich an der Nase herumführe. Wahrscheinlich willst du einen Beweis dafür, dass mein Kollege gerade seine elektronischen Finger in deinem höchst privaten Konto hat und ein wenig darin herumrührt, um allen möglichen Schaden anzurichten. Das ist eine vernünftige Forderung, der ich gerne nachkomme. Ich nehme an, du kennst deine eigene Kontonummer, sie lautet …«

Bex glaubte, Kieron mit der Zunge schnalzen zu hören, während er arbeitete.

»Acht eins null, sieben fünf neun, zwei drei neun vier acht.«

»Acht eins null, sieben fünf neun, zwei drei neun vier acht. Nun, an diese Zahlen können wir auch gekommen sein, ohne Zugriff auf das Konto zu bekommen, daher werfe ich noch die Tatsache ein, dass dein persönliches Passwort …«

»Alysheba1987.«

»Alysheba1987 lautet.« Bex musste unwillkürlich lächeln, weil Sprue plötzlich erschrocken die Augen aufgerissen hatte.

»Oh, offensichtlich ist das der Name eines Pferdes, das sie früher mal hatte, und das Jahr, in dem sie es bekommen hat. Es war ein Geburtstagsgeschenk von ihrem Vater.«

»Das ist der Name des Pferdes, das du so geliebt hast, und das Jahr, in dem dein Vater es dir gekauft hat. Wie reizend, dass du dich noch daran erinnerst. Ich finde das echt süß.« Sie machte eine Kunstpause. »Wieder hunderttausend Dollar. Was hältst du davon, wenn wir es einer Stiftung schenken, die innovative Diabetesbehandlungen erforscht? Diabetes ist heutzutage ein großes Problem der Industrieländer.«

»Fertig«, erklärte Kieron. »Das Spiel gefällt mir.«

»Das ist kein Spiel!«, erwiderte Bex, bevor ihr einfiel, dass sie ohne zu überlegen Kieron geantwortet hatte. Schnell fügte sie hinzu: »Es ist Ernst und es ist dein Geld. Wie viel kannst du dir leisten zu verlieren? Hunderttausend Dollar die Minute sind eine Million Dollar alle zehn Minuten und dein gesamter Pensionsfond ist in relativ kurzer Zeit verschwunden. Und ich habe heute Abend ja nichts anderes zu tun. Wenn ich Hunger bekomme, bestelle ich den Zimmerservice.« Sie deutete aufs Fenster. »Es gibt auch eine Menge Restaurants mit Lieferservice in der Nähe, die ich anrufen kann.«

»Was willst du denn wissen?«

Sprues Stimme klang harsch und hatte einen leichten amerikanischen Akzent.

»Ich will wissen, wer dich angeheuert hat, wofür, und wo ich diese Leute finden kann.«

Sprue schüttelte energisch den Kopf.

»Das kann ich nicht machen. Wie du schon selbst gesagt hast – wenn ich diese Informationen preisgebe, ist mein Ruf hinüber. Dann bekomme ich keine Aufträge mehr.«

»Ich verstehe«, nickte Bex und versuchte, möglichst verständnisvoll auszusehen, wie eine Mutter, die mit einem Kind, das noch länger aufbleiben will, über die Schlafenszeit verhandelt. Doch im Grunde war sie ziemlich nervös und hätte Sprue am liebsten ins Gesicht geschlagen. »Mal sehen, was für Sicherheiten wir bieten können. Oh, und solange können wir ja noch weitere hunderttausend Dollar spenden. Irgendwelche Wünsche? Wie wäre es mit einer Stiftung, die sich darauf spezialisiert hat, Pferde aus Notsituationen zu retten? Du magst doch Pferde, oder? Denk doch nur, wie glücklich Alysheba darüber wäre, wenn sie es wüsste.«

»Wie wäre es …«, überlegte Kieron, »mit dem Global Horse Welfare Fund? Sie haben eine recht beeindruckende Webseite. Leisten jede Menge gute Arbeit.«

»Ich glaube, das wäre perfekt«, sagte Bex sowohl zu Kieron als auch zu Sprue.

»Okay!« Sprue begann zu schwitzen. »Kannst du für meine Anonymität garantieren, wenn ich rede?«

»Wir werden verbreiten, dass deine Auftraggeber einen Verräter in ihren Reihen haben, der uns gesagt hat, was wir wissen wollen. Wir werden sogar irgendjemandem Geld überweisen, damit es glaubhaft wird.« Bex setzte eine schockierte Miene auf. »Natürlich nicht von deinem Konto. Das würde die ganze Sache doch ruinieren, wenn man das je herausbekommt. Von einem anderen Konto.«

»Okay. Das könnte klappen.« Bex bemerkte, dass Sprue schneller und flacher atmete als zuvor. Das war gut. Es bedeutete, dass sie aufgeregt war. Es war schon seltsam, dass jemand Schmerzen widerstehen konnte, aber einknickte, sobald man ihm das Geld stahl. »Woher soll ich wissen, dass du mich gehen lässt, wenn wir fertig sind … mit der Befragung?«

»Gute Frage.« Das war es tatsächlich. »Nun, ich könnte darauf hinweisen, dass ich zu den Guten gehöre und es daher nicht meine Art ist, Leute umzubringen. Nicht mal die Bösen. Jedenfalls nicht, wenn es sich vermeiden lässt. Ich könnte auch darauf hinweisen, dass ich, obwohl ich weiß, dass du für mindestens zwanzig Morde verantwortlich bist, nicht über genügend Beweise verfüge, dass es zu einer Verurteilung käme, wenn ich dich vor Gericht brächte. Ich könnte auch darauf hinweisen, dass ich einen Auftrag habe, der nichts mit dir zu tun hat, und den würde ich gern erledigen. Ich würde dich liebend gern einfach hierlassen, damit dich das Zimmermädchen morgen früh findet. Nun – ich dachte als Nächstes an eine Musikunterrichtstiftung. Sie leisten so großartige Arbeit für Kinder aus minderbemittelten Gegenden. Wenn ich ihnen eine Viertelmillion Dollar gebe, könnten sie sogar einen Probenraum nach dir benennen. Der Emma-Sprue-Probenraum. Ich glaube, das klingt schön. Nicht so gut für die professionelle Anonymität vielleicht, aber das ist ja im Moment sowieso weniger relevant für dich, oder?«

Sprue seufzte.

»Okay. Gut, ich sage es dir ja. Ich sage alles. Aber bitte hör auf damit!«

»Wer, warum und wo? Das will ich wissen.«

Sprue schloss die Augen und versuchte, ihre Gedanken zu sortieren.

»Das ging ja wesentlich einfacher, als ich gedacht hatte«, sagte Kieron in Bex' Ohr. Die wunderte sich, wo er wohl steckte. Zuvor hatte sie noch Motorengeräusche gehört, doch die schienen jetzt aufgehört zu haben. Wo immer er jetzt auch war, schien es an diesem Ort weniger Ablenkungen zu geben. Sie hatte das Gefühl, dass da etwas vor sich ging, was er ihr nicht erzählte, doch das konnte warten. Im Moment konnte sie ihm sowieso keine Fragen dazu stellen.

»Mich haben ein paar bekloppte Faschisten aus England von einer Organisation namens Blut und Boden angeheuert«, erzählte Sprue schließlich. Sie starrte Bex finster an. »England, da sind auch deine Auftraggeber, stimmt's?«

»He, du kennst die Regeln. Sprich weiter!«

»Die stehen in einer Art loser Verbindung zu einer ganzen Reihe amerikanischer Neonazi-Organisationen. Sie haben mir gesagt, dass ich nach Mumbai kommen und mich irgendwo postieren soll, wo ich das Gateway of India mit einem Scharfschützengewehr überwachen kann. Da sollten sich offenbar zwei Kerle treffen.«

»Aber sie wollten nicht, dass du jemanden umbringst?«, unterbrach Bex sie.

»Genau«, stieß Sprue verächtlich hervor. »So leicht habe ich noch nie mein Geld verdient. Ich sollte nur für eine Ablenkung sorgen, damit sie dazwischengehen und eine Aktentasche klauen könnten.«

»Warum du? Warum nicht einer ihrer eigenen Leute? Ich bin sicher, die meisten von ihnen können mit einer Waffe umgehen.«

»Nicht aus der Entfernung.« Es war seltsam zu sehen, wie sich Sprues Haltung änderte, jetzt, wo sie sich Bex gegenüber öffnete. Sie schien fast angeben zu wollen. »Sie wollten nicht, dass einer der Kerle bei dem Treffen getötet wird, weil das die Aufmerksamkeit der Polizei und der Geheimdienste hier erregen würde. Außerdem würde sich jemand fragen, was wohl in der Aktentasche gewesen ist, die so wichtig war, dass jemand dafür getötet wurde. Sie wollten nur eine Ablenkung. Das Problem ist, dass man bei der Luftfeuchtigkeit und dem Regen in diesem verdammten Land eine Menge Übung braucht, um einen präzisen Schuss zu setzen. Wenn sie einen ihrer eigenen Leute eingesetzt hätten, hätten sie bei dem Treffen womöglich einen der beiden Männer aus Versehen erschossen. Also haben sie stattdessen lieber eine Expertin angeheuert.«

Bex versuchte, die nächste Frage wie beiläufig zu stellen.

»Und was war so Besonderes in dieser Aktentasche?«

Sprue zuckte mit den Achseln.

»Keine Ahnung. Das musste ich nicht wissen.« Sie runzelte die Stirn und sah Bex fragend an. »Du warst doch auch da. Ich habe dich gesehen, kurz bevor ich geschossen habe. Du hast die beiden bei ihrem Treffen beobachtet. Aber dann hast du dich umgedreht und zu mir auf das Hoteldach hinaufgesehen.«

»Mach dir meinetwegen mal keine Gedanken. Sag mir nur, wo ich die Person finden kann, die dich angeheuert hat.«

»Ich habe ein wenig über Blut und Boden nachgeforscht. So etwas tue ich immer, damit ich weiß, ob ich mich darauf verlassen kann, dass die Leute, für die ich arbeite, mich auch bezahlen. Oder damit ich weiß, wo ich sie finden kann, wenn sie es nicht tun. Es gibt eine Menge Blut-und-Boden-Gruppen, die sich treffen und über den schrecklichen Zustand unserer Welt reden, aber eigentlich sind die nur Dekoration, damit man die Leute hinter der Bühne nicht sieht. Der eigentliche Drahtzieher ist ein Mann namens Darius Trethewey. Er ist derjenige, der die meisten Aktionen im Hintergrund finanziert, und er ist auch der, der meinen Vertrag unterschrieben hat.«

»Du warst sehr hilfreich«, erklärte Bex, klatschte in die Hände und stand auf. »Vielen Dank.« Dann schlug sie sich theatralisch vor die Stirn, als hätte sie etwas vergessen. »Oh, Moment! Eine Sekunde. Ich glaube, wir schicken weitere hunderttausend an eine Forschungseinrichtung, wo man an der Behandlung der Auswirkungen von Alzheimer und anderen Demenzerkrankungen arbeitet. Schließlich ist das ein Problem, das uns irgendwann alle angeht, nicht wahr?« Sie lächelte Sprue an. »Nun, diese Leute hast du jedenfalls nicht getötet.«

Sprue sah sie erschrocken an.

»Aber du hast es versprochen!«, protestierte sie wie ein kleines Kind, dem man die Süßigkeiten wegnimmt.

»Ja, aber ich weiß, dass du mehr weißt, als du sagst. Du verschweigst mir irgendetwas.«

Die Scharfschützin sackte in sich zusammen, schloss die Augen und schien geradezu zu schrumpfen.

»Ja, ja, schon gut. Die beiden Leute, die sich auf dem Platz getroffen haben: Ich habe genügend Informationen über sie erhalten, um sie zu erkennen. Offensichtlich wollten diese Idioten von Blut und Boden nicht, dass ich irgendein harmloses Treffen störe.«

»Offensichtlich«, bestätigte Bex.

»Also habe ich Fotos bekommen.«

»Und da hast du nachgeforscht, weil du eben neugierig bist.«

Sprue zuckte mit den Achseln. Da sie gefesselt war, war das eine eher schlangenartige Bewegung.

»Es ist immer nützlich, wenn man weiß, was los ist und mit wem man es zu tun hat.« Sie holte tief Luft. »Einer von ihnen arbeitet für die pakistanische Atomenergiebehörde. Sein Name ist Fahim Mahmoud.«

»Tatsächlich?«

Bex versuchte, interessiert zu klingen. Schließlich konnte es nie schaden, seinen Gegner darüber im Unklaren zu lassen, was man selbst wusste und was nicht. »Und was ist mit dem anderen?«

»Das ist ein Laufbursche, der für einen Mann namens Agni Patel arbeitet. Patel ist Milliardär. Er hat sein Vermögen in der Telekommunikationsbranche gemacht. Das Komische ist, dass ich mit ihm schon früher mal zu tun hatte. Er hat mich bei einigen schwierigen Geschäftsabschlüssen im letzten Jahr mehrmals als Bodyguard engagiert.«

Plötzlich horchte Bex auf.

»Was für schwierige Geschäftsabschlüsse denn?«

»Keine Ahnung. Nein, ehrlich, ich weiß es wirklich nicht. Nimm so viel Geld, wie du willst, von meinem Konto und verteile es an irgendwelche Loser in der ganzen Welt, das wird nichts an der Tatsache ändern, dass ich diese Information einfach nicht habe.«

»Okay, dann stelle ich dir eine einfachere Frage: Was ist in der Aktentasche? Du hast zwar gesagt, du wüsstest es nicht, aber ich glaube, du weißt es doch. Du bist nämlich eine sehr gut organisierte Killerin.«

Sprue schloss seufzend die Augen und schwieg einen Moment lang.

»Also«, fuhr Bex fort, »ich weiß, dass du glaubst, diese Information hat für dich einen Wert. Ich weiß, dass du damit jemanden erpressen oder sie jemandem für hartes Bargeld verkaufen könntest. Aber betrachte es mal so – falls das hilft: Du verkaufst die Information stattdessen mir. Zugegeben, ich bezahle dich mit deinem eigenen Geld, indem ich es nicht von deinem Konto nehme, aber im Prinzip ist es doch dasselbe, oder?«

Sprue nickte nervös.

»Es ist die Position einer pakistanischen Neutronenbombe.«

»Eine Neutronenbombe?«

Dieser Begriff war Bex nicht geläufig.

»Das ist eine Art von Atombombe, die während des Kalten Krieges entwickelt und gebaut wurde. Anders als normale Kernwaffen, die alles vernichten, töten Neutronenbomben nur Menschen. Nun ja, Menschen und Tiere. Sie fluten einen Bereich mit einem Schwall von Neutronenstrahlung, der Gebäude vollständig intakt lässt. Die Idee dahinter war, warum sollte man eine feindliche Stadt zerstören, wenn man sie auch besetzen kann? Oder warum eine Stadt zerstören, die der Feind besetzt hat, wenn man sie nach dem Abwurf der Bombe wieder an die ursprünglichen Bewohner zurückgeben kann?«

»Sehr schlau.« Bex bemühte sich, ihr freundlichstes Lächeln aufzusetzen. »Vielen Dank dafür. Ich werde jetzt meine Tasche packen und gehen. Das Zimmermädchen wird dich morgen früh bestimmt finden. Ich werde nicht mal das »Bitte nicht stören«-Schild an die Tür hängen. Bis du frei bist, bin ich längst weg, und du hast immer noch etwas von dem Geld, das du dafür bekommen hast, dass du Leute umbringst. Du solltest dir darüber im Klaren sein, dass ich, falls du mich verfolgst, den Rest deines Vermögens an eine Stiftung überweise, die sich um behinderte Katzen kümmert oder so was Ähnliches. Und wenn du versuchst, dein Geld zu transferieren, werden wir dir zuvorkommen. Wir werden beide getrennte Wege gehen und hoffen, dass wir uns nie wieder über den Weg laufen.« Sie hielt kurz inne und fuhr dann fort: »Und hättest du etwas dagegen, mein Zimmer zu bezahlen? Ist ja nicht so, als hättest du nicht das Geld dafür.«

Sie nahm ihren Rucksack und die Schultertasche und ging zur Tür. Dort drehte sie sich noch einmal um und winkte Sprue zu, die sich resigniert wieder aufs Bett hatte sinken lassen. Dann ging sie.

Sie wusste noch nicht genau, wohin sie gehen sollte, aber dieses Hotelzimmer war als Operationsbasis wohl ausgeschlossen. Sie würde irgendwo anders hingehen müssen, wo sie mit Kieron reden und überlegen konnte, was sie als Nächstes tun sollten.

Was *sie – Kieron und sie –* tun sollten. Wäre die Situation nicht zunehmend kritisch gewesen, hätte sie sicher gelacht.

Nach Mitternacht in Mumbai ein Hotelzimmer zu finden, würde vielleicht nicht so einfach werden, doch sie war sich sicher, dass sie es schaffen würde.

Mit geschultem Blick sah sie sich nach rechts und links um, als sie die Tür hinter sich schloss. Links von ihr war niemand, doch von rechts kamen zwei Inder auf sie zu. Etwas an ihnen versetzte sie in Alarmbereitschaft. Sie hatten beide Rucksäcke dabei, doch nicht über der Schulter, sondern sie schwangen sie locker an den Riemen. Beide trugen gut geschnittene Anzüge, was nicht so recht zu den lässigen Rucksäcken passen wollte. Außerdem sahen sie sie nicht an. Normalerweise hätten sie ihr aus reiner Neugier zumindest einen Blick zuwerfen müssen, doch sie vermieden ihren Blick angestrengt und sahen stattdessen an die Wände oder auf den Boden.

Die Warnsignale in ihrem Kopf schrillten. Das war eine Falle.

Sie drehte sich um, um in die andere Richtung zu laufen, doch auch dort war jetzt jemand. Ein weiterer Inder im Anzug war aus einem Zimmer auf der anderen Seite gekommen. Und auch er hatte einen Rucksack dabei.

Zwei in einer Richtung, einer in der anderen und in ihrem Zimmer lag eine gefesselte Scharfschützin und Mörderin. Sie hatte gerade nicht viele Möglichkeiten.

Noch bevor sie genauer darüber nachgedacht hatte, rannte sie auf den einzelnen Mann zu. Wenn sie ihn erreichen konnte, bevor er die Waffe gezogen hatte, die er mit Sicherheit bei sich trug, dann hatte sie vielleicht eine Chance.

Doch es kam anders. Er ließ den Rucksack auf den Boden fallen und jetzt sah Bex eine Waffe in seiner Hand, die sie nicht erkannte. So etwas war ihr noch nie untergekommen: Es war ein dickes schwarzes Rohr, das mehr nach einem Granatwerfer aussah als nach einer Pistole, mit einem klobigen Griff am Ende des Rohrs und einem schmaleren Griff seitlich in der Mitte. Bex versuchte verzweifelt, zu ihm zu sprinten, bevor er irgendetwas tun konnte, was möglicherweise tödlich endete, doch er hob das Rohr hoch, packte mit der Linken den Griff und zielte auf sie.

Zwischen ihr und der Waffe schien die Luft zu vibrieren, und Bex fühlte sich plötzlich von einer Blase von Stille umgeben, die paradoxerweise fast ohrenbetäubend war. Um sie herum schien alles zu wabern. Und dann war da nur noch Dunkelheit.

Kapitel 9

»Okay, bringen wir ihn da rüber.«

Kieron deutete aufs Sofa. Komisch, dachte er, als er Bradley mit Sams Hilfe durchs Zimmer bugsierte. Wenn man einen Fremden in die Wohnung mitnimmt, fällt einem plötzlich auf, dass man da mal aufräumen und staubsaugen könnte. Das funktionierte sogar, wenn der Fremde halb bewusstlos war. Die Wände könnten mal einen neuen Anstrich vertragen. Und zwar dieses Mal nicht in Zartrosa.

»Was ist mit deiner Mutter?«, erkundigte sich Sam.

»Die ist noch eine Weile weg. Solche Geschäftsessen ziehen sich ewig hin und dann gibt es noch Cocktails und die Kunden wollen immer durch die Clubs ziehen. Männer und Frauen mittleren Alters, die tun, als seien sie wieder Teenager – eklig!«

»Wir *sind* Teenager«, stellte Sam fest. Er hob Bradleys Augenlid und überprüfte die Größe der Pupille. »Aber wir ziehen nicht durch die Clubs.«

»Das liegt daran, dass wir schon fast erwachsen sind«, belehrte ihn Kieron. »Sollen wir ihn in ein Krankenhaus bringen oder einen Krankenwagen rufen oder so?«

Er nahm das Telefon aus der Tasche.

»Ich frage Bex, was sie davon hält, aber zuerst rufe ich Mum an, um sicherzugehen, dass sie nicht früher nach Hause kommt. Und du kannst dir schon mal eine Geschichte ausdenken, die Bradleys Anwesenheit hier erklärt.«

Sam sah Bradley kritisch an.

»Er ist ein Einbrecher? Er ist mein Cousin? Er ist einfach so von der Straße hereingekommen?«

»Ja, so was in der Art.« Kieron drückte die Kurzwahltaste für seine Mutter. »Vielleicht hat er Pizza geliefert und ist draußen auf der Treppe gestolpert.«

»Ooh!« Sams Gesicht hellte sich auf. »Pizza!«

Das Handy klingelte nur kurz, dann hörte Kieron seine Mutter lachen, als hätte er sie gerade mitten in einem Gespräch unterbrochen. Bei dem Klang spürte er plötzlich unwillkürlich einen freudigen Schauder. Wie als kleines Kind. Es war lange her, dass er seine Mutter so hatte lachen hören.

»Entschuldigung, ich muss … Ja? Kieron? Ist alles in Ordnung?«

»Ja, alles bestens«, versicherte er. »Ich wollte nur wissen, ob bei dir alles gut läuft.«

»Ja, prima«, antwortete sie. »Hör zu, ich kann gerade nicht mit dir reden, ich muss …«

»Ich weiß. Viel Spaß noch! Den hast du verdient.«

Er glaubte, sie plötzlich seufzen zu hören, dann sagte sie: »Ich hab dich lieb. Das weißt du, oder?«

»Ich weiß.«

»Du solltest dich auch amüsieren.«

Kieron sah zu dem auf dem Sofa zusammengesunkenen Bradley hinüber und dachte daran, was im Industriegebiet passiert war, und an die wilde Fahrt zurück – nicht wild, weil sie verfolgt wurden, sondern weil Sams Fahrkünste ziemlich lausig waren und sie die ganze Zeit über Angst hatten, dass sie ein Polizeiauto mit blitzendem Blaulicht anhielt.

»Ehrlich gesagt amüsiere ich mich ganz gut«, behauptete er.

»Schön. Du brauchst nicht auf mich zu warten.«

»Okay.«

Er legte auf, hockte sich vor Bradley und fragte: »Wie geht es ihm?«

»Er ist …«, begann Sam, doch Bradley hob eine Hand und unterbrach ihn.

»Mir geht's gut«, behauptete er. Seine Stimme war tiefer, als Kieron sie in Erinnerung hatte, auch wenn er klang, als hätte er eine Woche mit Grippe im Bett gelegen. »Macht euch um mich keine Sorgen.« Er runzelte die Stirn. »Ich sollte los. Ich muss – Sachen treffen und Leute erledigen. Oder so …«

Er versuchte, aufzustehen, doch Kieron drückte ihn mit sanfter Gewalt zurück.

»Sie bleiben schön hier.« Er sah Sam an. »Eine Tasse Tee wäre gut. Und ein paar Paracetamol.«

Sam sah zwischen den beiden hin und her und fragte: »Ja, aber was ist mit ihm?«

»Natürlich für ihn, du Idiot!«

Sam verschwand in der Küche und Kieron klopfte Bradley kurz auf die Oberschenkel.

»Ich muss Ihnen erzählen, was passiert ist. Verstehen Sie, was ich sage?«

»Ja.« Bradley wedelte schwach mit der Hand. »Schieß los.«

»Sie wurden im Einkaufszentrum entführt. Erinnern Sie sich daran?«

Bradley machte die Augen auf und starrte Kieron an. Er wirkte benommen und seine Augen waren blutunterlaufen, doch man sah ihm an, dass er sich bemühte, den Schmerz zu überwinden.

»Ich erinnere mich. Ihr habt am Nebentisch gesessen.«

»Ich habe Ihre Brille und das Headset aufgehoben, es benutzt und darüber mit Bex Kontakt aufgenommen.«

Abrupt versuchte Bradley aufzustehen.

»Bex! Ich muss …« Vor Schmerz verkrampfte er das Gesicht und ließ sich wieder in die Kissen fallen. »Ich sollte …«

»Bex geht es gut. Ich habe mit ihr gesprochen.«

»Du hast mit ihr gesprochen?«

»Nun, sie brauchte Hilfe und Sie sind ja gefangen genommen worden. Was hätte ich denn tun sollen?«

Bradley nickte.

»Okay«, flüsterte er mit geschlossenen Augen. »Es ist nun mal passiert. Erzähl weiter.«

»Die Aktentasche ist von zwei Leuten gestohlen worden, einem Mann und einer Frau. Sie sahen aus wie die Leute, die Sie entführt haben: kurzes blondes Haar und paramilitärische Kleidung. Ich habe einen der beiden hier in Newcastle mithilfe des AR-Sets identifizieren können und sie gehören zu einer rechtsgerichteten paramilitärischen Organisation namens …« Er musste einen Moment überlegen. »Blut und Boden.«

»Von denen habe ich schon gehört«, nickte Bradley. »Die sind eine extremere und unangenehmere Version der British National Party. Es gibt Verbindungen zu verschiedenen rechtsgerichteten Organisationen in Amerika und

Europa, die auf einen Rassenkrieg hinarbeiten. Sie wollen, dass die Welt von blonden blauäugigen Menschen wie ihnen selbst beherrscht wird. Nur lustig, dass die meisten von ihnen ihre Haare blond färben und die blauen Augen Kontaktlinsen verdanken.« Er runzelte die Stirn. »Was wollen die denn mit …« Doch dann brach er ab.

»Nuklearwaffen?«, vollendete Kieron. »Das hat Bex auch Sorgen gemacht.«

»Das überrascht mich nicht.« Er hielt inne. Immer wieder fielen ihm die Augen zu. »Im Lagerhaus lagen auch Flugblätter herum, wahrscheinlich Propagandamaterial, das sie in Einkaufszentren und bei Kundgebungen verteilen.« Er lachte spöttisch. »Die hatten sogar ihren eigenen Blut-und-Boden-Fernsehsender, den sie sich auf ihrem Laptop angesehen haben, als wäre es *Let's Dance*. Aber der sendet wohl nur ein paar Stunden am Tag, was sie ziemlich genervt hat. Aber warum ich? Warum haben sie mich entführt?«, fragte er sich stirnrunzelnd.

»Bex glaubt, sie wollten Sie beide daran hindern, den Diebstahl der Aktentasche mit den Atomwaffenunterlagen in Mumbai zu stören, oder zu sehen, wer sie stiehlt. Sie wussten nicht, wer Bex war, weil sie undercover in der Menge versteckt war, aber sie wussten wohl, wo Sie sind, deshalb haben sie Sie entführt. Sie nahmen wohl an, dass Bex ohne Sie am anderen Ende des AR-Sets so gut wie hilflos ist.«

»Dann haben sie sie aber unterschätzt«, behauptete Bradley. Er sah Kieron direkt an. »Und dich offensichtlich auch.«

In diesem Augenblick tauchte Sam wieder auf. In den Händen hielt er drei Teetassen und er hatte sich eine Packung Schmerztabletten unters Kinn geklemmt.

»Ist Bex Ihre Freundin?«, fragte er fröhlich.

Bradley sah ihn empört an. »Nein! Natürlich nicht! Warum fragst du? Was hat sie denn gesagt?«

»Nichts.« Sam stellte die Tassen auf dem Tisch neben dem Sofa ab und reichte eine davon Kieron. »Nur … Kierons Mum hat keinen Freund, und ich habe mich gefragt, ob das vielleicht was für Sie wäre.«

Kieron und Bradley sahen Sam einen Augenblick lang fassungslos an.

»Und wer bist du noch gleich?«, erkundigte sich Bradley.

»Ich bin Sam«, antwortete dieser und reichte ihm eine Teetasse.

Bradley nickte und wandte sich an Kieron: »Und du bist Kieron.« Er sah sich um. »Das ist deine Wohnung. Deine Mutter ist wohl nicht da, sonst hätte sie den Tee gemacht.« Er nahm vorsichtig einen Schluck und meinte: »Das wäre wahrscheinlich besser gewesen. Ich habe mal in Ulan Bator Tee mit Yakbutter getrunken, der besser geschmeckt hat als das hier.«

»Dann machen Sie sich ihren Tee doch selber«, murrte Sam.

»Ulan Bator ist in der Mongolei«, erklärte Bradley, nahm noch einen Schluck und verzog das Gesicht.

»Also – Sie und Bex?«, forschte Sam weiter. »Nur Freunde, ja?«

Bradley zog eine Braue hoch und behauptete: »Sie ist nicht mein Typ, Kumpel. Aber vielen Dank.«

»Was glauben denn Ihre Freunde, was Sie machen?«

»Ich habe ihnen die Wahrheit gesagt«, antwortete Bradley vorsichtig. »Dass ich ein Subunternehmer für den IT-Support einer Regierungsbehörde bin.«

»Wenn man es so nennt, klingt es richtig langweilig«, fand Kieron und nippte an seinem Tee. Der war so heiß, dass er sich den Mund verbrannte, und schmeckte, als wäre die Milch sauer geworden. »Hast du das Verfallsdatum auf der Milchpackung gecheckt?«, fragte er Sam.

Der zuckte nur mit den Achseln. »Ach, da ziehen sie doch aus Sicherheitsgründen immer ein paar Tage ab.«

Kieron wandte sich wieder an Bradley, um ihn zu fragen, wie er sich fühlte, doch Bex' Freund und Einsatzleiter hielt seinen Becher umklammert, als hätte er dringend Wärme nötig, und runzelte die Stirn.

»Wenn die Kerle, die mich entführt haben, von Blut und Boden sind, und die, die die Aktentasche in Mumbai gestohlen haben, ebenfalls, wer zum Teufel hat ihnen dann gesagt, wo sie mich finden können?«, fragte er. Er sprach langsam, als suche er nach der Lösung des Rätsels. »Ich meine, das sind ein paar Rechtsextremisten und Idioten. Woher können die wissen, wo ein Subunternehmer des … einer Regierungsbehörde …«

»… des MI6«, half Sam bereitwillig aus.

Bradleys Stirnrunzeln verfinsterte sich einen Moment. »… einer geheimen Regierungsbehörde sitzt. Es sei denn …«

Er brach abrupt ab und schloss den Mund, als müsse er die Worte zurückhalten.

»Es sei denn, jemand in dieser geheimen Regierungsbehörde …«

»… beim MI6!«, beharrte Sam.

»… hat es ihnen gesagt.« Kieron sah Bradley forschend an. »Bex hat das auch schon vermutet. Ich habe das Kennzeichen des Lieferwagens überprüft, den wir ein paar Straßen weiter abgestellt haben. Er ist auf eine Firma namens

Three Cornered Square Communications eingetragen. Das ist offenbar …«

»… eine Scheinfirma des MI6«, nickte Bradley. Kieron sah, wie ihm die Augen zufielen. »In unserer Abteilung arbeitet ein Sympathisant von Blut und Boden.« Seine Worte klangen undeutlich. »Ich muss dringend mit Bex sprechen. Aber vorher musst du noch etwas für mich tun.«

»Was?«

»Nimm mir den Teebecher ab.«

Kieron nahm ihm den Becher aus der Hand.

»So schlecht ist er nun auch wieder nicht«, murmelte Sam.

»Es ist nicht der Geschmack«, antwortete Bradley leise. »Ich glaube nur, dass ich gleich wieder umkippe.«

Gleich darauf verdrehte er die Augen, glitt seitlich aufs Sofa und fiel mit einem dumpfen Geräusch in die Kissen.

Kieron und Sam sahen sich an.

»Krankenhaus?«, schlug Kieron vor.

Sam schüttelte den Kopf. »Das habe ich auch schon überlegt. Aber dort würden die Irren von Blut und Boden bestimmt als Erstes nach ihm suchen. Und da wäre er verwundbar. Wir müssen dafür sorgen, dass er in Sicherheit ist.«

»Und was schlägst du vor?«

»Meine Schwester«, erwiderte Sam. »Sie hat doch früher auf der Unfallstation vom Newcastle General Hospital als Notfallschwester gearbeitet, auch wenn sie jetzt in der Geburtsklinik ist. Zu ihrer Wohnung ist es mit dem Auto eine Viertelstunde. Wenn wir es schaffen, Bradley dort hinzufahren, kann sie ihn sich ansehen. Sie wird wissen, ob und wie sie ihm helfen kann.«

Kieron war sich nicht sicher, ob das wirklich so klug war.

»Wird sie es nicht irgendjemandem erzählen? Muss sie das nicht sogar?«

Sam schüttelte den Kopf. »Sie ist mir was schuldig. Als sie noch zu Hause gewohnt hat, habe ich gesehen, wie sie eines Morgens ganz früh ihren Freund durchs Fenster aus ihrem Zimmer geschmuggelt hat. Ich habe das unserer Mum nie erzählt.«

»Aber das ist doch schon Jahre her. Sie ist jetzt erwachsen.«

Sam sah ihn an. »Du kennst doch meine Mum. Egal wie lange es her ist, wenn sie das rauskriegt …«

Kieron nickte entschlossen.

»Na gut. Willst du sie vorher anrufen und fragen, ob sie vielleicht Besuch hat oder Leute zum Abendessen eingeladen oder was auch immer Erwachsene so tun?«

»Und du?«

»Ich sage Bex, was hier los ist.«

»Okay.« Sam sah zu Bradley. »Ich hole eine Decke aus deinem Zimmer, wenn das in Ordnung ist.«

Kieron nickte und tastete in seiner Tasche nach der AR-Brille. Sie war nicht da. Einen Moment lang verspürte er Panik, doch dann fiel ihm ein, dass er sie noch immer auf der Nase hatte. Da es nur Fensterglas war, hatte er sie ganz vergessen.

Er drückte auf den Knopf an der Seite, um sie zu aktivieren, und wartete, bis die Gläser ihm die Welt aus Bex' Perspektive zeigten. Wie zuvor war sie in ihrem Hotelzimmer. Die Scharfschützin Emma Sprue lag immer noch an Händen und Füßen gefesselt auf dem Bett und hatte die Augen geschlossen.

»Ist sie noch nicht aufgewacht?«

»Also, eigentlich haben wir uns nett unterhalten«, erklärte Bex. »Ich habe eine Menge erfahren. Das erzähl ich dir morgen oder so. Jetzt muss ich nachdenken. Melde dich gleich morgen früh, wenn du wach bist.«

»Mach ich«, versicherte ihr Kieron, deaktivierte die AR-Funktion und verwandelte das Gerät somit wieder in eine normale Brille.

»Also«, begann Sam, als er das Telefon weglegte. »Ich habe mit Courtney gesprochen. Sie ist im Moment in der Wohnung, weil sie Frühschicht hat. Sie sagt, wir können Bradley vorbeibringen, dann sieht sie ihn sich an.« Er sah zu ihm hinüber. »Weißt du was? Sie hat im Moment auch keinen Freund. Ich frage mich, ob …?«

»Mann, lass das doch!« Kieron schüttelte den Kopf. Sam war wirklich unverbesserlich. »Also, wie genau stellen wir das an?«

»Ich gehe den Lieferwagen holen, und du versuchst, unseren Mann hier aufzuwecken und zur Tür zu bringen.«

Sam brauchte zehn Minuten, um den Wagen von dort, wo sie ihn geparkt hatten, zum Haus zu bringen. In dieser Zeit schaffte Kieron gerade mal den halben Weg zur Tür mit Bradley. Der Mann war schwerer, als er aussah, und wurde ständig wieder bewusstlos. Einen irren Moment lang überlegte Kieron, ob er Bradley einfach auf einen Teppich fallen lassen und daran über den Holzboden ziehen sollte. Bei dem Gedanken daran musste er haltlos kichern, was ihn vermuten ließ, dass er so langsam hysterisch wurde. Also schloss er die Augen und holte mehrmals tief Luft, bis das Gefühl verschwand.

Schließlich kam Sam wieder, und gemeinsam schafften sie Bradley in den Lieferwagen, um das kurze Stück bis zu Courtneys Wohnung zu fahren. Sie wartete bereits vor der Tür und hielte einen zusammenklappbaren Rollstuhl bereit.

»Deine Schwester ist unglaublich«, sagte Kieron, als sie neben ihr anhielten. Er hatte sie seit etwa einem Jahr nicht mehr gesehen, doch sie hatte sich nicht verändert: rothaarig, sommersprossig und temperamentvoll. Die Schwesterntracht ließ sie sehr erwachsen aussehen, was ihm irgendwie unangenehm war.

»Du hast mal auf sie gestanden, stimmt's?«, bemerkte Sam, als er den Motor ausschaltete.

»Früher mal«, bemerkte Kieron, wurde aber immer noch rot dabei. Glücklicherweise sah Sam ihn nicht an.

»Hi, Kieron«, begrüßte ihn Courtney, als sie ausstiegen und die Seitentür aufschoben. Mit professionellem Interesse betrachtete sie Bradley. »Was ist denn mit dem passiert? Sieht aus, als wäre er in eine Schlägerei geraten.«

»Das trifft es ziemlich genau«, bestätigte Kieron. »Hallo, Courtney.«

Sie lächelte ihn an. Ihre Augen waren grün und strahlender, als er sie in Erinnerung hatte.

»Und wahrscheinlich will er keine Polizei?«

»Er hat einem Mädchen geholfen«, erzählte Kieron. Die Geschichte hatte er sich während der Fahrt zusammen mit Sam ausgedacht. »Ein Kerl hat sie angemacht und Bradley ist dazwischengegangen. Aber er hat den Kerl schwer getroffen und hat keine Lust, wegen Körperverletzung angezeigt zu werden. Du weißt doch, wie die Leute die Dinge verdrehen können.«

»Also ist er ein Held. Wie schön für ihn.«

»Aber es war nicht seine Freundin, die er da verteidigt hatte«, warf Sam ein. »Er hat gar keine Freundin.«

Kieron sah ihn finster an, doch Sam lächelte nur fröhlich.

Sie luden Bradley in den Rollstuhl und brachten ihn in

Courtneys Haus. Sie wohnte im fünften Stock, aber glücklicherweise gab es einen Aufzug, der ausnahmsweise auch mal funktionierte.

Sobald sie in der Wohnung waren, untersuchte Courtney Bradley noch im Rollstuhl. Sie hatte sogar einen elektronischen Blutdruckmesser.

Während sie damit beschäftigt war, sah sich Kieron um. Die Wohnung war pieksauber aufgeräumt, roch nach Früchtetee, und an den Wänden hingen großflächige Drucke, die ihn an den Kunstunterricht in der Schule erinnerten. Im Wohnzimmer hatte Courtney anstatt eines DVD- oder Bücherregals eine Vitrine mit scharfen oder stumpfen Geräten aus glänzendem Edelstahl, die er mit einer Mischung aus Faszination und Unbehagen betrachtete. Sie sahen aus wie Requisiten aus einem Horrorfilm.

»Medizinische Instrumente«, erklärte Sam, der hinter ihm hereinkam. »Sie sammelt sie. Sie nennt es Hausaufgaben. Ich nenne es schräg.«

Schließlich richtete Courtney sich auf und wandte sich an Kieron und Sam.

»Also, ich muss euch ein paar Fragen stellen.«

Jetzt kommt es, dachte Kieron. Sie hat den Braten gerochen.

»Offensichtlich wird er immer wieder bewusstlos, aber hat er irgendwelche Anzeichen geistiger Verwirrung gezeigt, zum Beispiel, dass er nicht mehr weiß, wer oder wo er ist?«

Erleichtert schüttelte Kieron den Kopf.

»Wenn er wach ist, kommt er mir völlig klar vor.«

»Hat er Probleme, zu verstehen oder zu sprechen?«

»Nicht dass ich wüsste.«

»Gleichgewichtsstörungen oder Probleme beim Laufen?«

»Ich hatte Probleme, ihn in den Wagen zu kriegen.«

»Okay.« Sie dachte einen Augenblick lang nach. »Sehstörungen?«

»Soweit wir wissen, nicht.«

»Übelkeit, Anfälle, Krämpfe?«

»Definitiv nein.«

»Hat er aus den Ohren geblutet?«

»Nein.«

»Okay. Die schlechte Nachricht ist, dass er wohl eine Gehirnerschütterung hat. Die gute ist, dass es, soweit ich das beurteilen kann, keine schwere Gehirnerschütterung ist, obwohl man ihn beobachten sollte. Wenn er Ruhe hat und viel Flüssigkeit bekommt, sollte er in ein paar Tagen wieder in Ordnung sein.«

»Courtney ...?«

Sie zog eine perfekt geformte Braue hoch.

»Ja, Kieron?«

»Könnte er hierbleiben?« Er versuchte, sie möglichst flehend anzusehen, ohne verzweifelt oder jämmerlich zu wirken.

Offenbar klappte das nicht sehr gut, denn sie starrte ihn nur ein paar Sekunden lang reglos an und brach dann in lautes Lachen aus.

»Ist er ungefährlich?«, fragte sie, als sie wieder sprechen konnte.

»Vollkommen ungefährlich.«

»Und der andere Kerl, der, mit dem er sich geprügelt hat – wird der euren Freund hier suchen kommen?«

»Nein. Der hat seine Lektion gelernt.«

Seufzend nickte sie. »Okay, er kann hierbleiben. Ich habe morgen frei, da kann ich ihn im Auge behalten. Aber eines sage ich euch: Wenn er irgendwelche größeren Probleme bekommt, rufe ich einen Krankenwagen, egal ob er will oder nicht.«

»Verstanden.«

»Gut. Dann mache ich mal das Gästezimmer bereit. Oh, und ich brauche eure Hilfe, um ihn ins Bett zu bringen. Er ist zwar süß, aber wir wurden einander noch nicht mal richtig vorgestellt.«

Sobald sie außer Sichtweite war, hockte sich Kieron neben Bradley.

»Bradley, sind Sie wach?«

»So gerade«, murmelte er.

»Haben Sie mitbekommen, was los ist?«

»Ich bin in der Wohnung der höchst attraktiven Schwester von einem von euch Kids, die ich gerade erst getroffen habe, und sie wird sich um mich kümmern, bis mein Kopf nicht mehr schmerzt und sich nicht mehr alles dreht. Stimmt das oder halluziniere ich?«

»Das stimmt genau.«

Bradley packte Kieron am Ärmel.

»Bex! Was ist mit Bex?«

»Wir werden uns um sie kümmern.«

»Ich wünschte, ich könnte das – das wisst ihr doch?«

»Ja. Und genau das ist das Problem: Sie können gerade nicht.«

»Ihr dürft euch nicht in Gefahr begeben.«

Aus dem Gästezimmer erklang das Geräusch eines Federbetts, das in seinen Bezug geschüttelt wird. Da sie gerade ein paar Minuten Zeit hatten und Bradley momentan relativ klar schien, wollte Kieron ihm ein paar Fragen stellen, die ihn beschäftigten.

»Als Sie in dem Lagerhaus mit den beiden Deppen von Blut und Boden waren, haben die da irgendetwas gesagt, was uns einen Hinweis darauf geben könnte, was sie vorhaben?«

Bradley schüttelte den Kopf und zuckte schmerzlich zusammen.

»Ist es hier hell?«, fragte er blinzelnd. »Es kommt mir so hell vor. Tut mir leid – du hast nach diesen Kerlen gefragt. Nein, ich kann mich nicht daran erinnern, dass sie viel über ihre Pläne gesprochen hätten. Das wäre natürlich schön gewesen. Aber sie haben nur diese dämlichen Blut-und-Boden-Sendungen angesehen oder sich darüber unterhalten, wie hungrig sie waren und wie die Chancen stünden, ein Takeaway-Restaurant dazu zu bringen, aufs Industriegelände zu liefern.«

»Hat ihnen die Lagerhalle gehört? Ist das ihre Basis?«

»Nein. Dem wenigen, was sie gesagt haben, habe ich entnommen, dass sie da eingebrochen sind. Es wird von einer Installationsfirma für Küchen und Bäder als Lager genutzt. Dort arbeitet niemand, und wenn sie nicht irgendetwas für einen Auftrag brauchen, geht dort auch niemand hin.« Er hielt kurz inne. »Ich glaube, einer von ihnen hat gesagt, dass in der Auftragsbearbeitungsabteilung ein Anhänger von Blut und Boden arbeitet, der ihnen Bescheid geben wollte, falls jemand dort ein Bad oder einen Herd abholen sollte.«

»Ich gehe mal davon aus, dass sie dort mittlerweile verschwunden sind«, meinte Sam.

Den lauten Klopfgeräuschen zufolge nahm es Sams Schwester nach dem Nahkampf mit der Bettdecke jetzt wohl mit den Kopfkissen auf. Kieron sah Sam erstaunt an.

»Die zieht alle Register, was?«, fragte er düster.

Sam grinste und deutete mit dem Daumen auf Bradley:

»Sie darf hier keine Haustiere halten. Wahrscheinlich wird sie ihn adoptieren.«

»Ich hab nichts dagegen«, murmelte Bradley.

»Was hat man Sie gefragt, als man Sie zusammengeschlagen hat?«, fragte Kieron ihn.

Der Mann im Rollstuhl lachte freudlos. »Im Prinzip haben sie mich gar nichts gefragt. Ich hatte den Eindruck, sie schlugen mich nur, weil ihnen langweilig war und sie nichts weiter zu tun hatten. Sie haben mich gefragt, ob der MI6 die Kommunikation von Blut und Boden überwacht«, fügte er stirnrunzelnd hinzu. »Ich glaube, sie leiden unter Verfolgungswahn. Ich habe ihnen gesagt, dass Blut und Boden so jämmerlich und unbedeutend sei, dass der MI6 ihre Überwachung nur wegen des Unterhaltungswertes angeordnet habe.« Er verzog das Gesicht. »Danach schlugen sie nur umso härter zu. So ist das mit den Faschisten: keinerlei Sinn für Humor. Das ist ein todsicheres Merkmal.«

»Also sieht es so aus, als hätten Sie sie tatsächlich nur entführt, um Bex daran zu hindern, den Diebstahl der Aktentasche zu stören, aber wir wissen immer noch nicht, warum sie die eigentlich haben wollten«, seufzte Kieron.

»Ein Glück, dass sie Sie nicht gleich umgebracht haben«, meinte Sam.

»Hm«, machte Bradley nachdenklich, während sie hörten, wie im Gästezimmer die Vorhänge zurückgezogen und die Fenster geöffnet wurden. »Darüber haben sie auch gesprochen. Die beiden Kerle wollten mich jedenfalls umbringen, aber ich erinnere mich daran, dass sie jemanden angerufen haben, der ihnen befohlen hat, es nicht zu tun. Jetzt kommt es mir wieder: Sie waren ziemlich wütend darüber. Und deshalb haben sie nur noch härter zugeschlagen. Eigentlich haben sie jedes Mal härter zugeschlagen, wenn ihnen irgendetwas nicht gepasst hat. Noch ein Merkmal der Faschisten.«

»Ich frage mich, wer das wohl gewesen ist«, überlegte Kieron. »Vielleicht der Boss von Blut und Boden?«

»Nein.« Kieron fiel auf, dass Bradleys Stimme schwächer wurde. Seine Energie schien verbraucht. »Den haben sie ihrem Gesprächspartner am Telefon gegenüber erwähnt. Der war wohl wichtig, aber es war nicht der Mann, der ihnen üblicherweise Befehle gibt. Außer in diesem Fall. Er hat ihnen Instruktionen gegeben und ihnen gedroht, ihren Boss direkt anzurufen.« Er ballte die Faust und schlug auf die Armlehne des Rollstuhls. »Verdammt, mein Gedächtnis! Diese Schläge haben alles durcheinandergebracht. Mir ist gerade eben noch etwas eingefallen: Sie haben ein Treffen mit dieser Person verabredet. Sie wollten, dass er ihnen persönlich erklärt, warum sie mich nicht umbringen dürfen.«

»Wissen Sie, wo?«, fragte Kieron aufgeregt.

»Ich glaube schon.« Er schlug sich aufs Bein. »Es liegt zum Greifen nah, aber ich krieg es nicht zu fassen … Es war ein öffentlicher Ort. Ach ja, genau! Der Bahnhof von Newcastle! Morgen … morgen Abend um acht!«

Bevor Kieron noch weitere Fragen stellen konnte, kam Courtney atemlos aus dem Gästezimmer.

»Okay«, sagte sie bestimmt. »Gut, dass ihr Bradley wach gehalten habt, aber jetzt übernehme ich. Er muss sich ausruhen. Ich mache ihm eine Tasse Tee und ihr zwei macht euch aus dem Staub. Ihr könnt morgen wiederkommen, dann sage ich euch, wie es ihm geht. Sollte sich über Nacht etwas ändern, gebe ich euch sofort Bescheid.«

Sie fasste die Griffe des Rollstuhls und schob ihn in Richtung Gästezimmer.

Bradley versuchte, sich zu Kieron umzudrehen.

»Kommt bloß nicht auf die Idee, euch bei dem Treffen morgen einzumischen«, warnte er schwach. »Das ist viel zu gefährlich.«

»Ruhe!«, befahl Courtney und starrte dann ihren Bruder an. »Was für ein Treffen?«

»Nichts«, antwortete Sam.

Sie sah ihn einen Augenblick lang misstrauisch an, dann drehte sie sich um und schob den Rollstuhl weiter.

Bradley sah zu ihr auf und fragte hoffnungsvoll: »Besteht die Chance, dass Sie mich waschen?«

Sam und Kieron gingen zur Tür.

»Wir gehen da morgen hin, oder?«, fragte Sam, sobald sie draußen waren.

»Das würde ich um nichts auf der Welt verpassen wollen«, antwortete Kieron.

»Weil du herausfinden willst, wer der Mann ist, der ihnen Befehle gibt, ohne ihr Boss zu sein?«

»Ja, aber mir geht es noch um mehr. Wir wissen schon, dass es im MI6 einen Verräter gibt – jemanden, der mit Blut und Boden sympathisiert und der ihnen Bex' Position verraten hat, damit sie ihre und Bradleys Operation durch die Entführung stören konnten. Ich gehe davon aus, dass der, der zu dem Treffen kommt, dieser Verräter ist. Er hat Bedenken, Bradley oder Bex zu töten, und will sicherstellen, dass die Pitbulls von Blut und Boden keinen Blödsinn machen. Wenn wir da morgen hingehen, können wir vielleicht ein paar Fotos machen und sie Bex oder Bradley zeigen. Hoffentlich können sie dann den Verräter identifizieren und enttarnen.«

»Und dann kriegen wir einen Orden?«, wollte Sam wissen.

»Was?«

»Einen Orden? Dafür, dass wir einen Verräter beim MI6 entdeckt haben?« Kieron schüttelte energisch den Kopf. »Wir bekommen keinen Orden. Wir werden nicht mal *vorschlagen*, dass wir einen Orden bekommen. Wir helfen lediglich Bex und Bradley.« Und vielleicht, vielleicht kann daraus irgendwann einmal ein Job werden, hoffte er.

Sie fuhren wieder in Kierons Wohnung zurück. Seine Mutter war immer noch nicht wieder zurück, was ihn nicht sonderlich erstaunte. Also machte er Sandwichs mit Schinken und Käse für sich und Sam und goss Cola aus der Flasche im Kühlschrank in zwei Gläser.

»Willst du heute hier übernachten?«, fragte er Sam und nahm das Essen mit in sein Zimmer. »Ich habe noch den Schlafsack, den wir damals für unsere Outdoor-Woche gekauft haben.«

»Meinen hat wohl der Hund gefressen«, erwiderte Sam. »Ja, ich hätte keine Lust, jetzt noch nach Hause zu laufen, und noch weniger Lust, allein mit dem Lieferwagen zu fahren.« Er überlegte kurz und meinte dann: »Weißt du was? Wir könnten den Wagen verkaufen. Das würde uns auf jeden Fall genügend Geld für die Tickets bringen, von denen wir heute Morgen gesprochen haben.«

Heute Morgen, stellte Kieron überrascht fest. Heute Morgen noch war das Leben so viel einfacher gewesen. Und, um es ehrlich zu sagen, wesentlich langweiliger. Aber in nur zwölf Stunden war unglaublich viel passiert.

»Darüber machen wir uns Gedanken, wenn sich die Lage beruhigt hat«, meinte er schließlich. »Aber die Idee ist nicht schlecht.«

Sam biss in sein Sandwich und fragte mit vollem Mund: »Was glaubst du, weshalb die sich Blut und Boden nennen?« Dann runzelte er die Stirn. »Sag mal, was hast du auf dieses Sandwich getan?«

»Käse und Schinken.«

»Schmeckt aber nicht wie der Käse und der Schinken, den ich kenne.«

»Mum hat einen Spleen, nicht nur ›normales‹ Essen zu kaufen, auch wenn es billiger wäre, deshalb kauft sie ab und zu etwas »Besonderes« – das ist Emmentaler Käse und Serrano-Schinken. Sie behauptet, dann hätte sie das Gefühl, dass wir nicht nur von der Hand in den Mund leben.«

»Aha«, meinte Sam. »Und dieses Brot …?«

»Kein Kommentar«, seufzte Kieron. »Also, Blut und Boden. Das ist ein alter Nazispruch. Die Faschos und Nazis fahren doch voll auf »ihr« Land, Blut und Zugehörigkeit ab. Die Anführer motivieren ihr Fußvolk am Ende der Nahrungskette, indem sie an die niederen Instinkte appellieren. Schließlich will jeder irgendwo dazugehören.«

»Wir nicht«, bemerkte Sam. »Wir sind Greebs.«

Kieron starrte ihn einen Augenblick lang an.

»Merkst du eigentlich, wie ironisch diese Aussage ist?«

»Bei Ironie habe ich in der Schule gefehlt«, behauptete Sam. »Aber ich habe gute Noten in Sarkasmus und Unverschämtheit.« Er deutete auf die Brille auf Kierons Nase. »Gibt es Neues von deiner Freundin in Mumbai?«

»Nein. Ich nehme an, dass sie schläft. Was wir übrigens auch tun sollten. Schließlich wollen wir morgen einen Geheimagenten und ein paar verrückten Faschisten bei einem Treffen ausspionieren.«

»Kannst du mir einen Gefallen tun?«, fragte Sam beiläufig. »Kannst du das noch mal sagen, aber so, dass es nicht mehr so klingt wie eine total bescheuerte Idee?«

Kieron grinste nur.

»Willst du nicht trotzdem mal bei ihr anklopfen und sehen, wie es steht?«, fragte Sam. »Diese Geheimagenten richten sich doch schließlich nicht nach festen Arbeitszeiten.«

Kieron nickte zustimmend und aktivierte die AR-Brille.

Sie verband sich augenblicklich mit Bex' Brille und zeigten ihm was sie sah: einen Teppich und eine Wand, schräg, als wären sie heruntergefallen und lägen auf der Seite.

Kapitel 10

Als Bex aufwachte, war ihre erste Reaktion, erst einmal gar nichts zu tun, sondern einfach mit geschlossenen Augen liegen zu bleiben und ihre Umgebung mit den übrigen Sinnen wahrzunehmen. Es hatte wenig Sinn, ihre Entführer wissen zu lassen, dass sie wieder bei Bewusstsein war. Wenn sie sich einen Vorteil verschaffen wollte, musste sie so schnell wie möglich so viele Informationen wie möglich sammeln.

Sie lag auf dem Rücken und es war Tag. Durch die Augenlider spürte sie den Sonnenschein. Es war angenehm warm, aber nicht heiß, was auf eine Klimaanlage hindeutete. Entweder das, oder sie befand sich nicht mehr in Indien, aber der schwache Geruch nach Gewürzen und Blumen ließ sie vermuten, dass sie noch nicht außer Landes gebracht worden war. Außerdem sagte ihr ihre innere Uhr, dass sie nicht länger als ein paar Stunden bewusstlos gewesen war.

Unter ihren Fingern spürte sie dicke Baumwolllaken. Es schien eine gute Qualität zu sein – gut gewebt mit dichtem Fadenmuster. Vielleicht ein Hotel oder womöglich eine Privatklinik?

Sie stöhnte absichtlich ein wenig und drehte sich auf die Seite, nicht weil sie unbequem lag, sondern weil sie wissen wollte, ob sie an irgendwelche medizinischen Apparate angeschlossen war. Infusionsschläuche, Sensoren für Blutdruck und Herzfrequenz mit Schläuchen zu irgendeiner dieser Maschinen, die ständig piepen und klingeln. Doch es zupfte nichts an ihrem Arm, also würden sie wahrscheinlich keine medizinischen Geräte daran hindern, aus dem Bett zu springen und zu flüchten, falls sie sich dazu entschließen würde. Außerdem war sie nicht gefesselt. Nichts fesselte ihre Arme oder Beine aneinander oder an das Bett.

So weit, so gut. Hätte sie nicht die schwache Erinnerung daran gehabt, dass im Flur des Hotels jemand mit einer merkwürdigen Waffe auf sie geschossen hatte, wäre sie vielleicht einfach ein wenig dagelegen und hätte den Luxus genossen.

Genau, diese merkwürdige Waffe. So etwas wie ein Granatwerfer – mit einer Mündung so groß wie ein Abflussrohr –, dennoch hatte sie nicht das Gefühl, irgendwie verletzt zu sein.

In der Nähe knarzte etwas. Es klang, als hätte ein Mensch seine Sitzposition verändert. Sie lauschte genauer, doch abgesehen von einem leisen Rauschen, das sie der Klimaanlage zuschrieb, konnte sie kein weiteres Geräusch vernehmen.

Sie atmete durch die Nase und bemerkte noch einen Geruch neben dem der Blumen und der Gewürze. Wenn sie sich nicht irrte, war das Aftershave. Ein ziemlich kräftiger Duft, aber sehr angenehm. Kein billiges Nullachtfünfzehn-Aftershave, das man samstagabends in den Clubs riechen konnte. Dieses war blumig mit einer Note von Limone und Sandelholz. Vielleicht Daniel Hechter.

»Sie sind in Sicherheit«, sagte eine Stimme. Sie klang sehr weich, sanft und dunkel wie Kaffee. »Und ich glaube, Sie sind wach. Vor zwei Minuten hat sich Ihr Atemrhythmus verändert, ebenso wie die Bewegung Ihrer Pupillen hinter ihren Augenlidern. Keine Angst, Sie haben nichts zu befürchten.«

Wenn das Spiel vorbei war, war es vorbei. Es war sinnlos, weiter so zu tun, als schliefe sie noch. Also schlug Bex die Augen auf und setzte sich auf.

Sie trug noch dieselben Kleidungsstücke wie am Abend zuvor und sie befand sich in einem schönen Schlafzimmer. Links von ihr sah sie durch ein Fenster blauen Himmel und einen Hügel. Rechts von ihr saß ein Mann steif in einem großen Ledersessel. Er war Inder, etwas älter als fünfzig, mit weißem Haar, das er sich aus der Stirn gestrichen hatte. Sein Anzug war aus feinstem Stoff und elegant geschnitten, mit Stehkragen – Nehru-Kragen hieß das, meinte sie sich zu erinnern –, genau wie das Hemd darunter. Um den Hals trug der Mann einen Anhänger, der mehr nach einem High-Tech-Gerät als nach reiner Zierde aussah. Seine Augen waren braun und sie konnte keinerlei Bosheit oder Zorn darin erkennen – was nicht unbedingt bedeuten musste, dass er keine Gefahr darstellte. Seine Hände lagen steif auf den Armlehnen. An der Wand vor Bex hing ein großer Plasmafernseher.

Schnell untersuchte sie ihren Körper auf Verletzungen, Wunden, Verbände oder sonstige Anzeichen dafür, dass man auf sie geschossen hatte. Nichts. Diese seltsame Waffe hatte ihr nicht einmal Kopfschmerzen beschert, und schon gar nichts, was irgendeine Form medizinischer Behandlung notwendig machte. Interessant.

Der Mann wies mit dem Arm in Richtung einer offenen

Tür zu seiner Linken. Seine Bewegung war ein wenig unbeholfen, dachte Bex. Merkwürdigerweise glaubte sie dabei ein leises, hohes Sirren zu hören, wie von einem Moskito.

»Wenn Sie es wünschen, können Sie gehen«, erklärte er. »Sie befinden sich auf einer Insel ein paar Meilen vor der indischen Küste. Zehn Minuten zu Fuß den Hügel hinunter befindet sich ein Anleger, wo ein Boot auf Sie wartet, das Sie nach Mumbai zurückbringen kann. Niemand wird Sie aufhalten.«

Bex zog eine Augenbraue hoch. Wenn sie es vermeiden konnte, würde sie sich auf kein Gespräch mit ihm einlassen. Alle Befragungen begannen damit, dass der Befragende sein Opfer in eine Diskussion zu verwickeln versuchte. Und wenn das Opfer anfing zu reden, war es nur eine Frage der Zeit, bis es irgendetwas von Bedeutung verriet.

»Mein Name ist Agni Patel«, stellte sich der Mann vor und ließ den Arm sinken, ebenfalls sehr langsam und bedächtig. »Sie haben wohl noch nicht von mir gehört. Wenn Sie wollen, können Sie mich im Internet suchen, aber dort werden sie nicht viele Informationen finden, außer dass ich mehrere Patente für Quantencomputerchips halte, die zur Kühlung Raumtemperatur-Supraleiter verwenden. So habe ich mein Vermögen gemacht.«

Agni Patel. Die Scharfschützin Emma Sprue hatte diesen Namen erwähnt. Sie hatte gesagt, der Mann, der bei dem Treffen mit Fahim Mahmoud aufgetaucht war, hätte für jemanden namens Agni Patel gearbeitet, und dass dieser ein Milliardär aus der Telekommunikationsbranche war. Nun, insofern hatte sich Sprues Information wohl als richtig erwiesen. Bex wusste noch nicht, ob ihr das weiterhalf, aber es war immerhin ein Anfang.

Der Gedanke löste eine Reihe von Überlegungen aus, wie sie etwas über Patel herausfinden konnte, die jedoch alle bei Kieron und dem AR-Equipment endeten. Beiläufig hob sie die Hand, um sich eine Haarsträhne aus den Augen zu streichen, und überprüfte dabei, ob sie die Brille noch aufhatte. Sie war weg. Und als sie sich am Ohr kratzte, konnte sie auch das Headset nicht mehr spüren. Verdammt!

Sie sah zur Tür. Wie groß war wohl die Chance, dass Patel die Wahrheit sagte? Könnte sie tatsächlich ungehindert das Haus verlassen und ein Boot zurück nach Mumbai nehmen? Was würde passieren, wenn sie es versuchte?

»Sie fragen sich gerade zwei Dinge«, sagte Patel ruhig. »Zunächst fragen Sie sich, ob ich die Wahrheit sage und Sie tatsächlich jederzeit hier verschwinden können? Probieren geht über Studieren, wie man so schön sagt. So wie wir andere Dinge ausprobieren. Waffen zum Beispiel …« Er wedelte mit der Hand, als wolle er eine Fliege verscheuchen. Wieder hörte Bex bei der ungelenken Bewegung das leise Surren. »Ich bitte um Entschuldigung. Ein Nachteil daran, viel Geld zu haben und von vielen Leuten umgeben zu sein, die für einen arbeiten, ist, dass einem keiner sagt: ›Halt die Klappe, alter Mann, du redest zu viel.‹«

Er ließ den Satz in der Luft hängen. Bex wusste, er wartete darauf, dass sie den Köder schluckte und tatsächlich sagte: »Halt die Klappe, alter Mann, du redest zu viel.« Das wäre der Beginn eines Gesprächs gewesen, und genau das wollte er, also sagte sie lieber gar nichts.

»Also, was ich sagen will ist, wenn Sie gehen wollen, gehen Sie einfach«, fuhr er schließlich fort. »Nehmen Sie das Boot zum Hafen. Wenn Sie sich dann entschließen, zurückzukommen, um die Antwort auf die zweite Frage zu erfahren, dann können Sie das tun. Diese Frage lautet übrigens: Was will ich eigentlich von Ihnen? Warum sind Sie hier?«

Wieder machte er eine Pause, um ihr die Gelegenheit zu geben, die Frage zu stellen. Doch sie lächelte ihn nur an.

»Es gibt eine dritte Frage, die Ihnen früher oder später noch einfallen wird. Die Frage lautet: Was war das für eine Waffe, die meine Leute eingesetzt haben, die keine Verletzungen verursacht hat, aber Sie aus größerer Entfernung so schnell außer Gefecht gesetzt hat – nicht so wie das eher plumpe Betäubungsspray, das meine Leute in Ihrer Umhängetasche gefunden haben. Die Antwort auf diese beiden letzten Fragen hängen miteinander zusammen und übrigens auch mit meinem Namen.«

Da hatte er zum ersten Mal unrecht, denn die Frage nach der seltsamen Waffe hatte sie sich bereits gestellt.

Patel hob den linken Arm von der Armlehne. Zuerst glaubte sie, er hielte ein Handy in der Hand, doch schnell erkannte sie, dass es eine Fernbedienung war. Er drückte auf einen Knopf und stand auf, wobei er sich mit der rechten Hand auf der Armlehne abstützte. Erst da sah Bex es genauer: Er trug ein leichtes Metallgerüst wie ein Exoskelett, das an seinen Körper angepasst worden war. An jedem Gelenk saß ein kleiner Motor. An Brust und Armen war dieses Exoskelett von seinem Jackett verborgen gewesen – das, wie sie nun sah, über einem weit schmaleren Körper saß, als sie zuvor angenommen hatte. An den Beinen saß es über dem Anzug, durch den klobigen Stuhl hatte sie es jedoch vorher nicht sehen können.

Im Stehen drückte Patel auf ein paar Knöpfe und das Exoskelett brachte ihn zum Fenster. Dort blieb er stehen und sah hinaus.

»Agni«, erklärte er, »ist der antike Feuergott der Hindu.

Er wird normalerweise mit roter Haut, drei Beinen, sieben Armen und zwei Gesichtern dargestellt. Ich fand es übrigens immer sehr schade, dass euer christlicher Gott unsichtbar und unnahbar ist. Hindugötter sind so viel … theatralischer.« Er drückte auf einen Knopf und sein Gesicht wandte sich ihr zu. »Also, jetzt sagen Sie schon etwas, meine Liebe, nur, damit ich weiß, dass Sie bei Bewusstsein sind und mir zuhören.«

»Ich bin keine Christin«, erklärte sie. Sie konnte wohl nicht für immer schweigen und glaubte langsam, dass Patel keine so große Bedrohung darstellte – zumindest keine so große wie Blut und Boden.

»Das ist in Ordnung.« Er lächelte, und zumindest das konnte er ohne die Hilfe der Maschine tun. »Ich bin auch kein Hindu. Zumindest kein praktizierender. Aber die Theatralik gefällt mir. Ich finde, die Hindugötter sind mehr wie merkwürdige fremdartige Wesen als irgendwie übernatürlich.«

»Krankheit oder Verletzung?«, fragte Bex und deutete auf das Exoskelett.

»Krankheit«, antwortete er. Mit einem einzigen Knopfdruck ließ sich das Exoskelett umdrehen, sodass er sie ansah – wahrscheinlich eine vorprogrammierte Anweisung, die er oft nutzte. Jetzt hatte er das Licht im Rücken. Es war eine strategisch günstige Position, denn dadurch wurde es für sie viel schwieriger, seinen Gesichtsausdruck zu interpretieren. Vielleicht war es Zufall, aber das bezweifelte sie. Bex hatte bereits erkannt, dass dieser Mann nichts zufällig tat.

»Ich war jahrelang daran beteiligt, meinem Land bei der Entwicklung von Nuklearwaffen zu helfen«, fuhr er fort. »Es ist für ein Land schwer, in politischer oder militärischer

Hinsicht ernst genommen zu werden, wenn es nicht über Atomwaffen verfügt. Und jedes Land, das darüber verfügt, tut sein Möglichstes, die anderen daran zu hindern, selbst welche zu haben. Der ›Club‹ der Atommächte ist ein sehr exklusiver.« Er lächelte, doch in seinem Lächeln lag wenig Humor. »Ironischerweise haben wir Inder uns genauso gefühlt, als ihr Briten damals unser Land überrannt und eure eigenen Clubs eingerichtet habt, in denen wir nur als Köche, Diener oder Stubenmädchen geduldet wurden. Die Geschichte hat die unangenehme Eigenschaft, sich auf verschiedenen Ebenen und auf verschiedene Weise zu wiederholen.«

Atomwaffen. Die beiläufige Erwähnung des Wortes ließ Bex schaudern. Das war die Verbindung zu dem pakistanischen Beamten, der nukleare Geheimdokumente Pakistans verkaufte, doch was hatte das alles zu bedeuten?

»Sprechen Sie weiter«, sagte sie ruhig.

»Im März 1992 war ich mit einem geheimen indischen Militärauftrag unterwegs im russischen Kernkraftwerk Sosnowy Bor. Wir wollten einen Deal über die Nutzung ihrer Wiederaufarbeitungstechnik aushandeln.« Er hielt inne, denn es war offensichtlich eine schmerzhafte Erinnerung. »Es gab damals einen Störfall. Radioaktives Iod gelangte aus einer geplatzten Brennstoffröhre in die Luft. Zusammen mit mehreren meiner Kollegen wurde ich dieser Gaswolke ausgesetzt und atmete sie ein. Es brannte ungeheuer.« Kurz huschte ein Ausdruck von Bedauern und Traurigkeit über sein Gesicht. »Die meisten meiner Kollegen sind mittlerweile tot. Ich lebe noch, aber das hat seinen Preis. Buchstäblich und im übertragenen Sinn. Es kostet eine Menge Geld, die Krankheit in Schach zu halten und mir eine gewisse Bewegungsfreiheit zu ermöglichen.«

Bex hielt Provokation für eine gute Befragungsmethode und im Augenblick schien es, als würde sie eher ihn befragen als umgekehrt, daher machte sie weiter. »Und das hat Sie nicht davon abgehalten, dann mit Neutronenbomben zu spielen? Wenn ein Kind sich die Finger verbrennt, meidet es normalerweise das Feuer.«

Er nickte. Es war eine schwache Bewegung ohne jegliche mechanische oder elektronische Unterstützung.

»Einer der Vorteile daran, Geld zu haben, ist, dass man sich leisten kann, Dinge zu sammeln. Manche Milliardäre sammeln teure Sportwagen, andere sammeln Sportmannschaften. Ich sammle Massenvernichtungswaffen.«

»Ich glaube, den Film habe ich gesehen«, meinte Bex. »Der geht nicht gut aus.«

»Ich bin keiner von den Superschurken, die darauf aus sind, die Welt zu erpressen.« erklärte Patel. Sie hatte ihn gekränkt. »Ich sammle sie, um sie zu zerstören.«

»Im Ernst?«

»Im Ernst. Es gibt viel zu viele Nuklearwaffen auf der Welt. Die augenblicklichen Schätzungen liegen bei ungefähr fünfzehntausend. Wissen Sie, wie viele man braucht, um die gesamte Welt unbewohnbar zu machen?«

Bex machte den Mund auf, um zu antworten, doch Patel redete weiter.

»Einhundert. Nur einhundert. Ein regionaler Krieg mit einhundert Atomdetonationen würde fünf Milliarden Kilogramm Staub und Schutt bis in die Stratosphäre aufwirbeln und das Sonnenlicht abschirmen. Das würde die Temperaturen auf der Erde über fünfundzwanzig Jahre lang fallen lassen und die schützende Ozonschicht der Erde zum größten Teil vernichten. Dadurch könnte auch die UV-Strahlung auf der Erdoberfläche um achtzig Prozent ansteigen und die Ökosysteme zu Wasser und zu Lande zerstören, was zu einer weltweiten Hungersnot führt. Und das könnten wir mit den Waffen, die in irgendwelchen weit entfernten Bunkern lagern, hundertfünfzig Mal tun.«

»Einmal wäre genug.« Bex schauderte. »Agni – der Feuergott der Hindu.«

»In der Tat. Die meisten dieser Waffen befinden sich natürlich in Amerika und Russland, aber einige sind sozusagen verwaist, hinterlassen von untergegangenen Militärregimes, während andere von Terrororganisationen gestohlen oder sogar gebaut wurden. Und da die Regierungen dieser Welt keinen wirklichen Willen zeigen, dieses Problem in den Griff zu bekommen, hat eine kleine Gruppe reicher Personen sich entschlossen, einzugreifen. Wir nehmen die Waffen – wenn es sein muss, stehlen wir sie auch – und bringen sie sicher unter, streng bewacht. Gleichzeitig bemühen wir uns, die Technologie zu entwickeln, mit deren Hilfe man sie auseinandernehmen und den Nuklearbrennstoff anderweitig verwenden kann. Einer meiner Milliardärsfreunde – Sie würden den Namen sicher kennen, wenn ich ihn nennen würde – ist der Meinung, wir sollten Raketen bauen und den Brennstoff in die Sonne schießen, wo er rückstandslos verbrennen würde. Ein anderer meint, wir sollten ihn in den flüssigen Kern unseres Planeten schießen. Jede dieser Optionen würde mehr Geld kosten, als irgendeiner Regierung zur Verfügung steht, aber nicht mehr, als wir haben.«

»Wie selbstlos!«

»Sie machen sich über mich lustig, aber es ist mir vollkommen ernst damit. Und dann gibt es natürlich noch die biologischen Waffen – mutierte Versionen von Pocken, Cholera oder Anthrax, ganz zu schweigen von Krankheiten, die in der Natur nie existiert haben, sondern nur im Labor entwickelt wurden, um Menschen zu töten. Auch wenn sie von der Internationalen Genfer Konvention verboten wurden, wird doch in vielen Ländern noch daran gearbeitet, und niemand weiß, wie viele biologische Waffen heute überhaupt existieren. Auch die sammle ich – ich sammle und zerstöre sie.«

Bex dachte an die Waffe, mit der man im Hotelflur auf sie geschossen hatte.

»Ihre Leute verwenden Waffen, die nicht töten. Das spricht vermutlich dafür, dass Sie die Wahrheit sagen.«

Er nickte und verzog gleich darauf vor Schmerz das Gesicht. Schnell drückte er eine Reihe von Knöpfen an der Fernbedienung.

»Wenn Sie nichts dagegen haben, werde ich mich wieder setzen«, sagte er, während er zu seinem Stuhl zurückging. »Das Geschirr, an das ich geschnallt bin, ist sehr fest, und nach einer Weile beginnt es weh zu tun. Ich denke, ich muss das Design ein wenig verändern.« Nachdem ihn das Exoskelett wieder in seinen großen Ledersessel bugsiert hatte, fuhr er fort: »Ja die Vortex-Pistolen. Sie generieren mithilfe von Sprengladungen kleine Luftwirbel, die aussehen wie Rauchringe. Sie sind stark genug, um jemanden umzustoßen, führen aber auch zu so plötzlichen Luftdruckveränderungen, dass sie Bewusstlosigkeit verursachen können. Ich finde sie wesentlich humaner als die groben Werkzeuge, die durch Explosionen den Menschen Metallstücke in den Körper schießen.«

»Da stimme ich Ihnen zu«, sagte Bex und meinte es auch so. Patels Worte klangen überzeugend, doch bislang hatte er ihr auch noch nichts anderes als Worte geliefert. Keine Beweise.

Einerseits wollte sie gern bleiben, um noch mehr zu hören, andererseits wollte sie auch mit Kieron in Kontakt treten und herausfinden, was wirklich los war. Also hob sie die Hand vors Gesicht und sagte: »Oh, übrigens, ich habe wohl meine Brille verloren. Und ein Hörgerät – ich höre schlecht auf dem rechten Ohr. Haben Ihre Leute die vielleicht gefunden, als sie mich mitgenommen haben?«

»Ich werde nachfragen. Ansonsten schicke ich jemanden in Ihr Hotel und lasse sie suchen.«

Mit der linken Hand gab er den Befehl für eine Bewegung, woraufhin sich seine rechte Hand an den großen Anhänger um seinen Hals bewegte. Leise sprach er ein paar Worte auf Urdu. Der Anhänger war offensichtlich eine Art Kommunikationsgerät. Dann sah er zu Bex und hob eine Augenbraue. »Sollen wir Ihnen auch die Scharfschützin mitbringen, die Sie in Ihrem Hotelzimmer haben liegen lassen, oder sollen wir sie lassen, wo sie ist? Ich frage, weil sie auch schon für mich gearbeitet hat und ich finde sie ... nützlich.«

»Aber sie tötet Menschen«, betonte Bex. »Widerspricht das nicht Ihren pazifistischen Neigungen?«

»Ich bin kein vollkommener Pazifist.« Er lächelte. »Manchmal müssen Menschen sterben, damit mehr Menschen leben können. Mich stört die wahllose Tötungsweise der Massenvernichtungswaffen. Mrs Sprue tötet einen nach dem anderen – und wenn sie für mich arbeitet, tötet sie gar niemanden.« Wieder schien Patel gekränkt. »Denn dann würde ich sie nicht bezahlen. Ich bezahle sie, weil sie ausgezeichnet zielt, nicht weil sie ausgezeichnet tötet.«

»Wie schön, dass Sie da einen Unterschied machen«, bemerkte Bex und sah ihn herausfordernd an. Doch er hielt ihrem Blick stand und sagte nichts.

»Sie haben allerdings meine zweite Frage noch nicht beantwortet: Die, warum ich eigentlich hier bin.«

Er nickte. »Sie sind eine britische Geheimagentin und Sie waren am Gateway of India, als mein Versuch, eine pakistanische Neutronenbombe abzufangen und in Sicherheit zu bringen, vereitelt wurde. Ich vermute stark, dass die Leute, die diese Dokumente gestohlen haben, die Bombe ebenfalls abfangen wollen, sie aber für ihre eigenen Zwecke einzusetzen gedenken. Ich will sie aufhalten.«

»Das will ich auch.« Bex überlegte einen Augenblick lang. »Also, ich würde ja gerne helfen – ja, ganz ehrlich! –, aber nur, wenn Sie mir auch die Wahrheit sagen. Woher soll ich das wissen? Können Sie mir die Einrichtung zeigen, in der Sie diese Waffen auseinandernehmen? Kann ich dabei zusehen?«

»Diese Einrichtung befindet sich auf einer entlegenen Insel«, erklärte Patel. »Etwas so Gefährliches würde ich nie in der Nähe einer der größten Städte der Welt tun. Aber ja, ich kann Sie dorthin bringen. Dann können Sie selbst sehen, dass ich mir diese Dinger nicht nur wie Kunstobjekte an die Wand hänge. Ich fürchte allerdings, dass ich dazu einige Vorbereitungen treffen müsste. Reisen bekommt mir leider nicht so gut.« Er hielt einen Moment inne und schlug dann vor: »Es gibt allerdings eine Alternative, wenn Sie mir erlauben wollen ...«

Wieder berührte er das Medaillon um seinen Hals und murmelte ein paar Worte. Gleich darauf ging die Tür auf und eine Frau in einem Sari trat ein. Sie brachte einen großen Tablet-Computer herein. Zuerst verneigte sie sich vor Patel, dann lächelte sie Bex an, reichte ihr den Computer und ging wieder.

Bex betrachtete den Bildschirm. Er schien die Aufnahme

einer Webcam zu zeigen: eine Felswand, ein paar Metallrohre und einen Tisch mit Papieren darauf.

Achselzuckend fragte sie Patel: »Und was sehe ich hier?«

»Manchmal«, begann er, »wenn ich mich selbst daran erinnern will, dass ich tatsächlich etwas erreiche, mache ich einen virtuellen Rundgang auf der Insel, wo diese Arbeiten ausgeführt werden. Das Tablet in Ihrer Hand zeigt die Ansicht von einer Drohne mit einer hochauflösenden Kamera. Man kann die Drohne abheben lassen und überall hinsteuern, wo man will, um zu sehen, was sie einem zeigt. Das ist keine virtuelle Realität oder eine Simulation. Es ist eine reale Einrichtung mit realen Menschen.« Er nickte zu dem Tablet hinüber. »Bitte sehr! Spielen Sie ruhig ein wenig damit herum.«

Bex hielt den Tablet in der linken Hand und strich probeweise mit dem rechten Zeigefinger über den Touchscreen. Ein Wischen nach oben ließ die Drohne sanft in die Luft steigen. Der Tisch verschwand und sie sah nur noch Felsen und noch mehr Rohre. Wenn sie einen Kreis zeichnete, drehte sich die Drohne, und plötzlich sah sie einen in den Fels gehauenen Gang, so groß, dass darin gut zwei Londoner Busse nebeneinander herfahren könnten. Durch den Gang liefen Leute hin und her. Einige trugen weiße Mäntel, andere blaue Overalls und weiße Helme. Weiter hinten schien sich ein riesiges Metalltor zu befinden, doch zwischen der Drohne und dem weit entfernten Ausgang waren mehrere große Fenster in den Fels gehauen. Es erinnerte Bex irgendwie an ein Aquarium.

»Wenn Sie auf den unteren Rand des Bildschirms tippen, fliegt die Drohne los«, erklärte Patel. »Einmal tippen für langsam, mehrmals, wenn Sie schneller werden wollen.

Wenn Sie oben auf den Bildschirm tippen, wird sie wieder langsamer.«

Bex tippt auf den Bildschirm und die Drohne begann sich zu bewegen. Sie hatte das Gefühl, fünf Meter groß zu sein und durch den Felsentunnel zu schreiten. Sie sah Patel an, der sie aufmerksam beobachtete. Sie verlangsamte den Flug der Drohne und drehte sie so, dass sie durch eines der riesigen Fenster sehen konnte.

Vor ihr lag ein vollkommen in Weiß gehaltenes Labor. Auf einer Bank in der Mitte lag ein zylinderförmiges Gerät, etwa so groß wie ein Labrador. Es lag auf der Seite und das spitze Ende war auf die Wand gerichtet. Die an einem rotierenden Lager an der Decke montierten Roboterarme entfernten Schrauben, damit ein anderer Arm mit einem Saugnapf eine Abdeckung abnehmen konnte. Bex konnte niemanden in dem Raum erkennen, aber auf der anderen Seite des Labors sah sie hinter einem weiteren großen Fenster mehrere Leute in weißen Kitteln, die auf Computerbildschirme sahen.

Eine Bewegung lenkte ihre Aufmerksamkeit wieder auf das zylindrische Gerät. Sie ging davon aus, dass es sich um einen atomaren Sprengkopf handelte. Der Arm mit dem Saugnapf am Ende hob eine Abdeckung ab und enthüllte darunter jede Menge Schaltkreise und zwei durch ein kurzes schwarzes Rohr verbundene Metallkugeln. Weitere Roboterarme, diesmal mit Kameras an den Enden, senkten sich herab, um ins Innere des Zylinders zu sehen.

»Beeindruckend«, sagte sie ganz ehrlich.

»Es erinnert mich immer an dieses Kinderspiel. Wie hieß es noch gleich? *Doktor Bibber?* Sehen Sie sich doch mal das nächste Labor an«, forderte Patel sie auf.

»Ich könnte mich auch gleich ganz am Ende umsehen«,

erwiderte Bex herausfordernd. Sie wollte Patels Reaktion sehen. Wenn er einen Rundgang für sie organisiert hatte, um ihr nur bestimmte Dinge in einer bestimmten Reihenfolge zu zeigen, musste sie unbedingt etwas Unerwartetes tun. Vielleicht würde es zu etwas führen, einem Hinweis, dass das alles nur arrangiert war, um sie zu beeindrucken und zu überzeugen – so unwahrscheinlich das auch schien.

»Wie Sie wünschen«, stimmte er zu. »Die Drohne steht ganz zu Ihrer Verfügung.«

Bex schickte die Drohne den Felsentunnel entlang, über die Köpfe der Arbeiter hinweg, die sie kaum registrierten. Sie wollte sie eigentlich bis zu der großen Tür weiterfliegen lassen, um zu sehen, was sich dahinter verbarg, doch dann stellte sie fest, dass sich zwischen den Fenstern auch Türen in der Felswand befanden. Eine davon glitt gerade auf, als sie daran vorbeikam, und sie lenkte die Drohne schnell zur Seite durch die Türöffnung, wobei sie eine Frau in einem blauen Overall überraschte, die sich schnell an den Türrahmen pressen musste, um nicht getroffen zu werden.

Bex warf einen Blick auf Patels Gesicht. Er schien unbekümmert und lächelte sogar leicht.

Am Ende eines Felsenganges glitt eine weitere Tür auf, als sich die Drohne näherte. Dahinter erstreckten sich weitere Gänge nach rechts und links. Bex wählte eine Abzweigung nach links. Ein paar Meter weiter wurde eine dritte Tür auf der linken Seite von einem Mann und einer Frau offen gehalten, die sich dort unterhielten. Bex flog zwischen ihnen hindurch und gelangte in einen Kontrollraum, der ähnlich aussah wie der auf der anderen Seite des atomaren Sprengkopfes vorhin. Hinter Computern auf weißen Tischen standen weitere Angestellte in weißen Kitteln. Sie sahen nur kurz zu der Drohne hinauf und widmeten sich dann wieder ihren Bildschirmen.

Die hintere Wand bestand ganz aus Glas. Bex flog mit der Drohne näher, um zu sehen, was sich in dem Labor auf der anderen Seite befand.

Ein weiterer Sprengkopf lag auf einem Tisch, nur dass dieser kein gerader Zylinder war, sondern eine geschwungene Form hatte. Die Roboterarme hatten bereits mehrere Abdeckungen entfernt, sodass im Inneren ein Haufen silbriger Kugeln sichtbar wurde. Ein weiterer Roboterarm mit fünf langen Fingern nahm vorsichtig eine der Kugeln heraus, schwenkte zu einem Nebentisch und legte sie in eine ausgeschäumte Plastikschale. Während die »Hand« die Kugel ruhig hielt, kam ein neuer Arm, einer mit Plastikschläuchen und einem rotierenden Bohrer, der aus einem Gummistutzen herausragte. Diesen presste der Roboterarm gegen die Kugel und zog dabei den Bohrer zurück, sodass das Gummi die Bohrstelle luftdicht versiegelte. Bex konnte zwar nichts hören, aber sie nahm an, dass der Bohrer innerhalb des Gummisiegels in die Kugel eindrang.

»Es ist wichtig, dass man die Kugel aufbohren und ihren Inhalt heraussaugen kann, ohne dass er an die Luft gelangt«, erklärte Patel leise.

»Chemiewaffen?«, vermutete Bex.

»Wohl eher biologische Waffen. Vielleicht eine genetisch verstärkte Version von Anthrax. Wenn meine Leute mit der Analyse fertig sind, wissen wir es genauer. Möchten Sie noch mehr sehen? Sie können mit der Drohne überallhin.«

Bex legte den Tablet-Computer auf das Kissen, glitt aus dem Bett und ging zum Fenster. Ihr Blick fiel auf einen Hafen. Dahinter rollten braune Wellen auf eine weit entfernte dunkle Masse zu, die vermutlich das indische Festland war, kaum sichtbar durch einen Nebel von Rauch und Industrieabgasen. Wie Patel gesagt hatte, gab es am Hafen einen Anleger, an dem ein teuer aussehendes Schnellboot auf den Wellen tanzte. Zwischen dem Hafen und dem Fenster, aus dem sie sah, fiel der Hügel steil ab. Er war vollkommen mit grünen Blättern und orangefarbenen und roten Blüten bedeckt.

»Ich kann mir nicht vorstellen, wie Sie das alles hätten fälschen können«, sagte sie. »Allerdings bin ich auch kein Experte für Computersimulationen. Und außerdem: Dass Sie Massenvernichtungswaffen auseinandernehmen, bedeutet noch lange nicht, dass Sie mit den Dingen, die Sie herausholen, nicht auch irgendetwas Schlimmes anstellen.«

»Vielleicht kenne ich hier jemanden, der Sie besser überzeugen kann«, überlegte Patel. »Einen Freund und Mitunternehmer.«

Er nahm eine Fernbedienung aus der Tasche und drückte ein paar Knöpfe. Ein plötzliches Geräusch lenkte ihre Aufmerksamkeit vom Fenster ab. Es klang wie ein Handy, nur lauter. Der Plasmabildschirm war angesprungen. Ein Standby-Bild wich schließlich einem Bild, das dem Winkel nach zu urteilen wohl aus einer Kamera an einem Laptop oder PC stammte. Ein Mann, der sie offensichtlich gerade eingeschaltet hatte, um den eingehenden Anruf anzunehmen, lehnte sich zurück. Sein Gesicht kam Bex irgendwie bekannt vor. Sie hatte ihn in der Zeitung und in Fernsehnachrichten gesehen. Er hatte zwar nie ein Interview gegeben, aber durch das Imperium in Computertechnologie, das er aufgebaut hatte, hatte sich sein Ruhm in der ganzen Welt verbreitete. Außerdem engagierte er sich für wohltätige Institutionen und arbeitete an Projekten zur Gestaltung der Zukunft der Menschheit. Und Agni Patel hatte ihn einfach so angerufen.

»Agni«, begrüßte ihn der Mann lächelnd. »Wie schön, dich zu sehen!«

»Gleichfalls, mein Freund!«

»Wie geht es dir?«

»Das Leben geht weiter«, erklärte Patel philosophisch. »Wir gehen, wohin uns die Strömung trägt …«

»Meine Ingenieure haben gerade einige Motoren an deinem Exoskelett perfektioniert. Sie sind etwas kleiner und leichter als die, die du jetzt hast. Ich lasse sie dir in den nächsten ein bis zwei Tagen per Drohne liefern. Dann können deine Leute sie einfach austauschen. Du wirst feststellen, dass sie weitaus besser sind, was Geschwindigkeit, Stabilität und Batterielaufzeit angeht.

»Vielen Dank.« Patel drückte auf eine Taste der Fernbedienung in seiner linken Hand, sodass sich sein Kopf neigte. Dann richtete er sich wieder auf.

»Ich würde deine geschätzte Ruhe nicht stören, aber ich hätte gerne, dass du für mich vor einer Agentin des britischen Geheimdienstes bürgst.«

Der Milliardär am anderen Ende der Leitung schürzte die Lippen und fragte: »Ist das vernünftig?«

»Es ist notwendig.«

»Dann vertraue ich dir. Du kannst mir die Geschichte ja ein andermal erzählen.« Dann sah er Bex an. »Wissen Sie, wer ich bin, junge Dame?«

»Jeder weiß, wer Sie sind«, stieß sie plötzlich ganz atemlos hervor.

»Keine Angst, ich koche auch nur mit Wasser, wie jeder andere«, erklärte er. »Falls es Ihnen weiterhilft, ich weiß, was Agni tut, und ich bin so weit daran beteiligt, wie es mir mein Ruhm erlaubt. Ich glaube, dass wir gemeinsam die Welt zu einem sichereren Ort machen können. Agni steht auf der Seite der Engel, an die er selbst nicht glaubt. Reicht Ihnen das?«

»Das reicht mir«, erwiderte sie. »Vielen Dank.«

»Agni«, wandte der Mann sich wieder an Patel, »wir sprechen uns später noch. Oh, und Miranda lässt ausrichten, du solltest doch irgendwann mal zum Abendessen einfliegen. Sie hat ein Rezept für Malabar-Mehlwürmer entdeckt, das sie gerne mal ausprobieren würde.«

Der Mann neigte sich vor, um eine Taste zu drücken, und der Bildschirm wurde dunkel. Bex wandte sich an Patel.

»Mehlwürmer?«

Er zuckte mit den Achseln, was eine schwierige Bewegung für ihn war. »Der Welt gehen die Lebensmittel aus. Eine mögliche Lösung wäre der Verzehr von Insekten. Das Problem ist nur, dass sie nicht sonderlich gut schmecken. Man kann sie natürlich mit Gewürzen zubereiten und die Küste von Malabar ist bekannt für ihre ausgezeichnete Küche. Mein Favorit sind allerdings Wasserlinsen, auch als Entengrütze bekannt. Sie wächst in allen Gewässern auf der ganzen Welt und enthält fünfundzwanzig Prozent mehr Protein als Sojabohnen. Darüber hinaus hat sie nicht den Igitt-Faktor von Insekten, daher muss man sie nicht einmal verstecken. Entschuldigung – ich rede schon wieder zu viel. Also – glauben Sie mir jetzt?«

»Fürs Erste. Vorläufig. Ich werde meine Meinung allerdings augenblicklich wieder ändern, sobald etwas passiert, was der Geschichte, die Sie mir gerade erzählt haben, widerspricht.«

»Das genügt mir. Lassen Sie uns zum Wesentlichen

kommen: Wissen Sie, wer die Aktentasche mit den Informationen über den Lagerort der pakistanischen Neutronenbombe gestohlen hat?«

»Es war eine Gruppe von Faschisten und Rassisten aus Großbritannien. Sie nennen sich Blut und Boden.«

»Und was wollen sie damit?«

»Das wissen wir noch nicht. Aber vermutlich wird es zum Tod von Hunderttausenden, wenn nicht Millionen von Menschen führen.«

»Von Menschen, die sie nicht mögen, oder die sie nicht akzeptieren wollen«, erklärte Patel grimmig. »Menschen wie mich zum Beispiel.«

»Und mich«, sagte Bex zu ihrer eigenen Überraschung. »Meine Großmutter war Jüdin. Das reicht bei denen bestimmt, um mich zu verurteilen.«

»Gut möglich.« Patel überlegte einen Moment lang. »Mein Plan war, herauszufinden, wo die Neutronenbombe gelagert ist, damit wir sie abfangen können, wenn die pakistanische Regierung sie verlegt. Offensichtlich wollten diese Blut-und-Boden-Leute genau dasselbe. Aber während ich vorhatte, die Bombe auseinanderzubauen und unschädlich zu machen, wollen sie die Waffe einsetzen.«

»Wir müssen sie unbedingt daran hindern, diese Bombe in die Finger zu bekommen«, stellte Bex fest.

Patel schüttelte den Kopf.

»Die Informationen über das Lager und die Transportroute standen in den Papieren in der Aktentasche und die haben wir nicht.«

»Aber wir haben ein Foto von den obersten Blättern aus der Tasche«, erklärte Bex. »Und auf einem davon steht der Lagerort. Wenn wir uns beeilen, können wir noch vor Blut und Boden dort sein.«

»Wir schnappen uns die Bombe und hindern sie daran, sie einzusetzen«, nickte Patel. »Das müsste machbar sein.«

Bex wollte die Idee gerade weiterspinnen, als es leise an der Tür klopfte. Sie sah auf und ein Mann trat ein. Er war Sikh und trug einen großen weißen Turban, weiße Kleidung und einen schwarzen Bart, der ihm bis auf die Brust reichte. Er hatte etwas in der Hand, das er Patel mit einer Verbeugung zeigte. Es waren Bex' AR-Brille und das Headset. Patel nickte zu Bex herüber und der Mann ging zu ihr und reichte ihr das Set. Schnell setzte sie die Brille auf und klemmte sich das Headset ans Ohr.

Als der Sikh sich zum Gehen wandte, neigte er sich kurz zu Patel und flüsterte ihm etwas ins Ohr.

»Ein Augmented-Reality-Wearable«, erklärte Patel. »Interessant. Ich nehme an, auf diesem Weg erhalten Sie Unterstützung von einem Partner oder einer Kontaktperson in Mumbai?« Er überlegte kurz und korrigierte sich dann: »Warum Mumbai? Warum nicht gleich England? Die Welt wird heutzutage immer kleiner.«

Bex deutete auf die Geräte. »Darf ich?«, fragte sie. Es war ein Test. Wenn Patel ablehnte oder sie daran hindern wollte, würde sie wissen, dass an seiner Geschichte etwas faul war und sie nicht einfach gehen oder auch nur mit irgendjemandem sprechen konnte. Andererseits hatte er ja auch zugelassen, dass sie sie sofort wiederbekam.

»Bitte sehr«, sagte er. »Ich habe nur eine Bitte: Teilen Sie nicht der ganzen Welt mit, was ich hier tue. Die Welt muss zwar gerettet werden, aber ich bin mir nicht ganz sicher, ob sie auch gerettet werden will. Zumindest *noch* nicht.«

Bex stellte den Kontakt mit Kieron her und der meldete sich auch sofort.

»Oh, Gott sei Dank! Ich hatte schon Angst, Ihnen wäre etwas passiert!«

»Bis jetzt nicht«, erklärte sie. »Aber die Dinge hier haben sich weiterentwickelt. Ich muss dich auf den neuesten Stand bringen und dann müssen wir diese Neutronenbombe finden und Blut und Boden daran hindern, sie zu stehlen.«

»Das hat vielleicht gar keinen Sinn mehr«, meinte Kieron. Er klang besorgt. »Wir haben herausgefunden, dass sie bereits über vier Neutronenbomben verfügen, die sie sich anderweitig beschafft haben. Diese wäre die fünfte und letzte. Was auch immer sie vorhaben, es muss etwas Großes sein, und es wird wohl ziemlich bald passieren.«

Kapitel 11

Die Bahnhofshalle von Newcastle war ein einziges Gewimmel von Menschen, die in alle Richtungen gingen. Diese Menschenmenge war umgeben von Cafés und Fast-Food-Restaurants, in denen noch weitere Menschen standen, die still ihren Kaffee tranken, ihren eigenen Gedanken nachhingen oder Small Talk mit ihren Begleitern machten. Dazwischen trippelten Tauben, denen all diese Beine vorkommen mussten wie wandelnde Säulen, die ihnen Rücken und Rippen brechen konnten. Von seiner Position auf einer Balustrade hoch über dem organisierten Chaos kam es Kieron fast so vor, als wäre das Ganze eine sorgfältige Inszenierung. Er stellte sich vor, dass jeden Moment über das Lautsprechersystem ein Walzer gespielt werden würde und jeder sich den Nächstbesten als Tanzpartner greifen und mit ihm herumwirbeln würde, bis die Musik aufhörte und sie alle wieder ihrer Wege gingen.

Die Balustrade, auf der er mit Sam stand, lag vor einer Reihe von Läden, in denen alle möglichen merkwürdigen Dinge verkauft wurden, die man wohl nur auf Bahnhöfen kauft: teure Notizbücher in Ledereinband, in denen die

Käufer ihre Gedanken aufzeichnen sollen, Krawatten mit Disney-Motiven, Hemden mit Manschetten, für die man extra Manschettenknöpfe braucht, weiße Kugeln aus einem Zeug, dass sich im Bad auflöst und nach Blumen duftendes Öl hinterlässt. Oh ja, und Socken. Jede Menge Socken. Er fragte sich, ob sich die Pendler auf dem Weg zum Bahnhof manchmal fragten: »Oh, Mist, ich habe meine Socken vergessen, vielleicht gibt es hier ja einen Laden, in dem ich so etwas bekomme.«

»Schafe«, bemerkte Sam düster. »Sie sind wie Schafe, die von einem Pferch in den anderen laufen und nicht merken, dass sie irgendwann ins Schlachthaus laufen.«

»Oh, wie tiefsinnig«, meinte Kieron.

»Du lachst, aber ich werde nie einer von ihnen werden. Ich werde nie einen normalen Ganztagsjob an einem Schreibtisch haben. Ich will raus und die Welt sehen. Ich will etwas bewirken, irgendwo Eindruck hinterlassen.«

Kieron sah über das Geländer hinunter.

»Ich würde sagen, wenn du jetzt springst, würdest du einen ziemlich großen Eindruck hinterlassen.«

»Wie witzig. Wenn du deine Karten jetzt richtig ausspielst, hast du Aussicht auf eine Karriere beim MI6. Und was habe ich? Meine Mutter will, dass ich eine Lehre in einer Autowerkstatt anfange. Jetzt stell dir mich mal mit einem Schraubenschlüssel vor.«

Sams Erwähnung des MI6 ließ Kieron nach seiner AR-Brille greifen und sie einschalten. Er versuchte es bestimmt schon zum zwanzigsten Mal. Die ersten zehn Male hatte sie ihm immer dasselbe Bild vom Teppich in dem Hotel in Mumbai gezeigt. Dann war das Bild dunkel gewesen. Vielleicht war die Batterie leer, vielleicht hatte sie sich aber auch selbst abgeschaltet, um Strom zu sparen. Vielleicht hatte sie auch jemand aufgehoben und in eine Schachtel gelegt.

»Nichts?«, fragte Sam.

»Nichts.«

Kierons Laune wurde noch schlechter, wenn das überhaupt möglich war. Ihm war klar, dass Bex in Schwierigkeiten war, doch sie war Tausende von Meilen entfernt und er konnte ihr nicht helfen. Was auch immer ihr Problem war, sie würde sich selbst aus dieser Lage befreien und die Brille wiederfinden müssen, wenn sie mit ihm in Kontakt treten wollte. Und dabei wollte er ihr doch so viel erzählen, über die Rettung von Bradley vor Blut und Boden, und dass sie herausgefunden hatten, dass es dieses Treffen zwischen den Faschisten und ihrem mutmaßlichen Kontakt beim MI6 hier am Bahnhof von Newcastle gab.

Der Gedanke an Bradley lenkte Kieron ab. Er fragte sich, wie es ihm wohl ging. »Hast du etwas von Courtney gehört?«, fragte er Sam.

»Nur, dass sie Bradley ein riesiges Frühstück aus Eiern, Speck und Schinken gemacht hat, das er restlos verputzt hat.«

»Klingt, als ginge es ihm besser.«

»Schon, aber sie macht sich wohl Sorgen wegen seiner Augen. Offensichtlich sieht er immer noch verschwommen. Sie glaubt, dass sich das von allein wieder gibt, aber sie will ihn noch im Auge behalten.« Er kicherte. »Wer's glaubt.«

Kieron ließ seinen Blick über die Menge gleiten und suchte nach Menschen mit den auffallend blonden Haaren der Blut-und-Boden-Anhänger. Doch bislang konnte er nichts entdecken. So früh am Morgen waren hier hauptsächlich Pendler, die aus den Zügen stiegen und in die

Stadt eilten, und ab und zu ein paar Leute, die zum Einkaufen kamen. Später, am Nachmittag, würde sich der Menschenstrom umkehren, wenn die Leute von der Arbeit oder vom Einkaufen wieder nach Hause fuhren. Und am Abend würden dann noch einmal Leute stadteinwärts strömen, um ins Kino, ins Theater, in eine Bar oder in ein Restaurant zu gehen.

Er ließ seinen Blick über die Menschenmenge hinweg zu den Schranken gleiten und weiter in den Bereich, wo die Züge ankamen und abfuhren, ihre menschliche Fracht abluden und neue einluden, bevor sie wieder abfuhren. Auch dort sah er niemanden, der aussah, als käme er zu einem Treffen von Blut und Boden. Allerdings konnte er sich vorstellen, dass derjenige, der zu diesem Treffen kam, einen ebenso unauffälligen und anonymen Anzug mit Krawatte tragen würde wie die Mehrheit der Pendler.

Er sah auf die große Fahrplantafel, über die orangefarbene Punkte rieselten, als die Anzeige wechselte. Aberdeen, Edinburgh und Glasgow lagen nördlich der Stadt, York, Leicester und London südlich. Was ihn betraf, waren das ebenso fantastische Orte wie Hogwarts oder Narnia. Er hatte keine Ahnung, wie es da wohl war, aber er wollte sie sich so gern ansehen oder sogar dort wohnen. Es musste auf jeden Fall besser sein als in Newcastle.

Sam dachte offensichtlich ganz ähnlich wie er, denn er sagte: »Wir sollten irgendwann zusammen nach London ziehen. Ich meine, wenn wir älter sind. Wir könnten uns eine Wohnung teilen und vielleicht in einer Bar arbeiten. Wir könnten uns auch etwas Geld damit verdienen, Spielesessions auf YouTube zu streamen, wenn wir nicht gerade arbeiten. Das Geld aus der Bar bräuchten wir für die neuesten Spiele – niemand sieht sich Streaming-Sessions von etwas an, was vor sieben Monaten erschienen ist, was wir aber gerade erst zum Geburtstag bekommen haben. Das ist ja schon total veraltet.«

»Aber die Leute streamen auch Spieleklassiker«, verwies ihn Kieron.

»Ja, aber um als Klassiker zu gelten, muss ein Spiel schon mindestens zwanzig Jahre alt sein.«

»Ich glaube nicht, dass …«

»Moment. Schau mal dort!« Sam wies mit einem Kopfnicken in die Nähe einer teuren Saftbar. »Sind das nicht die beiden Kerle, die Bradley zusammengeschlagen haben?«

Kieron sah unauffällig in die Richtung und drückte auf den Knopf an der AR-Brille, sodass es aussah, als winke er jemandem unten am Kartenschalter zu. Sogleich machte die Brille eine Aufnahme dessen, was er sah, und stellte das Bild dauerhaft in einem Winkel seines Sichtfelds dar. Dadurch konnte er vermeiden, ihre Aufmerksamkeit zu erregen, indem er sie direkt anstarrte, und stattdessen die Aufnahme studieren.

»Sieht ganz so aus, als wären sie es«, bestätigte er.

Die beiden Männer sahen sich mit kaum verhohlener Ungeduld in der Menge um. Kieron vermutete, dass die Person, auf die sie warteten, ein ausgebildeter Geheimagent war, doch diese beiden waren Schwachköpfe ohne jede Ahnung. Verdächtiger konnte man sich kaum verhalten.

»Siehst du jemand, auf den sie warten könnten?«, fragte Kieron.

Sam schüttelte den Kopf.

»Nein. Aber schau mal, interessant, wie sich der Raum um sie herum leert. Entweder vermeiden es die Leute unbewusst, ihnen zu nahe zu kommen, oder die beiden haben seit geraumer Zeit nicht mehr gebadet.«

»Stimmt. Im Lieferwagen hat es schon ein bisschen gemuffelt«, erinnerte sich Kieron.

Die beide Kerle von Blut und Boden sahen jeden Vorübergehenden durchdringend an. Leute, die so aussahen und so gekleidet waren wie die beiden, sah man am Bahnhof von Newcastle normalerweise nur an einem Samstag und auch dann nur, wenn das Fußballteam ein Heimspiel hatte.

Plötzlich löste sich jemand aus der Menge und ging auf sie zu. Es war ein Teenager, noch jünger als Kieron oder Sam. Er übergab den Kerlen einen Briefumschlag und beeilte sich dann, wieder zu verschwinden.

Einer der Männer riss den Umschlag auf und zog ein Blatt Papier heraus. Stirnrunzelnd betrachtete er es und zeigte es dann seinem Begleiter.

»Vielleicht können sie nicht lesen«, lästerte Sam. »Sollen wir runtergehen und ihnen helfen?«

»Die haben uns doch gesehen. Sie würden uns erkennen.«

»Nur mich«, korrigierte ihn Sam. »Du könntest runtergehen.«

Die beiden Männer besprachen sich kurz und gingen dann weg.

»Das Meeting ist abgesagt«, bemerkte Sam düster. »Wir haben nur unsere Zeit verschwendet.«

»Das glaube ich nicht«, widersprach Kieron.

Er trat einen Schritt zurück, damit man ihn von unten nicht sehen konnte, und rief ein paar virtuelle Menüs auf, indem er mit den Händen wedelte und imaginäre Knöpfe drückte. Er rief die Aufzeichnung mit der Übergabe auf, die eben stattgefunden hatte, und versah die Gestalt des kleinen Jungen mit einem Pfeil. Dann ließ er die Aufnahme rückwärts ablaufen, immer mit dem Pfeil über dem Kopf des Jungen.

»Dirigierst du Mozart?«, erkundigte sich Sam. »Es ist doch Mozart, oder?«

»Das sagst du nur, weil Mozart der einzige Komponist ist, den du kennst«, behauptete Kieron. »Du musst nicht jedes Mal mit ihm ankommen, wenn du etwas über klassische Musik sagen willst.«

»Ich habe auch schon von Beethoven gehört«, verteidigte sich Sam. »Die Jungs von Metallica haben schon mal mit ihm zusammengearbeitet. Das hab ich auf YouTube gesehen.«

»Ich glaube kaum, dass sie wirklich mit ihm zusammengearbeitet haben«, berichtigte ihn Kieron, während er sich das Video im Rücklauf ansah. Die Leute darin liefen rückwärts, ohne aneinanderzustoßen. »Er war schon lange tot, bevor auch nur einer von Metallica geboren wurde.«

Der Pfeil über dem Kopf des Jungen schlängelte sich durch die Menschen auf dem Platz unter ihnen und hielt schließlich auf der gegenüberliegenden Seite in der Nähe der Fahrkartenschalter. Dort traf sich der Junge mit einer Frau in eleganter Freizeitkleidung – Jacke, Stoffhose und eine Seidenbluse.

Er gab ihr den Umschlag und einen Fünf-Pfund-Schein, dann trennten sie sich.

Kieron ließ das Video noch einmal normal laufen und sah, wie die gut gekleidete Frau den Jungen anhielt, der gerade an ihr vorbeilief, kurz mit ihm sprach und auf die beiden Kerle deutete. Er nickte, sie gab ihm den Umschlag und den 5-Pfund-Schein, woraufhin er grinste und auf die Männer zuging.

»Ich glaube, sie haben nur den Treffpunkt geändert«, meinte er zu Sam. »Dort drüben steht eine Frau, die den Jungen mit dem Umschlag geschickt hat. Ich glaube, sie hat ihnen gesagt, dass sie woandershin gehen und auf sie warten sollen. Wahrscheinlich will sie sichergehen, dass sie nicht verfolgt werden.«

»Vielleicht hat sie das Treffen auch ganz einfach abgesagt.«

»Wieso sollte sie dann bis hierher kommen, nur um diesen Umschlag übergeben zu lassen. Nein, es muss sich um einen Ortswechsel handeln.«

»Wir sollten ihnen folgen«, schlug Sam vor und stieß sich von dem Geländer ab.

»Nein«, hielt ihn Kieron zurück. »Sie wird abwarten, ob ihnen jemand folgt, und sobald sie uns sieht, ist das Treffen abgesagt. Wir müssen eher *sie* verfolgen.«

Er beobachtete die Frau, die ihrerseits die Männer beobachtete. Ihr Blick glitt durch den Bahnhof und suchte nach Leuten, die in die gleiche Richtung gingen. Schließlich begab sie sich zu einem anderen Ausgang.

»Schnell!«, rief Kieron. »Die Rolltreppe runter und dann nach links!«

Er merkte sich die Farbe der Jacke der Frau – schwarz – und die ihrer Seidenbluse – türkis. Sobald sie unten an der Rolltreppe angekommen waren, sah er sich um, um sie zu finden. Sie ging gerade durch ein Bogenportal nach draußen. Er packte Sam am T-Shirt und zerrte ihn in diese Richtung.

Im Laufen aktivierte Kieron schnell die AR-Brille, um die Frau identifizieren zu können, doch er bekam nur einen roten Kasten gezeigt, in dem stand: »Identitätsabfrage abgelehnt: Bitte Vorgesetzten kontaktieren.« Das war keine große Hilfe, außer dass es ihm einen Hinweis darauf gab, dass die Frau höchstwahrscheinlich etwas mit dem MI6 zu tun hatte.

Sie lief über den gepflasterten Platz vor dem Bahnhof und dann nach rechts die Neville-Street entlang. Sie war so schnell, dass Kieron und Sam fast rennen mussten, um mit ihr Schritt zu halten. Schließlich ging sie unter der Eisenbahnbrücke hindurch und dann nach rechts weiter zum Milk Market. Gelegentlich blieb sie stehen, um in ein Schaufenster oder die Glasfassade eines Bürogebäudes zu sehen. Kieron nahm an, dass sie nach etwaigen Verfolgern Ausschau hielt, aber wohl eher aus reiner Gewohnheit. Sie hatte keinen Grund zu glauben, dass sie im Bahnhof beobachtet worden war. Und selbst wenn sie Kieron und Sam sah, wer würde schon auf zwei Greeb-Jungen achten?

»Ob sie wohl zum Quayside Market will?« fragte Sam atemlos.

»Wohl eher zur Millennium Bridge«, erwiderte Kieron.

Tatsächlich ging sie zur Gateshead Millennium Bridge, dem weißen Metallbogen, der sich vom Newcastle-Upon-Tyne-Ufer zum Ufer von Gateshead mit dem Künstlerviertel auf der anderen Seite des glitzernden blauen Wassers des Tyne spannte. Sie wurde immer noch als »die neue Brücke« bezeichnet, obwohl sie schon älter war als Kieron. Manch nannten sie auch »den elenden Schandfleck«, doch Kieron mochte die schräge, asymmetrische Form.

Die für die Schifffahrt hochziehbare Brücke war unten, was bedeutete, dass sie der Frau über den geschwungenen Steg auf die andere Seite folgen konnten. Dort bog sie links ab und ging die Shore Road am Fluss entlang.

»Wenn sie nicht in ein Hotel will, wird sie wohl zum Baltic Centre gehen«, vermutete Kieron.

Tatsächlich ging die Frau zum Baltic Centre for Contemporary Art, wie ihm die AR-Brille ständig erzählen wollte. Kieron wischte die Textbox beiseite, die versuchte, ihm mitzuteilen, dass das Gebäude in den 1950er Jahren ursprünglich als Mühle und als Tierfutterlager errichtet worden war, bevor diese 2002 zu einem Kulturzentrum umgebaut wurde. Eine faszinierende und völlig nutzlose Information, dachte Kieron, als er sie wegdrückte, obwohl er sich insgeheim fragte, wie viele Kulturzentren wohl aus Mühlen entstanden waren. Wohl nicht allzu viele.

Die Frau ging geradewegs auf den klotzigen gelb-roten Ziegelbau zu. Die Plakate an den Glastüren des Haupteingangs priesen die Ausstellung der Werke eines Künstlers an, von dem Kieron noch nie etwas gehört hatte.

Im Inneren fanden sich die beiden Jungen in einer großen Eingangshalle wieder, deren Wände reinweiß gestrichen waren und deren Fußboden aus schmalen Holzleisten bestand. Treppen und Aufzüge führten in die höheren Etagen, und überall standen Kunstobjekte aus Metallgebilden, die ohne offensichtliche Verbindungen oder Grenzen mit verschiedenfarbigen Keramikblöcken zu verschmelzen schienen. Kieron hätte sich das gerne etwas näher angesehen, aber im Moment hatten sie Wichtigeres zu tun.

»Hier gibt es mehrere Restaurants«, stellte Sam leise fest. »Wenn sie in eines davon will, sind wir aufgeschmissen. Da fallen wir auf wie eine Maus im Käse und außerdem habe ich überhaupt kein Geld dabei.«

»Schon gut«, erwiderte Kieron, denn er hatte gerade die Kerle von Blut und Boden entdeckt. Sie standen vor einer einzelnen Skulptur und betrachteten sie verwirrt. Die Frau ging auf sie zu, jedoch nicht direkt, sondern auf Umwegen vorbei an mehreren anderen Skulpturen. Kieron hatte den Verdacht, dass sie sich nicht so sehr für Kunst interessierte, sondern vielmehr dafür, ob den beiden oder ihr jemand folgte.

»Wie du so treffend bemerkt hast, haben sie dich in dem Industriegebiet schon aus der Nähe gesehen«, sagte er zu Sam, »deshalb darfst du ihnen nicht zu nahe kommen. Lass mich das machen.«

Widerstrebend blieb Sam zurück, während Kieron sich zu der Stelle bewegte, an der die Frau die beiden Gauner traf. In der Nähe stand vor einer weiteren Skulptur eine Schulklasse, deren Lehrer versuchte, sie dazu zu bringen, ihm zu sagen, was sie bei dem Anblick dieses Objekts empfanden. Zum Glück waren es alles Oberstufenschüler, die ihre eigene Kleidung trugen und keine Schuluniformen. Kieron stellte sich an den Rand der Klasse und positionierte sich so, dass er über die Skulptur hinweg das Treffen beobachten konnte. Mithilfe der Zoomfunktion der Brille konzentrierte er seinen Blick auf die Kerle. Plötzlich fiel ihm eine Funktion im Menü auf, die besagte »Starkes Richtmikrofon«. Er aktivierte es mit einem Fingertippen, und plötzlich verstummte der Lärm in der großen Ausstellungshalle und er hörte über das Mikrofon nur noch die beiden Männer, als stünde er neben ihnen.

»Ich versteh nicht viel von Kunst«, gab der eine von ihnen zu, als sich die Frau gerade zu ihnen gesellte. »Aber die Schweißnähte sind Scheiße.«

»Ich bin es nicht gewohnt, dass man mich irgendwo hinbeordert«, unterbrach ihn die Frau. »Besonders nicht außerhalb von London. Ich hoffe, das hier ist wichtig!«

»Woher sollen wir wissen, wer Sie sind?«, fragte einer der blonden Kerle feindselig. Es war Kyle Renner, der

Mann, der im Einkaufszentrum nach Kieron und Sam gesucht hatte.

»Weil Sie mich hierhergebeten haben und ich hier bin. Wer soll ich sonst sein?«

»Na gut – und woher wissen Sie, wer wir sind?«

»Weil ich Akten über Sie beide habe, mit Fotos und allem Drum und Dran. Es reizt mich zwar, Ihnen zu sagen, ich wüsste mehr über Sie als ihre Mütter, aber da nicht ich, sondern sie Ihre Windeln gewechselt haben, gibt es wohl noch ein paar Dinge, die nur sie wissen können. Also verschwenden Sie nicht noch mehr meiner Zeit. Sagen Sie mir schon, was so wichtig ist.«

»Sie sollten wissen, dass sich jemand in unsere Operationen eingemischt hat«, erklärte Renner. »Als wir diesen Typ aus dem Einkaufszentrum abgeholt haben, hat er die Brille und das Headset fallen lassen, die Sie haben wollten. Ich bin zurückgegangen, um sie zu holen, doch irgendjemand hatte sie schon aufgehoben. Man hat mir gesagt, es seien ein paar Kinder gewesen, daher habe ich mir keine großen Sorgen gemacht – ich dachte, ich könnte sie später im nächsten Second-Hand-Laden für Elektrogeräte zurückholen, aber dann ist etwas passiert.« Er runzelte die Stirn und verzog das Gesicht zu einer Art furchterregenden Maske und sah dann weg. »Die beiden Kids haben irgendwie herausgefunden, wo wir den Typ hingebracht hatten, und haben ihn befreit.«

»Sie haben ihn befreit«, wiederholte die Frau. Das war, soweit Kieron das feststellen konnte, keine Frage, sondern ein Versuch, sich über das Ausmaß von Dummheit der beiden klar zu werden. »Ein paar Kinder. Das hat man nun davon, wenn man mit einem Haufen Dilettanten arbeitet.«

»He!«, beschwerte sich einer der Männer.

Kieron griff schnell auf die AR-Funktionen zu, um ihn zu identifizieren. Die Antwort kam prompt: David Allen Crisp. Britischer Staatsangehöriger, Alter fünfundzwanzig. Verurteilt wegen Diebstahl. Verbindungen zur rechtsgerichteten Gruppierung Blut und Boden.

»So reden Sie nicht mit uns!«

»Erstens rede ich mit Ihnen, wie ich will, und zweitens werde ich Darius Trethewey von Ihrer Unfähigkeit unterrichten. Wenn Sie bei Blut und Boden je zu etwas kommen wollen, dann brauchen Sie Ihren Boss auf Ihrer Seite. Und der ist ein sehr guter Freund von meinem Boss.« Sie überlegte einen Moment lang. »Nun, ich schätze, die Tatsache, dass Sie mir gesagt haben, was passiert ist, spricht für Sie. Sie hätten auch so tun können, als sei alles in Ordnung. Tun Sie, was Sie können – Sie müssen diesen Mann und diese Kinder finden!«

»Und verstecken, bis Sie mit ihnen reden können«, ergänzte Renner.

»Und töten, glaube ich. Ich hatte gehofft, nicht so weit gehen zu müssen, aber was sein muss, muss sein. Bringen Sie alle drei um und entsorgen Sie die Leichen.« Abfällig fuhr sie fort: »Obwohl – wir sind hier in Newcastle. Wahrscheinlich könnten Sie sie einfach auf der Straße ablegen, ohne dass es jemandem auffällt.« Doch dann sah sie Renner durchdringend an und verlangte: »Sie lassen sie nicht auf der Straße liegen. Verstanden?«

»Ja«, nickte er.

Crisp, der zweite Kerl, reckte aggressiv das Kinn vor.

»Aber es läuft doch noch alles nach Plan oder? Sie blasen die Sache doch nicht ab?«

Die Frau sah ihn an wie etwas, das an ihrem Schuh klebte.

»Sie haben keine blasse Ahnung, wie der Plan aussieht. Und damit meine ich nicht nur, dass Sie zu dumm sind, um ihn zu verstehen, sondern auch zu dumm, um Ihnen überhaupt etwas darüber zu sagen, weil Sie wahrscheinlich im Pub jedem davon erzählen, wenn Sie betrunken sind, und das wäre dann wohl das Ende des Plans.«

Crisp sah aus, als wollte er sie schlagen, doch die Frau starrte ihn nur an, ohne auch nur mit der Wimper zu zucken. Schließlich packte Renner Crisp am Arm und sagte: »Geh mal rüber ans Fenster und sieh dir eine Weile die Boote an. Los!«

Immer noch wütend ging Crisp. Sobald er außer Hörweite war, sagte die Frau: »Der Mann ist ein Risiko. Werden Sie ihn los. Wenn Sie es nicht tun, werde ich Trethewey sagen, er soll Sie beide loswerden.«

»Dazu besteht kein Grund«, wandte Renner ein und sah ihr in die Augen, um ihr zu verstehen zu geben, dass er sie verstand. »Ich habe auch schon festgestellt, dass er ein Sicherheitsrisiko darstellt. Ich habe Darius um die Erlaubnis gebeten, mich um ihn zu kümmern. Geben Sie mir einen Tag Zeit, dann ist er nur noch ein Problem für die Leute, die die Kanäle von Unrat frei halten sollen.«

Die Frau musterte Renner, als sähe sie ihn zum ersten Mal.

»Sie sind weitaus klüger, als Sie aussehen, und weitaus klüger als er. Wie viel wissen Sie?«

»Über den Plan?« Renner hielt einen Moment inne und sah sich um. »Ich weiß ein paar Dinge, die Sie nicht wissen. Zum Beispiel habe ich von einer unserer Schwestern in Indien gehört. Sie ist Teil des Teams, das versucht, das fünfte Objekt in die Hände zu bekommen. Sie hat gesagt, dass jemand versucht hat, ihre Operation zu stören. Es war das Mädchen, dessen Partner wir gefangen genommen haben.«

»Und den Sie wieder verloren haben«, konterte die Frau.

»Ja, und den wir wieder verloren habe. Aber das ist egal, wichtig ist, dass wir eventuell nicht an das fünfte Objekt kommen, wenn uns jemand in die Quere kommt.«

»Wissen Sie, wofür die Objekte sind?«, fragte die Frau herausfordernd.

»Soll ich etwa die Ziele beim Namen nennen?«, fragte er zurück. »Hier? In aller Öffentlichkeit?«

»Nennen Sie einfach nur fünf Städte im Nahen Osten und auf dem indischen Subkontinent. Fünf beliebige Städte. Niemand kann sagen, dass damit irgendetwas verraten wird. Fünf Städte, von denen Sie kürzlich in den Nachrichten gehört haben.«

»Teheran, Bagdad, Riad, Islamabad und Tel Aviv«, antwortete Renner, ohne zu überlegen.

»Stimmt genau. Vier muslimische und eine jüdische Stadt, nur um ein wenig Verwirrung zu stiften«, nickte die Frau. »Und schön auf fünf verschiedene Länder verteilt: Irak, Iran, Saudi-Arabien, Pakistan und Israel. Nichts in Ägypten oder der Türkei, weil wir Briten dort gerne Urlaub machen und man mit diesen Ländern auch auf diplomatischem Wege verhandeln kann. Und in diesen Städten leben viele Muslime. Über dreißig Millionen, plus 400.000 Juden in Tel Aviv. Wenn wir nur mit – sagen wir, vier Objekten spielen könnten, müssten wir eine Stadt von der Liste streichen – wahrscheinlich Riad. Schließlich ist Saudi-Arabien eigentlich unser Freund, auch wenn das Wahhabiten-Regime dort muslimische Extremisten mit riesigen Geldsummen unterstützt. Verstehen Sie, was ich damit sagen will? Vier Objekte sind nicht so gut wie fünf, aber wir können den Verlust verschmerzen. Außerdem wissen wir noch nicht mit Sicherheit, ob das fünfte Objekt für uns unerreichbar ist. Wir sollten erst einmal abwarten, wie sich die ganze Sache entwickelt.«

Renners Gesichtsausdruck war jetzt nicht mehr herausfordernd, sondern geradezu ehrfürchtig.

»Ich kann nicht fassen, dass wir sie ausradieren werden!«

»Vorsicht! Wir sollten nicht zu viel laut aussprechen. Im Moment kann noch alles abgestritten werden.«

Renner runzelte die Stirn.

»Warum streicht man Riad von der Liste, wenn wir nur vier Objekte haben? Der Sinn der Sache ist doch, so viele Muslime wie möglich…« Er hielt kurz inne. »…loszuwerden.«

»Es geht nicht darum, Muslime loszuwerden, sosehr Sie das auch überraschen mag. Die meisten Muslime sind nette Menschen mit wunderbarer, vielseitiger Küche und einigen großartigen architektonischen Bauwerken. Es geht darum, die wichtigsten Ballungszentren loszuwerden, die ständig für Ärger sorgen, die, die Extremterroristen hervorbringen und sie finanziell unterstützen. Sie wollen wissen, warum wir Tel Aviv auf der Liste behalten? Weil, wenn plötzlich dreißig Millionen Muslime sterben, eine Menge Finger auf Israel zeigen werden. Die Juden hassen die Araber schließlich. Das Letzte, was wir wollen, ist ein schmutziger, destruktiver Krieg, aber wenn Israel provoziert wird, antworten sie vielleicht mit ihren eigenen Nuklearwaffen und das verläuft dann völlig unkontrolliert. Aber wenn auch 400.000 Juden sterben, weiß keiner mehr, wer die Schuld hat. Jeder wird jeden beschuldigen, aber letztendlich werden die Leute froh sein, dass diese Brutstätten von Fanatikern und die Geldquellen dieser Fanatiker vernichtet wurden – und das auch noch ohne die lästige Strahlung nach der ersten Explosion.«

Renner sah aus, als wäre das für ihn wie Weihnachten und Ostern zugleich.

»Dann wird man uns endlich ernst nehmen«, meinte er.

Kieron wurde schlecht. Nach der ersten Erwähnung einer Neutronenbombe wusste er ja, dass er da auf etwas Großes gestoßen war, aber das? Millionen Menschen zu töten in dem fehlgeleiteten Versuch, die Welt für weiße Briten sicherer zu machen? Schließlich waren diese Menschen nicht alle Terroristen oder unterstützten den Terror.

»Gibt es sonst noch etwas?«, fragte die Frau.

Renner schüttelte den Kopf.

»Nun gut. Danke für die Information, dass Sie Ihren Gefangenen und seine Ausrüstung verloren haben. Sehen Sie zu, dass sie beides wiederbekommen, und entsorgen sie alles. Und Ihren Freund ebenfalls. Und Danke auch für die Information über die Operation in Indien. Ich werde mit Trethewey darüber reden. Und jetzt gehen Sie.«

Renner nickte, drehte sich um und ging. Im Vorbeigehen nahm er Crisp am Arm und zog ihn mit sich. Der sah aus, als wollte er widersprechen, doch Kieron konnte nicht verstehen, was er sagte. Der Mann tat ihm leid. Er würde die Nacht wohl nicht überleben, wenn er die Andeutungen des Gesprächs eben richtig verstanden hatte.

»He«, hörte er plötzlich jemanden neben sich sagen. »Bist du nicht ein bisschen jung für die Oberstufe?«

Er drehte sich um und sah, wie ihn einer der Jugendlichen herausfordernd anstarrte.

Kieron grinste und behauptete: »Sondergenehmigung. Ein paar aus unserer Schule durften hierher mitkommen.«

Der Junge lächelte spöttisch und sah dann auf Kierons New-Rock-Stiefel. »Schicke Schuhe«, bemerkte er.

»Betrachte sie einfach als Kunstwerk.« Kieron wandte sich ab und suchte nach der Frau. Doch die hatte sich noch gar nicht von der Stelle gerührt. Sie hatte eine Brille aus der Tasche genommen und setzte sie gerade auf. Dann tippte sie auf die rechte Seite der Brille und sah sich um. Sie runzelte die Stirn und begann mit einer Hand zu gestikulieren. Für alle anderen musste es aussehen, als zeichne sie die Form der Skulptur neben ihr in der Luft nach, weil sie sie bewunderte, doch Kieron wusste, was sie wirklich tat.

Sie bediente eine AR-Brille.

Dann begann sie zu sprechen. Einen Augenblick lang glaubte Kieron, sie spräche mit ihrem eigenen Partneragenten irgendwo – einem weiteren abtrünnigen MI6-Agenten, der sich Blut und Boden angeschlossen hatte, doch dann rauschte es plötzlich in seinem Headset.

»Ich weiß nicht, wie es dir geht, aber ich finde, die Bügel dieser Dinger drücken einem mit der Zeit ganz schön aufs Ohr. Und zusammen mit dem Headset sind sie geradezu unangenehm. Da geben sie Millionen von Pfund für die Entwicklung aus und kriegen es nicht mal hin, dass sie vernünftig sitzen. Das ist ein Skandal.«

Er hatte das Gefühl, sein Herz setzte einen Schlag aus. Sprach sie etwa mit ihm?

»Ich weiß, dass du da bist«, fuhr sie fort. »Aus Sicherheitsgründen gibt ein AR-Set nicht die Position eines anderen bekannt – das könnte ein Feind zu leicht ausnutzen – aber ich weiß, dass jemand die gleiche Sendefrequenz benutzt wie ich. Und das muss derjenige sein, der die AR-Ausrüstung von Bradley Marshall benutzt. Stimmt's oder habe ich recht?«

Sie sprach in sehr sachlichem, ruhigem Ton, doch Kieron hatte gerade gehört, wie sie das Todesurteil über ihn, Sam, Bradley und den Blut-und-Boden-Schergen Crisp verhängt hatte – und zwar in genau demselben Tonfall.

Sie sah sich unter den Menschen im Saal um. Kieron stellte sich hinter einen der Schüler und hoffte, dass die Klasse noch nicht so schnell weiterging.

»Ich nehme an, dass du nur ein gewöhnlicher Bürger bist, der die Geräte mitgenommen hat und keine Ahnung hat, worauf er sich eingelassen hat«, fuhr sie fort. »Mein Rat wäre, dass du sie in den nächsten Mülleimer wirfst und weggehst. Das hier ist viel zu riskant für dich.«

Wieder machte sie eine Pause, doch er sagte nichts. Sie wollte, dass er antwortete, damit sie mehr über ihn herausfinden konnte, doch in diese Falle würde er nicht tappen.

»Wenn nicht, dann verspreche ich dir, dass ich alle dem MI6 zur Verfügung stehenden Mittel einsetze, um herauszufinden, wer du bist, wo du wohnst, wie viel Familie du hast und welche Haustiere. Und dann werde ich dich, deine Familie und deine Haustiere umbringen. Hast du mich verstanden?«

Kieron spürte, wie er innerlich kochte. Hauptsächlich war er wütend, weil sie so einfach seine Familie bedrohte, doch darunter verspürte er auch einen Anflug von Angst. Doch es war wohl eher die Wut, die ihn sagen ließ: »Sie können gar nicht alle Mittel des MI6 einsetzen. Sie sind eine Verräterin, die für Neonazis arbeitet, und sie planen einen Massenmord. Irgendjemand muss Sie aufhalten.«

»Und das wirst du sein?« Sie klang belustigt. »Kleiner Mann, die Welt der internationalen Politik ist sehr undurchsichtig. Vielleicht operiere ich außerhalb meines eigentlichen Aufgabenbereichs, aber ich versuche, die

Welt für Leute wie dich sicherer zu machen – für dich und deine Familie und sogar für deine Haustiere. Und du willst sie alle in Gefahr bringen?«

»Wir wissen, wer Sie sind«, bluffte Kieron. »Wir können Sie verraten. Und wenn Sie meine Familie bedrohen, *werden* wir Sie auch verraten.«

»Ich glaube kaum, dass du weißt, wer ich bin. Ich bin in keiner Datenbank aufgeführt, auf die du Zugriff hast. Aber …«, sie hielt inne und hob wieder die Hand, um die Luft zu streicheln, »nur für den Fall, dass du tatsächlich hier bist und mein Foto hast, lass mich dir zeigen, was ich mit Administratorrechten mit AR-Ausrüstung tun kann.«

Plötzlich sah Kieron nur noch ein statisches Flimmern vor den Augen und zerrte die Brille von der Nase, weil er das Gefühl hatte, in einer winzigen Box gefangen zu sein. Als er die Brille in seiner Hand betrachtete, konnte er eine winzige rote Textzeile lesen: »Unerwarteter Reset. Alle aufgezeichneten Daten werden gelöscht. System wird neu hochgefahren.«

In seinem Headset erklang die Stimme der Frau: »Denk an deine Familie, kleiner Mann. Denn wenn du so weitermachst, wird dir nur noch die Erinnerung an sie bleiben.«

Bis Kieron es wagte, hinter der Schülergruppe, die ihm als Sichtschutz diente, hervorzusehen, war sie weg.

Er hatte das Gefühl, sich gleich übergeben zu müssen. Jetzt war es mehr als nur ein lustiges Spiel. Jetzt war die Sache *real*.

Kapitel 12

Bex hatte das Gefühl, eine eisige Hand griff nach ihrem Herzen. »Was soll das heißen, es gibt noch vier weitere Neutronenbomben?«

Sie hörte die Anspannung in Kierons Stimme selbst über das AR-Headset und die paar tausend Meilen Entfernung.

»Hier ist eine Menge passiert, was Sie wissen müssen«, erzählte er. »Aber das Wichtigste ist, dass Sam und ich ein Gespräch zwischen dem Verräter beim MI6 und den Blut-und-Boden-Kerlen belauscht haben. Es gab ein Treffen, von dem wir erfahren haben, als wir Bradley befreit haben.«

Agni Patel sah sie stirnrunzelnd an. Offensichtlich beunruhigte ihn die unerwartete Tatsache, dass sie gerade vier weitere Bomben und nicht nur eine erwähnt hatte. Doch sie hob die Hand, damit er mit seinen Fragen wartete, bis sich der Tornado an Informationen, die gerade auf sie einstürmten, ein wenig gelegt hatte und sie ihm sagen konnte, was wirklich vor sich ging. Sie griff ein Detail der vielen neuen Fakten auf, das zwar nicht direkt mit den Neutronenbomben zu tun hatte, für sie aber dennoch wichtig war: »Ihr habt Bradley? Geht es ihm gut?«

»Er hat eine Gehirnerschütterung, aber Sams Schwester kümmert sich um ihn.«

»Sams Schwester?« Nein, das war irrelevant. »Okay, noch mal von vorne. Ihr habt von einem Treffen zwischen dem MI6-Verräter und Blut und Boden erfahren? Wo war denn das?«

»Erst am Bahnhof von Newcastle und dann im Baltic Centre. Das ist so eine Art Kunstgalerie.«

»Okay. Und ihr habt den Verräter gesehen? Hast du Fotos?«

Bex wurde fast euphorisch. Vielleicht war dieser Albtraum bald vorüber!

»Ja und nein. Ja, wir haben den Verräter gesehen, und nein, wir haben keine Fotos. Sie hat einen Reset an unserem Gerät gemacht und den Speicher gelöscht. Und bis es wieder hochgefahren ist, war sie weg.«

»Sie?« Eine Frau. Wie viele Frauen kannte Bex im SISTERR-Team, für das sie arbeitete? Sechs? Acht, wenn man das Verwaltungspersonal mitrechnete. »Wie hat sie ausgesehen?«

»Alt. Blond. Gut gekleidet, wie eine Schulinspektorin.«

»*Wie* alt?« Bex hörte, wie wütend und frustriert sie klang und hasste sich dafür.

»Ich habe keine Ahnung!«, erklärte Kieron gereizt. Er spürte den Druck offenbar auch. »Älter als Sam und ich. Vielleicht jünger als meine Mum. He, wir sind Teenager! Jeder über zwanzig ist für uns alt.«

»Spielt keine Rolle«, erklärte Bex und winkte abwehrend mit der Hand, auch wenn Kieron das nicht sehen konnte. »Wahrscheinlich hat sie sowieso eine Perücke getragen und sich älter gemacht, als sie tatsächlich ist. Niemand beim MI6 geht ohne irgendeine Art von Verkleidung auf die Straße.«

»Weiß ich«, behauptete Kieron. »Da gibt es so ein Video auf YouTube – ein Interview, das einer eurer Leute bei der BBC gegeben hat. Er hat sich einen falschen Schnurrbart als Verkleidung angelegt, aber in der Hitze der Studioscheinwerfer hat sich der Kleber gelöst und der Schnurrbart ist ihm von der Oberlippe gerutscht. Das war super!«

»Ja, super – machen wir weiter. Zumindest haben wir das Feld ein bisschen eingegrenzt.« Sie holte tief Luft, um sich zu beruhigen. »Also, ihr habt gehört, dass sie über mehrere Bomben gesprochen haben? Erzähl mir alles, was du darüber weißt!«

»Genau. Es gibt insgesamt fünf Bomben. Die in Pakistan ist die letzte. Die anderen sind alle schon vor Ort.«

Die Welle der Euphorie, die sie verspürt hatte, als sie glaubte, dass die Identität der Verräterin aufgedeckt war, hatte sich mittlerweile gelegt und hinterließ ein Gefühl von Übelkeit. »Kieron, das ist sehr wichtig: Wo sind diese Bomben jetzt?«

»Sie sind in …« Er zögerte einen Moment und zählte dann auf: »… Teheran, Bagdad, Riad und Islamabad. Die fünfte, die, die sie in Pakistan stehlen wollen, soll nach Tel Aviv geflogen werden. Bex, sobald diese Bomben alle an Ort und Stelle sind, sollen sie in die Luft gehen! Millionen von Menschen werden sterben!«

»Ja, das ist mir klar«, erwiderte Bex grimmig. Das kam ihr alles so unwirklich vor. »Wo genau in den Städten befinden sich die Bomben?«

»Das hat sie nicht gesagt.«

»Warte mal einen Moment.« Sie wandte sich an Agni Patel, der sie besorgt ansah. »Es gibt insgesamt fünf Bomben, einschließlich derer, die Sie versucht haben zu kaufen«, erklärte sie schnell. »Alle sind in der Hand einer Faschistengruppe, die damit eine Vielzahl von Menschenleben auslöschen will. Vier sind bereits in Saudi-Arabien, Pakistan, im Irak und im Iran installiert. Wir müssen etwas unternehmen!«

»Mit wem reden Sie?«, wunderte sich Kieron.

»Mit einem Freund. Glaube ich zumindest.«

Agnis Gesichtsausdruck schwankte zwischen Besorgnis und Nachdenklichkeit. »Um ihre ganze Zerstörungskraft zu entfalten, müssen die Bomben in der Luft über den Städten gezündet werden. Lassen Sie uns davon ausgehen, dass diese Faschistenorganisation die Bomben alle gleichzeitig zünden will, um das größtmögliche Maß an Schrecken zu erzielen. An ihrer Stelle würde ich große ferngesteuerte Drohnen einsetzen, die die Bomben so hoch wie möglich bringen, und sie dann alle gleichzeitig mit einem Signal zünden. Das würde eine Art globaler Satellitenverbindung voraussetzen.« Er sah Bex' erschrockenen Gesichtsausdruck und zuckte mit den Achseln. »Wenn ich an ihrer Stelle *wäre*, was nicht der Fall ist. Ich spreche hier rein hypothetisch, aber wenn wir verhindern, dass sie an die letzte Bombe kommen, können wir vielleicht auch verhindern, dass sie alle zünden.« Die Finger seiner rechten Hand verkrampften sich, als wolle er sich mit der Faust aufs Bein schlagen, habe aber nicht die Kraft dafür. »Ach, nein! Wenn sie wissen, dass wir die fünfte Bombe haben, zünden sie die anderen vielleicht trotzdem!«

»Wir sollten jemanden informieren«, begann Bex, doch Agni unterbrach sie.

»Wen denn? Die Geheimdienste von vier verschiedenen, miteinander verfeindeten Staaten, die nicht einmal über die erforderlichen Kommunikationskanäle verfügen? Das ist eine unmögliche Aufgabe. Und wenn sie den MI6 in Großbritannien informieren? Von dort soll doch vermutlich das Signal gesendet werden, oder?«

»Ja, aber von wo in Großbritannien?« Bex ballte wütend die Fäuste. »Und die Verräterin beim MI6 wird nur Verwirrung stiften und alles verzögern. Wir müssen die Sache selbst in die Hand nehmen!«

Bex hörte über ihre AR-Verbindung ein leises Räuspern.

»Also«, begann Kieron fast entschuldigend, »ich glaube, ich habe da eine Idee.«

Agni war auf die andere Seite des Raums gegangen, hatte auf das Gerät an seinem Hals gedrückt und gab seinem Personal Anweisungen.

»Schieß los«, befahl Bex Kieron. »Im Moment gehen uns hier die Ideen aus.«

»Aus dem Gespräch, das wir belauscht haben, wissen wir, dass der Chef von Blut und Boden ein Mann namens Darius …«

»Darius Trethewey. Ja, ich weiß«, erklärte Bex ungeduldig. Das hatte ihr Emma Sprue bereits erzählt. »Aber das hilft uns nicht weiter.«

»Vielleicht doch. Er wird in Pakistan sein, wenn die fünfte Neutronenbombe gestohlen werden soll. Er will sichergehen, dass alles nach Plan verläuft. Offenbar hat er immer seine Hände im Spiel – er vertraut seinen eigenen Leuten nicht.«

Wieder überlief Bex eine Welle der Euphorie und ließ sie schaudern. Diese emotionale Berg- und Talfahrt war irgendwie anstrengend. »Wenn wir also Trethewey kriegen …«

»Dann können wir ihn daran hindern, die Zündung der Bomben zu befehlen.«

»Und hoffen, dass er für so einen Fall keine Anweisungen hinterlassen hat, die Bomben trotzdem zu zünden.« Sie überlegte einen Moment. »Wir können ihm immer noch drohen. Wir können sagen, wir bringen ihn um, wenn er versucht, die Bomben zu zünden. Wir könnten ihn auch in eine der angepeilten Städte bringen und dort gefangen halten. Er würde die Zündung nicht befehlen, wenn er dabei selbst umkommen würde. Diese Leute sind feige bis ins Mark.«

Leise fragte Kieron: »Würden wir das tun? Ich meine, würden Sie das tun?«

»Weiß ich nicht«, gab Bex zu und dachte daran, wie es ihr widerstrebt hatte, Emma Sprue Schmerzen zuzufügen. »Hoffen wir, dass er mitspielt und wir das nie herausfinden müssen.«

Die Tür ging auf und der Sikh mit dem Turban, den sie schon zuvor gesehen hatte, trat ein. Er ging zu Agni, beugte sich über ihn und flüsterte ihm etwas ins Ohr.

»Warte mal kurz«, sagte Bex zu Kieron.

Agni nickte und wandte sich dann an Bex. »Ich habe eine Taskforce für Sie bereitstellen lassen«, informierte er sie. »Draußen wartet ein Hubschrauber. Bis zur Grenze nach Pakistan sind es vierhundert Meilen, Sie sollten also in zwei Stunden dort sein. Sie haben das Kommando. Wenn es Sprachprobleme gibt, wird Anoup Ihre Befehle übersetzen. Er wird sie außerdem mit seinem Leben verteidigen.«

Der Sikh verbeugte sich. Als er sich aufrichtete, lächelte

er und zeigte strahlend weiße Zähne. »Meine Verantwortung, meine Pflicht und mein Vergnügen«, erklärte er.

»Nun«, erwiderte Bex ein wenig erschrocken, »wollen wir hoffen, dass es nicht so weit kommt.«

»Unser vordringlichstes Ziel ist es, die Neutronenbombe zu sichern«, fügte Agni hinzu, »aber Ihrem Gespräch habe ich entnommen, dass es eine weitere Aufgabe gibt, nämlich diesen Darius Trethewey gefangen zu nehmen. Ist das richtig?«

Sie starrte den erschreckend dünnen Inder an und versuchte, aus ihm schlau zu werden. Sie kannte ihn erst seit ungefähr einer Stunde, dennoch vertraute sie ihm ihr Leben und möglicherweise das Leben von Millionen anderen Menschen an. Das war bestimmt total verrückt, aber was blieb ihr anderes übrig? Die Umstände hatten sie zu dieser Zeit hier in diesen Raum geführt. Vielleicht sollte es einfach so sein.

Er lächelte sanft. »Manchmal«, sagte er, als könne er ihre Gedanken lesen, »müssen wir uns einfach von allem lösen und uns den Strömungen des Lebens überlassen, die uns an Land spülen, wo sie wollen.«

»Danke«, erwiderte sie. »An welchem Ufer wir auch landen werden, ich danke Ihnen für Ihr Vertrauen und für Ihre Hilfe.«

»Ich wünschte, ich könnte mitkommen«, meinte er mit leichtem, ungelenkem Achselzucken. »Aber ich würde Sie nur behindern.«

Sie nickte und wandte sich zur Tür. Anoup stand direkt neben ihr.

»Kieron, wir gehen auf eine Mission um – na gut, nicht die ganze Welt, aber immerhin einen erheblichen Teil davon zu retten. Bist du dabei?«

»Haben wir je über ein Gehalt gesprochen?«, fragte Kieron. Er klang ängstlich. Dazu hatte er auch allen Grund, dachte Bex. »Oder zumindest eine Pauschale. So viel, dass Sam und ich nächste Woche zu diesem Konzert gehen können – mehr wollen wir gar nicht.«

»Wenn das alles gut geht, verspreche ich Euch Plätze in der ersten Reihe«, versicherte ihm Bex.

»Dann bin ich dabei.«

»Das war alles, was ich wissen wollte. Wir sprechen uns später wieder.« Sie ging mit Anoup hinaus.

»Hier entlang«, sagte er und deutete nach rechts, den Gang entlang und eine Treppe hinunter. Danach durchquerten sie eine große, geflieste Halle bis zu einer großen Tür. Von draußen konnte Bex das regelmäßige Wummern der Rotorblätter eines Helikopters hören. Als sie aus dem Gebäude kam, sah sie eine Rasenfläche vor sich. Das Haus hinter ihr war ein aus weißem Stein errichteter Palast, und vor ihr schwebte ein Hubschrauber, dessen Kufen nur so eben den Boden berührten. Die wirbelnden Rotorblätter verschwammen vor dem blauen Himmel. Ein paar Sekunden lang war sie wie erstarrt in Anbetracht der Ereignisse, die sich in den letzten Stunden überschlagen hatten, doch dann holte sie tief Luft und überließ sich der Strömung, die sie dorthin bringen würde, wo sie sein musste.

»Russischer Hubschrauber!«, informierte sie Anoup, der gegen den Lärm anschreien musste. »Mi-24, NATO-Codename HIND, für ›Hirschkuh‹. Die Technik stammt aus den 70ern, ist aber noch komplett funktionstüchtig. Wir haben eine ganze Menge davon gekauft, nachdem die Russen Afghanistan verlassen hatten.«

Bex starrte den Helikopter an. Es sah aus, als hätte jemand versucht, ihn als Insekt zu tarnen, möglicherweise als Moskito. Die Farbe war neutrales Sandbeige, und vorne, wo der Pilot saß, befanden sich Blasen aus Panzerglas, die dicht über dem Boden lagen. Daraus standen zwei Metallrohre hervor, die Antennen, Maschinengewehrläufe, Sensoren oder Geschwindigkeitsmesser sein konnten. Sie sahen jedenfalls aus wie Fühler. Der Frachtraum und die höher angebrachten Motoren hinter dem abgerundeten »Kopf« sahen aus wie ein Buckel. Außerdem hatte das Ding Flügel, kurze, stumpfe Flügel, unter denen Geschosse hingen.

Anoup führte sie zum Hubschrauber. Sie mussten sich tief ducken, nicht weil sie sonst von den Rotorblättern geköpft worden wären, dazu waren diese zu hoch, sondern weil sie ihnen einen tornadoartigen Wind entgegenbliesen, sodass sie die Augen zukneifen und geduckt dagegen ankämpfen mussten.

Im Inneren warteten sieben Inder, die an den Sitzen angeschnallt waren. Sie trugen einfache graue Overalls und hielten eine der stumpfen schwarzen Waffen, die sie im Hotel gesehen hatte – und mit der man auf sie geschossen hatte. Vortex-Pistolen hatte Agni sie genannt, nichttödliche Waffen, die mithilfe von durch Explosionen gebildete ringartige Luftdruckwellen Menschen umstoßen oder bewusstlos machen konnten. Bevor Anoup die gepanzerte Tür ganz hinter sich zuzog, erhaschte sie einen Blick auf die Stummelflügel. Sie schienen sich unter dem Gewicht der Geschosse fast zu biegen. Sie fragte sich, ob das auch nichttödliche Waffen waren. Wahrscheinlich eher nicht.

Der Hubschrauber stieg in die Luft und sie schnallte sich schnell in einem freien Sitz an. Der Rest des Teams sah sie erwartungsvoll an. Sie ließ ihren Blick von ihnen zu Anoup und wieder zurück wandern.

»Vielen Dank, dass Sie alle hier sind«, begann sie unsicher, wurde dann jedoch immer selbstbewusster. Sie musste die Stimme heben, um sich über den Lärm der Rotorblätter verständlich zu machen. »Wir wissen zwar, wo wir hinwollen, aber nicht genau, was wir dort vorfinden werden, wenn wir ankommen. Eine gefährliche Waffe wird entweder transportiert oder entführt. Unsere Aufgabe ist es, sie zu übernehmen und hierher zurückzubringen, um die Welt sicherer zu machen. Wahrscheinlich ist auch ein Mann dort, der die Waffe stehlen will. Den will ich ebenfalls mit hierher zurückbringen.«

Sie zögerte, weil sie gerade merkte, dass sie nicht wusste, wie Darius Trethewey aussah, und sich fragte, wie sie ihn beschreiben sollte. Doch bevor ihr Schweigen peinlich wurde, nahm Anoup einen Stapel Tabletcomputer unter einem Sitz hervor und verteilte sie. Sie steckten in robusten Schutzhüllen, um Beschädigungen vorzubeugen.

»Hier finden Sie Satellitenaufnahmen des Einsatzortes. Er liegt in Pakistan, etwa fünfzig Meilen jenseits der Grenze«, erklärte er mit seiner tiefen, so vertrauenerweckenden Stimme. »Machen Sie sich mit den geografischen Gegebenheiten vertraut. Außerdem finden Sie hier Fotos von Trethewey. Prägen Sie sich das Gesicht ein.«

Während die Männer sich mit den Tablets beschäftigten, reichte Anoup Bex auch einen und sagte leiser: »Hier ist ein Update, das vor ein paar Minuten aus der Kommandozentrale von Mr Patel kam. Sie sollten es sich ansehen.«

Lächelnd nahm Bex das Tablet und tippte sich an die AR-Brille auf ihrer Nase. »Ich habe meine eigene Informationsquelle«, sagte sie. »Aber trotzdem vielen Dank.«

Durch das gepanzerte Fenster in der Mitte der Tür sah sie das indische Hinterland unter sich dahinziehen: ein Flickenteppich aus Grün und Braun mit gelegentlichen

Flecken aus blaugrünem Wasser. Ein stetiges Vibrieren rüttelte alles im Sitzbereich durch. Sie spürte es in den Knochen, in den Zähnen und in der Magengrube. Ab und zu schwankte der Hubschrauber, sank oder stieg ein Stück, und sie merkte auch, wenn sie nach rechts oder links schwenkten, wie in der Kabine eines Riesenrads auf dem Jahrmarkt. Sie hoffte nur verzweifelt, dass ihr nicht schlecht wurde. Das würde bei dem Team, das sie leiten sollte, keinen guten Eindruck machen.

»Mir wird schon schlecht, wenn ich nur die Bilder sehe«, erklang Kierons Stimme in ihrem Ohr. »Ich will mir gar nicht erst vorstellen, wie es für Sie ist.«

»Nicht schlimmer, als bei Gewitter in Hongkong zu landen«, meinte sie. »Hast du das über das Briefing zur Mission auf den Tablets gehört?«

»Ja. Und Ihr Freund Agni Patel hat es mir auch über das AR-Gerät geschickt. Ich weiß nicht, wie er mich gefunden hat, aber ich sehe es mir gerade an und vergleiche es mit dem, was ich herausgefunden habe. Wir können es durchgehen, wenn Sie wollen.«

Während der Helikopter weiter durch die Luft schaukelte und die ständigen Vibrationen ihr langsam Rückenschmerzen verursachten, sprachen Bex und Kieron die nächsten zwanzig Minuten über die Informationen, die sie vorliegen hatten.

Der Ort in Pakistan, an dem die Neutronenbombe gelagert war, bestand aus einer Reihe von Betonbunkern in staubigen braunen Hügeln, wo nur gelegentlich magere Büsche oder Bäume wuchsen. Die einzige Zufahrt bestand aus einer geraden, unbefestigten Straße, die erst sechzig Meilen weiter auf eine der Autobahnen durch Pakistan traf. Drei voneinander getrennte elektrische Zäune umgaben die Anlage. Sie wurden von einem Regiment der pakistanischen Armee bewacht. Die Luftabwehrraketen auf dem Gelände sollten das Lager gegen Angriffe aus der Luft verteidigen, aber das funktionierte nur so lange, wie sich die Neutronenbombe innerhalb des abgezäunten Gebiets befand. Sobald sie nach draußen gebracht wurde, war sie angreifbar und wurde nur durch die Soldaten geschützt, die den Transport begleiteten, und dadurch, dass vermeintlich niemand wusste, was da transportiert wurde.

Und genau da wollten Blut und Boden sie in ihre Gewalt bringen – nicht im Lager, sondern unterwegs.

»In den Dokumenten, die die Blut-und-Boden-Leute in Mumbai gestohlen haben, steht, dass die Neutronenbombe heute verlegt werden soll«, stellte Kieron fest. »Im Augenblick wird sie auf einen Lastwagen verladen, der zu einem Konvoi gehört. In einer Stunde werden sie das Lager verlassen und auf der Straße zur Autobahn fahren. Dort wird sie zum Armeehauptquartier bei Peschawar gebracht, wo sie sicherer gelagert werden kann.« Nach einer kurzen Pause fuhr er fort: »Ich muss schon sagen, die pakistanische Regierung geht recht sorglos mit ihren Waffen um. In Großbritannien oder den USA wären die Sicherheitsvorkehrungen viel strenger.«

»Als ich noch in der Army war, bevor Bradley mich überredet hat, dort aufzuhören und freiberuflich mit ihm zusammen für den MI6 und SIS-TERR zu arbeiten«, erzählte Bex, »hatte ich einen Freund, der einen Monat bei der pakistanischen Armee die Truppen im Entschärfen von Bomben trainiert hat. Damals hatten sie eine Menge Probleme mit Terroristen. Er sagte mir, dass ihm der Colonel, als er ankam, zeigte, wo sie die ganzen Sprengsätze aufbewahrten, die sie bei Razzien in Verstecken der Terroristen gefunden hatten. Sie lagen einfach so am Straßenrand, und die Soldaten, die sie bewachten, rauchten. Sie rauchten! Neben Kisten voller Sprengstoff. Und um die Sache noch schlimmer zu machen, befand sich auf der anderen Straßenseite die Schule für die Kinder der Offiziere. Er sagte, er hätte schnell gelernt, dass die Pakistani ein völlig anderes Verhältnis zu Gefahren haben als wir. Für sie liegt offenbar alles in Allahs Hand, und wenn etwas schiefgehen soll, dann geht es eben schief.«

Während des restlichen Fluges gingen sie mithilfe der Tablets, die Anoup verteilt hatte, mögliche Angriffsstrategien durch. Die Satellitenaufnahmen des verbunkerten Sondermunitionslagers dienten als Hintergrund, auf den er mit einem besonderen Stift zeichnete, was gleichzeitig auf allen anderen Geräten zu sehen war.

Er zeigte eine Reihe von Szenarien auf. Es konnte sein, dass der Konvoi mit der Bombe gerade den Bunker verließ, wenn sie eintrafen, oder dass er bereits auf dem Weg zur Autobahn war; oder der Konvoi mit der Bombe war seinem Zeitplan voraus und befand sich bereits auf der Autobahn nach Islamabad; oder es gab drei verschiedene Konvois, von denen zwei reine Ablenkung waren und nur der dritte die Bombe transportierte, und alle fuhren in unterschiedlicher Geschwindigkeit in unterschiedliche Richtungen. Oder das Blut-und-Boden-Team war noch gar nicht vor Ort. Mit einem X markierte er dann die Stelle, an der der Hubschrauber im jeweiligen Fall landen würde, und zeichnete Pfeile ein, die markierten, in welche Richtung jeder Einzelne von ihnen gehen sollte. Die möglichen Positionen der Leute von Blut und Boden zeichnete er mit einer anderen Farbe ein, und er sorgte dafür, dass einige seiner Leute sich um sie kümmern würden, während die anderen die Neutronenbombe holten. Kurz und knapp ging er alle möglichen Optionen durch, die auf Gujarati-Zahlen basierende Codenamen erhielten. Die einzige Option, die er Bex' Meinung nach nicht berücksichtigt hatte, war die, bei der die Leute von Blut und Boden schon früher gekommen waren und die Bombe bereits in ihre Gewalt gebracht hatten. Das würde eine ganz andere Art von taktischen Maßnahmen erfordern.

Was Bex am meisten beeindruckte, war, dass Anoup die ganze Zeit mit ihr Rücksprache hielt, um zu sehen, ob sie mit seinen Anweisungen einverstanden war. Er sah zu ihr, nahm Augenkontakt mit ihr auf und wartete darauf, dass sie nickte. Sie war sich ziemlich sicher, dass er die ganze Operation auch problemlos selbst hätte leiten können, doch er hielt sich an Agnis Befehl, dass sie das Kommando hatte, und wollte, dass das auch sein Team wusste.

Bex hatte allerdings nicht das Gefühl, dass sie das Kommando hatte. Vom Schaukeln des Hubschraubers wurde ihr schlecht und die drückende, stickige Hitze machte die Sache nicht besser. Dazu kam natürlich die Aufregung, zu wissen, dass sie sich auf einen Kampf vorbereitete, bei dem sie möglicherweise den Tod mehrerer Menschen zu verantworten hatte.

Anoup drückte seinen Kopfhörer enger an den Kopf, um den Lärm des Motors und der Rotorblätter zu dämpfen. Er sah Bex an und nickte mit dem Kopf zum Fenster.

»Wir sind gerade in den pakistanischen Luftraum eingedrungen«, informierte er sie.

Bex sah durch das Fenster in der Tür. Der Boden unter ihr schien sich nicht verändert zu haben: Er war immer noch staubig braun mit ein paar vereinzelten Büschen und Bäumen, die dort unten um ihr Überleben kämpften.

»Wir fliegen sehr tief, damit wir unter dem Radar der pakistanischen Luftstreitkräfte bleiben«, erklärte er. »Aber damit brechen wir die internationalen Verträge. Streng genommen sind wir gerade in ein anderes Land eingefallen.« Er lächelte und zeigte seine strahlend weißen perfekten Zähne. »Aber zumindest geschieht das für einen guten Zweck, nicht wahr?«

Bex nickte. Vor Aufregung flatterte ihr der Magen.

»Eine Atombombe weniger auf der Welt bedeutet eine sicherere Welt«, erwiderte sie.

»Deshalb tut Mr Patel das alles. Er macht die Welt sicherer, Bombe für Bombe.«

Der Hubschrauber schwenkte nach links und Bex musste sich an einem Stahlrohr über ihrem Kopf festhalten, um nicht von ihrem Sitz zu rutschen.

Sie holte die AR-Brille aus der Tasche, in die sie sie gesteckt hatte, setzte sie auf und drückte auf den versteckten Knopf, der Kieron in Newcastle die Nachricht übermittelte, dass sie wieder online war. Gleich darauf hörte sie ihn sagen: »Bei Ihnen ist es immer noch schrecklich laut.«

»Kein Wunder, ich sitze immer noch in einem Hubschrauber nach Pakistan.«

»Ihr Aufsatz ›Mein schönstes Ferienerlebnis‹ wird bestimmt super.«

Sie musste lachen. »Das ist wie in einem britischen Überlandbus, nur dass es hier hinten keine Toilette gibt.«

»Also, ich sehe mir hier gerade die Spezifikationen dieses Hubschraubers an. Der Brille zufolge kann man einen von den Sitzen hochklappen und da ist dann eine Toilette.«

»Oh«, machte sie und versuchte, sich vorzustellen, wie es wohl wäre, die zu benutzen. »Na toll.«

»Brauchen Sie etwas?«

»Nein«, antwortete sie und schluckte. Plötzlich wurde ihr der Mund trocken. »Ich wollte nur sagen … nun, es könnte hier gefährlich werden. Ich wollte mich bedanken. Und falls du nichts mehr von mir hörst, dann vernichte die AR-Geräte und … und … und vergiss das alles.«

»Ich werde sie vernichten«, versprach Kieron ernsthaft, »aber vergessen werde ich das nie.«

»Ich muss jetzt Schluss machen. Wenn alles gut geht, sprechen wir uns später wieder.«

»Ja«, wiederholte er, »wir sprechen uns später.«

Sie fühlte sich wie ein Teenager, der bei einem Telefongespräch nicht der Erste sein will, der auflegt. Schließlich nahm sie die Brille ab und schaltete sie aus.

Auf Anoups Tabletcomputer blitzte etwas auf.

»Wir nähern uns dem Zielgebiet«, verkündete er. »Den letzten Satelliteninformationen zufolge gibt es nur einen Konvoi und der ist auf halbem Weg zur Autobahn. Von Blut und Boden bislang keine Spur. Angriffsmuster *cha*!«

Der Hubschrauber schwenkte nach rechts und die Geräusche von Motor und Rotorblättern veränderten sich leicht. Da ihr Magen sich hob, ging Bex davon aus, dass sie im Sinkflug waren.

Agnis Männer überprüften mit grimmigem Gesicht ihre Vortex-Pistolen.

Durch das Fenster sah sie den Boden schnell näher kommen.

Anoup bewegte warnend die Hand und hielt sich den gepolsterten Kopfhörer mit der anderen fester ans Ohr.

»Update vom Piloten!«, rief er. »Die direkte Sicht auf den Landeplatz zeigt, dass dort gekämpft wird. Wir wechseln zu Angriffsmuster *pāñca*!«

Der Hubschrauber erzitterte plötzlich und schwenkte scharf nach links. Alle Hände griffen nach Halt.

Mehrere Schläge erschütterten den Hubschrauber.

»Wir werden beschossen!«, rief Anoup Bex zu »Ich denke, hier sind wir wohl richtig!«

»Wer feuert denn auf uns?«, schrie sie zurück. »Die pakistanischen Soldaten oder Blut und Boden?«

»Offenbar beide«, erklärte er.

Der Helikopter landete unsanft. Die Tür glitt auf, und sofort kletterten die Männer, die sie eigentlich befehligen sollte, mit den Waffen im Anschlag heraus.

»Die kennen sich aus«, meinte Anoup, ergriff sie am Arm und zog sie zur Tür. »Kommen Sie! Wir müssen diesen Darius Trethewey finden!«

Gemeinsam sprangen Bex und Anoup aus dem Helikopter. Der Wind von den noch wirbelnden Rotorblättern fegte Bex die Haare in die Augen und sie wischte sie beiseite. Die Luft roch nach trockener Hitze und der Hubschrauber fegte Staubwolken von ihnen fort, die ihnen zwar etwas Deckung gaben, es aber auch schwer machten, etwas zu sehen. Schnell sah sie sich nach rechts und links um und versuchte, das herrschende Chaos mit dem, was sie auf Anoups präzisen Diagrammen gesehen hatte, in Übereinstimmung zu bringen.

Sie waren auf einem niedrigen Hügel gelandet, einem von mehreren, die wie Blasen aus der Erde ragten. Die Hänge waren mit Felsbrocken von Tennisball- bis hin zu Autogröße übersät, als hätte eine riesige Hand sie dort achtlos verstreut. In einer Senke weiter unten konnte sie die geschwungene Straße sehen, die sich wie ein Fluss immer am tiefsten Punkt des Geländes entlangzuschlängeln schien. Dort hatte ein großer, in Tarnfarbengrün gestrichener Laster angehalten. Zwei Landrover standen davor, zwei weitere dahinter. Pakistanische Truppen in grünen Uniformen und Mützen waren hinter den Fahrzeugen in Deckung gegangen und feuerten von dort aus auf Männer in schwarzer Kleidung, die über den Hügel und um den Hügel herum kamen, der von Bex aus gesehen hinter den Fahrzeugen lag. Sie nutzten die Felsbrocken als Deckung.

Die Männer in Schwarz feuerten auf die pakistanischen Soldaten hinab, die ihrerseits nach oben feuerten. Das Auftauchen von Agnis Hubschrauber und seinen Kämpfern hatte offensichtlich alle verwirrt. Die Männer in Schwarz hielten zögernd inne, weil sie nicht wussten, welche Seite die Neuankömmlinge unterstützen würden, während einige der pakistanischen Soldaten unter ihren Fahrzeugen in Deckung gingen, weil sie annahmen, dass sie jetzt von beiden Seiten angegriffen wurden.

Zwischen den Felsen erklangen Schüsse, deren Knallen einem Feuerwerk täuschend ähnlich war. Gelegentlich hörte Bex ein metallisches Klingen, wenn eine der Kugeln ein Fahrzeug traf.

Plötzlich surrte etwas an ihrem Ohr vorbei. Reflexartig zuckte sie zusammen und erkannte erst danach, dass es eine Kugel gewesen war und kein Insekt. Die Männer in Schwarz feuerten auf sie.

Agnis Männer liefen den Hügel hinunter und nutzten dabei ebenso wie die Männer in Schwarz die Felsbrocken als Deckung. Sie begannen, ihre Vortex-Pistolen auf die Männer von Blut und Boden abzufeuern und schickten kleine Druckwellen zum anderen Hügel hinüber. Die Schüsse klangen fast wie ein unterdrücktes Husten. Da Bex bereits einmal vor dem falschen Ende dieser Waffen gestanden hatte, wusste sie, wie sich diejenigen der Schwarzgekleideten fühlten, die bewusstlos zu Boden fielen.

Die anderen intensivierten daraufhin ihr Feuer auf die Truppe, die mit Bex mitgekommen war. Einer von ihnen wurde in die Brust getroffen, doch seine kugelsichere Weste absorbierte den Treffer. Er taumelte, lief dann aber weiter. Ein anderer hatte nicht so viel Glück, denn ihn traf eine Kugel in eine ungepanzerte Stelle an der Hüfte. Schreiend fiel er zu Boden und ein anderer aus der Truppe lief zu ihm, um ihm zu helfen.

Bex sah zum Hubschrauber zurück. Genauer gesagt sah sie wehmütig zu den beiden Maschinengewehren, die wie Zangenkiefer vorne aus dem gewölbten Teil der Maschine ragten. Sie hätten mit den Männern von Blut und Boden kurzen Prozess gemacht, aber Agni wollte den Verlust an Menschenleben so gering wie möglich halten.

Sie sah zu dem Hügel hinauf, von dem die Männer von Blut und Boden kamen. Ihr eigenes Transportmittel – entweder ein Hubschrauber oder ein Bodentransporter – befand sich mit Sicherheit auf der anderen Seite. Und Darius Trethewey bestimmt auch, vermutete sie.

Über ihr am Himmel bewegte sich etwas und erregte ihre Aufmerksamkeit. Als sie nach oben sah, erwartete sie, einen Falken zu sehen, der auf der Suche nach Futter über sie hinwegglitt, doch stattdessen sah sie eine ferngesteuerte Drohne mit fünf Rotoren und einer professionell wirkenden Videokamera, die auf den Kampf ausgerichtet war. So behielt Trethewey wahrscheinlich das Geschehen im Auge.

Sie stupste Anoup an der Schulter und richtete seine Aufmerksamkeit auf die Drohne. Er nickte.

»Andere Seite des Hügels!«, teilte sie ihm über den Gefechtslärm hinweg mit. »Wir gehen außenrum!«

Bex führte Anoup nicht zu den Fahrzeugen, sondern seitlich den Hügel hinunter. Am niedrigsten Punkt angelangt, sah sie auf der anderen Straßenseite ein Tal hinter dem Hügel, von dem das Blut-und-Boden-Team kam. Schnell lief sie mit ihm über die Straße und sah nach rechts, wo die Fahrzeuge und Soldaten unter Beschuss lagen. Die Soldaten schienen akzeptiert zu haben, dass Agnis Männer auf ihrer Seite kämpften. Manche standen dicht nebeneinander. Doch während die einen tödliche Kugeln abfeuerten, schossen die anderen mit betäubenden Luftdruckwolken.

Fünf pakistanische Soldaten lagen im Staub und die Blutflecken wirkten auf dem grünen Stoff fast schwarz. Zwei von Agnis Männern lagen daneben wie Kameraden, verwundet – oder tot.

Bex sah wieder nach vorne, als gerade ein schwarz gekleideter blonder Kämpfer um den Hügel herumkam. Er war mit Sicherheit als Wache abgestellt worden und offenbar wütend, dass er nicht am Kampf teilnehmen durfte. Er sah Bex im gleichen Moment wie sie ihn und hob sofort die Waffe. Er würde bestimmt keine Fragen stellen, sondern gleich schießen.

Bex und Anoup rissen gleichzeitig die Waffen hoch und schossen. Bex fühlte einen starken Rückstoß und die Waffe schlug ihr gegen die Schulter, was ziemlich schmerzhaft war. Die Luft zwischen ihnen und der Wache bebte wie eine Bettdecke, die aufgeschlagen wird, und der Mann flog zurück. Zuerst war er nur überrascht, dann erschrocken, als er gegen einen Felsen prallte, und schließlich glitt er bewusstlos zu Boden.

»Die Dinger gefallen mir«, verkündete Bex und wog die Waffe in der Hand.

»Das ist wie mit Dampfzigaretten«, grinste Anoup, »die gleiche Wirkung, aber nicht so gefährlich.«

Sie rannten los und brachten den Hügel zwischen sich und den Kampf bei den Fahrzeugen. Sie konnten aber immer noch den Lärm der Schüsse aus den Gewehren und Vortex-Pistolen hören.

Gleich darauf erblickten sie zwei weitere Fahrzeuge: merkwürdige Gebilde, die aussahen wie eine Mischung aus Strandbuggy und Panzerwagen. Jedes von ihnen hatte sechs Räder, in deren Profile man gut einen Fußball hätte stecken können. Offenbar waren Darius Tretheweys Männer auf dem Landweg gekommen, um den Konvoi abzufangen. Aller Wahrscheinlichkeit nach waren sie aus einem Land gekommen, in dem Blut und Boden eine verbündete rechtsgerichtete Organisation hatte. Sie vermutete, dass sie über Afghanistan aus der Türkei gekommen waren.

Um die zwei Wagen herum standen fünf schwarz gekleidete Männer. Einer davon war mit Sicherheit Darius Trethewey. Zum einen war er nicht blond, sondern schwarzhaarig, und er hatte einen Bart. Außerdem trug er einen Nadelstreifenanzug mit Weste, der sich an diesem Ort ziemlich seltsam ausnahm. Andererseits bewirkte sein natürliches Charisma, dass in seiner Nähe alle anderen fehl am Platze wirkten. Überdies hatte er einen Tabletcomputer in der Hand, mit dessen Hilfe er wohl die Beobachtungsdrohne steuerte und Informationen abrief.

Und Bex erkannte ihn. Sie brauchte einen Augenblick, doch sie wusste, dass sie ihn schon einmal gesehen hatte. Er war am Gateway of India gewesen, vor dem Taj-Mahal-Palace-Hotel, als die Brieftasche mit der Position und der Transportroute für die pakistanische Neutronenbombe gestohlen worden war. Sie hatte ihn für einen Touristen oder

Geschäftsmann gehalten, aber er musste dort gewesen sein, weil er den Diebstahl beobachten und sichergehen wollte, dass seine Leute die Sache nicht vermasselten. Offensichtlich war er jemand, der seinen Untergebenen nicht traute.

Und er hatte sie angesehen. Daran erinnerte sie sich: seine schwarzen Augen und seine starke Persönlichkeit.

Trethewey war ganz in die Informationen seiner Drohne vertieft, doch seine Bodyguards sahen Bex und Anoup sofort, hoben die Waffen und eröffneten das Feuer. Drei von ihnen hatten automatische Handfeuerwaffen, die anderen beiden halbautomatische Kalaschnikows. Kugeln flogen auf Bex und Anoup zu. Sie sprangen zur Seite, Bex nach links und Anoup nach rechts, und suchten hinter einem großen Felsen Deckung. Doch Bex war nicht schnell genug und eine Kugel traf sie an der Brust. Der Schmerz war höllisch und sie bekam keine Luft mehr. Einen Augenblick lang glaubte sie, sie wäre tot, doch dann erinnerte sie sich an die Keramikplatten. Die Panzerung hatte sie geschützt, trotzdem war die Wucht des Aufpralls noch so groß, dass sie eine Weile außer Gefecht war.

Aus der Nähe der beiden Fahrzeuge hörte sie jemanden rufen: »Lauft ihnen nicht nach, ihr Idioten! Dafür gibt es Granaten!«

Trethewey!

»Und was von ihnen übrigbleibt, durchsucht ihr nach Hinweisen auf ihre Identität«, fügte er laut hinzu. »Ich weiß nicht, wer diese Idioten sind, die uns hier dazwischenfunken, aber ich würde es gerne erfahren.«

Bex sah zu den Kerlen von Blut und Boden hinüber. Was sollten sie jetzt tun?

Anoup grinste und nahm etwas vom Gürtel: Es war so groß wie eine Getränkedose, aber schwarz und mit gummiartiger Oberfläche. Er holte aus wie ein Kricketspieler vor dem Wurf und schleuderte das Objekt über den Felsen zu Trethewey und seinen Bodyguards. Sobald er es abgeworfen hatte, steckte er sich die Finger in die Ohren und gab Bex einen Wink, seinem Beispiel zu folgen. Das tat sie, und als er die Augen zusammenkniff, schloss sie sie ebenfalls.

Von der Stelle, an der die Wagen von Blut und Boden standen, ertönte ein so heftiger Knall, dass der Boden unter ihren Füßen zu beben schien, begleitet von einem hellen Blitz, den sie sogar durch die geschlossenen Augen wahrnahm. Sie sah eine gewaltige, schwebende Form aus Grün und Rot, die immer noch da war, als sie die Augen wieder aufmachte.

Nichttödliche Granaten, entwickelt, um den Gegner durch temporäre Blindheit und Taubheit außer Gefecht zu setzen. Was für eine großartige Idee.

Sie sah zu Anoup hinüber, der sie erwartungsvoll ansah und auf ihr Signal wartete.

»Los!«, rief sie und deutete auf die Fahrzeuge.

Zusammen liefen sie los, die Waffen im Anschlag, falls es Widerstand gab, doch es blieb still. Die sechs Männer lagen am Boden. Manche hielten sich die Hände auf die Ohren oder über die Augen, aber alle waren zusammengekrümmt, als hätten sie große Schmerzen.

Anoup feuerte seine Vortex-Pistole auf die fünf Bodyguards ab, woraufhin sie das Bewusstsein verloren. Dann deutete er auf Trethewey.

»Soll ich ihn zum Hubschrauber bringen?«

»Bitte.«

Bex drehte sich um und lauschte auf das Geräusch des Gewehrfeuers, doch die Schlacht auf der anderen Seite des Hügels schien beendet.

»Haben wir gewonnen?«, erkundigte sie sich.

Anoup stieß einen Pfiff in einer komplizierten Tonfolge aus. Gleich darauf erklang von der anderen Seite des Hügels aus ein ähnlicher Pfiff.

»Wir haben gewonnen«, bestätigte er.

»Gute Arbeit. Ich werde die hier fesseln. Im Wagen gibt es bestimmt irgendwelche Seile.«

Während Anoup sich Trethewey über die Schulter warf wie einen Sack Kartoffeln, fesselte Bex die bewusstlosen Bodyguards von Blut und Boden. Als sie wieder um den Hügel herum zu der Stelle kam, wo zuvor das Gefecht getobt hatte, sah sie ihre Leute und die Soldaten der pakistanischen Armee heiter plaudernd und scherzend zusammenstehen und Wasser aus ihren Flaschen trinken. Die Kämpfer von Blut und Boden waren alle bewusstlos.

Einer der pakistanischen Soldaten – seinen Schulterstücken nach zu urteilen offenbar der befehlshabende Offizier – kam auf Bex zu.

»Vielen Dank für Ihre Hilfe«, salutierte er. »Wir hatten nicht damit gerechnet, angegriffen zu werden, nicht in unserem eigenen Land, und waren daher völlig unvorbereitet. Wären Sie nicht gewesen, wäre die Sache wahrscheinlich ganz anders ausgegangen. Doch ich muss Sie fragen, wer Sie sind und was Sie hier in Pakistan machen?«

»Das ist eine sehr gute Frage«, bestätigte sie.

Sie sah an ihm vorbei zu Anoup, der auf ihr Signal wartete. Sie nickte und er drehte sich um und gab seinen Leuten ein Pfeifsignal.

Immer noch lachend und scherzend hoben sie ihre Vortex-Pistolen und feuerten sie auf die pakistanischen Soldaten ab. Bewusstlos fiel die Truppe zu Boden.

»Ich fürchte, die Welt ist sicherer, wenn sich diese

Nuklearwaffe in unserer Hand befindet«, erklärte Bex dem Offizier, der sich bei dem Geräusch erschrocken zu seinen Soldaten umgedreht hatte. Er hob seine eigene Pistole und drehte sich wieder zu Bex. Da schoss sie mit ihrer Vortex-Waffe auf ihn und er brach zusammen.

»Wir sichern die Bombe«, rief ihr Anoup zu. »Bei allem Respekt, ich würde vorschlagen, dass Sie Mr Patel anrufen und ihm sagen, dass wir Erfolg hatten.«

»Das werde ich tun«, versprach sie. »Wo haben Sie Trethewey hingebracht?«

»Da drüben«, erwiderte Anoup und zeigte …

… auf einen leeren Platz im Schatten eines großen Felsens.

Anoup knurrte wie ein wütender Tiger. »Er ist entkommen! Ich war sicher, dass er bewusstlos ist!«

Bex fuhr herum und suchte den Hügel nach dem Anführer von Blut und Boden ab, sah jedoch nichts.

»Der Hubschrauber?«, rief sie.

Anoup schüttelte den Kopf. »Pilot und Navigator bewachen ihn. Er ist wahrscheinlich zu den Fahrzeugen zurück. Er wird versuchen, über die Grenze zu entkommen.«

Bex rannte um den Hügel herum, während Anoup den direkten Weg über den Hügel nahm. Auf der anderen Seite sah sie Trethewey im Fahrerhaus eines der Fahrzeuge. Er hielt etwas Schwarzes in der Hand, wahrscheinlich ein Funkgerät, in das er Befehle brüllte.

Anoup kam in einem Sprint den Hügel herunter, der eher einem kontrollierten Sturz ähnelte. Im Nu hatte er den Wagen erreicht, stürzte sich ins Fahrerhaus und zerrte Trethewey heraus, sodass dieser über ihn hinwegflog und Bex direkt vor die Füße krachte.

»Er trägt Ohrstöpsel!«, knurrte Anoup. »Wahrscheinlich

wollte er vom Gewehrfeuer nicht belästigt werden. Aber deshalb hat ihn die Blendgranate nicht so sehr außer Gefecht gesetzt wie seine Anhänger.«

Trethewey starrte Bex bösartig an.

»Ihr kommt zu spät!«, schrie er. »Ich habe bereits den Befehl gegeben!«

»Was für einen Befehl?« Bex sah Anoup fragend an. »Haben Sie gehört, was er gesagt hat? Hat er Verstärkung angefordert?«

Anoup schüttelte den Kopf. »Schlimmer.« Er trat Trethewey in den Bauch, sodass der bärtige Mann vor Schmerz keuchte, und schrie ihn an: »Sagen Sie es ihr! Sagen Sie ihr, was Sie getan haben!«

»Ich weiß, was Sie wollen!« Trethewey spuckte ihr die Worte förmlich entgegen. »Ihr Boss hat mir gesagt, ich solle mich vor Ihnen in Acht nehmen. Er sagte, dass Sie versuchen werden, mich daran zu hindern, die Bomben zu platzieren. Glauben Sie ja nicht, dass wir die anderen nicht einsetzen werden, nur weil wir diese letzte hier nicht erwischt haben. Da haben Sie sich geirrt! Ich habe gerade den Befehl gegeben. In drei Stunden werden die anderen vier Neutronenbomben explodieren und Sie können sich von der Bevölkerung von Riad, Islamabad, Teheran und Bagdad verabschieden.«

»Sie wollen das tatsächlich durchziehen?«, schrie Bex entsetzt. »Dabei werden Millionen Menschen sterben! Und wofür?«

»Um ein Statement zu setzen!«, erklärte Trethewey lachend.

Kapitel 13

»Wo bist du?«, erklang Bex' Stimme unvermittelt in Kierons Headset.

Sofort drehte er die Lautstärke des Fernsehers von Sams Schwester herunter, auf dem er den BBC-Nachrichtenkanal verfolgt hatte. Falls irgendwo etwas geschah, würde er es dort wahrscheinlich als Erstes erfahren.

Bex klang, als hätte sie viel Stress. Im Grunde genommen klang sie wie eine dieser Fernsehreporterinnen in einem der aufwändigen Endzeitfilme, die der ängstlich wartenden Welt verkünden musste, dass ein Asteroid auf Kansas stürzen, oder dass das rücksichtslose Fracking die Welt auseinanderreißen und alles und jeden darauf vernichten würde.

Im Hintergrund hörte er Stimmen, die in verschiedenen Sprachen durcheinanderzurufen schienen. Vielleicht Gujarati? Das hatte er schon öfter in der Schule und in den kleinen Läden in der Nachbarschaft gehört.

Am liebsten hätte Kieron ihr gar nicht geantwortet. Schon nach diesen drei Worten hätte er am liebsten das AR-Gerät ausgeschaltet, sich unter der Bettdecke verkrochen und einfach nur geschlafen, bis das alles vorbei war.

Doch er meldete sich trotzdem.

»Hier bin ich. Bei Sams Schwester.«

»Gut«, sagte Bex und fuhr nach einer kleinen Pause fort: »Also, hier lief es eine Weile ziemlich gut und dann ging auf einmal alles sehr, sehr schief.«

Kieron sah zu Sam hinüber, der Bradley half, eine Tasse Tee zu trinken. Bradleys Hände zitterten. Kieron machte Sam ein Zeichen, den Tee wegzustellen und zu ihm herzukommen.

»Augenblick mal«, sagte er zu Bex und zog Sams Kopf neben seinen, sodass ihre Ohren einander fast berührten. Dann nahm er das Headset halb heraus, sodass Sam mithören konnte. »Okay, jetzt!«

»Wir haben die fünfte Neutronenbombe und wir haben Darius Trethewey, aber er hat es geschafft, ein Funkgerät zu klauen, und hat seinen Leuten eine Nachricht gesandt.« Sie zögerte und Kieron stellte sich vor, wie sie schluckte. »Er hat ihnen befohlen, die Drohnen aufsteigen zu lassen, um die vier anderen Bomben zu zünden. Es tut mir leid, aber es sieht so aus, als hätten wir es nicht geschafft.«

Kieron fühlte sich, als würde ihm der Boden unter den Füßen weggezogen, und sein Magen verkrampfte sich, als hätte er etwas Verdorbenes gegessen.

»In den Nachrichten ist noch nichts gewesen«, berichtete er. »Wenn gleichzeitig vier Neutronenbomben in vier Hauptstädten in der Welt explodiert wären, hätten wir bestimmt schon davon gehört.«

»Auf Facebook ist auch noch nichts und genauso wenig auf irgendwelchen anderen Kanälen.« Kieron spürte, wie Sam die Achseln zuckte. »Und solche Katastrophen gehen normalerweise immer sofort tierisch ab in den Social Media.«

»Trethewey sagte, es würde drei Stunden dauern«, erklärte Bex.

Sam schüttelte den Kopf, wobei er gegen Kierons Ohr stieß.

»Das ist aber komisch. Wenn er den Befehl gegeben hat, dann müssten seine Leute das Signal doch sofort geben können, für den Fall, dass unsere Leute sie zuerst erwischen.« Auf einmal erstarrte er. »Es sei denn …«, sagte er plötzlich ganz aufgeregt, »… es sei denn, sie können es nicht. Wenn sie das Signal gleichzeitig an alle vier Bomben senden wollen, dann verwenden sie bestimmt einen Satelliten, und diesen Satelliten wollen sie kontrollieren, damit niemand das Signal stoppen kann. Vielleicht müssen sie warten, bis dieser Satellit auf seiner Umlaufbahn über dem Nahen Osten ist.«

»So was hat Mr Patel auch gesagt«, bestätigte Bex.

»Wer?«

»Der Mann, bei dem ich vorhin war.«

Kieron seufzte.

»Blut und Boden hat aber doch bestimmt keinen Zugriff auf einen eigenen Kommunikationssatelliten«, stellte er fest. »Die sind nur ein Haufen faschistischer Schläger und keine …«

»Keine Firma für Satellitenkommunikation?«, unterbrach ihn Sam. »Aber sie haben ihren eigenen Fernsehsender, weißt du noch? Als Bradley und ich ihre Gefangenen waren, haben wir mitbekommen, wie sie das Programm gesehen haben. Die benutzen garantiert den Satelliten dafür, um das Signal zu übertragen!«

Plötzlich schien alles stillzustehen, als sei die Zeit

irgendwie angehalten worden. Kieron wusste, was er sagen musste, aber er wollte es nicht.

»Blut und Boden sind in England stationiert«, sagte er schließlich und gestikulierte, um mit der AR-Brille Bildschirme und Datenbanken aufzurufen. »Ja, sie haben einen eigenen Satelliten. Es ist ein billiges Modell, das Anfang des Jahres huckepack mit einer russischen Satellitenmission an den Start gegangen ist. Ihr Fernsehstudio ist in Manchester, aber das Kontrollzentrum für den Satelliten befindet sich im Pennine-Gebirge, in der Nähe von Skirwith. Da ist der Himmel klarer.« Er hielt inne und holte tief Luft. »Das ist nur so achtzig Meilen von hier. Wenn wir den Lieferwagen nehmen, sind wir ungefähr in eineinhalb Stunden da.«

»Wenn die Straßen frei sind, schaffen wir es auch in weniger als einer Stunde«, ergänzte Sam.

»Nein!«, rief Bex sofort. »Ich verbiete es euch. Ich …«

»Sie wissen, dass das die einzige Möglichkeit ist, oder?«, erwiderte Kieron. »Bis Sie irgendjemanden erreichen und von Ihrer Geschichte überzeugen können, ist es längst zu spät – vorausgesetzt, dass man Ihnen überhaupt glaubt. Wir sind Ihre letzte Hoffnung.«

»Ihr seid meine einzige Hoffnung«, erklärte sie leise. »Ich kann euch nicht befehlen, hinzufahren, aber fahrt hin, und zwar schnell. Und seid vorsichtig!« Sie zögerte. »Ich werde diese Atombombe und Darius Trethewey zu Agni Patels Insel bringen. Ehrlich gesagt weiß ich nicht, wer von beiden gefährlicher ist.«

Kieron und Sam machten es Bradley bequem und rannten dann zum Lieferwagen. Sam hatte irgendwo einen Bettbezug hergeholt und trug ihn zusammengerollt unter dem Arm.

»Was soll das denn?«, keuchte Kieron im Laufen.

»Etwas, was uns vielleicht nützlich sein könnte«, erklärte Sam. »Erkläre ich dir später.«

»Meinst du, dass du die ganze Strecke allein fahren kannst?«, erkundigte sich Kieron besorgt.

»Ich glaube kaum, dass wir eine andere Wahl haben«, rief Sam zurück. »Wir müssen es einfach tun. Ob wir wollen oder nicht, spielt dabei keine Rolle. Und ob wir es können, auch nicht.«

»Woher kennst du Skirwith?«

»Schulausflug. Wandern in den Bergen.«

Der Lieferwagen befand sich glücklicherweise noch dort, wo sie ihn hatten stehen lassen. Es wäre auch geradezu zynisch gewesen, wenn ein paar Millionen Menschen wegen eines Autodiebstahls hätten sterben müssen. Der Wagen hatte sogar noch genug Benzin für die Fahrt. Und er sprang beim ersten Versuch an. Sam warf den Bettbezug in den Laderaum und sie fuhren los.

Die erste halbe Stunde lang hielten sie sich an die A69. Die Sonne neigte sich bereits dem Horizont zu. Dunkel ragten zu ihrer Linken die Pennines empor. In der kleinen Stadt Hayden Bridge bogen sie auf die kleinere, gewundene A686 ab, die quer durch die Pennines verlief. Die Straße führte kaum mal durch ebenes Gelände, entweder ging es mit knirschendem Motor bergauf oder steil bergab. Hügel lagen nun zu beiden Seiten der Straße, graue Felsmauern führten durch weite Waldgebiete.

Es war jetzt fast vollständig dunkel. Der Himmel, der als Streifen zwischen den dunklen Hügeln zu sehen war, war von einem tiefen Violett. Am Himmel war nur ein einziger Stern zu sehen. Es war die Venus, erinnerte sich Kieron, der Morgen- oder Abendstern, der erste, der abends zum

Vorschein kam, und der letzte, den man am Morgen noch sah. Doch er stellte sich vor, es wäre der Satellit von Blut und Boden, der unaufhaltsam seine Umlaufbahn entlangzog, um Unheil über den Nahen Osten zu bringen.

In seinem Kopf drehte sich unaufhörlich ein und derselbe Gedanke, wie ein Textband unter den Nachrichtenbildern. *Was machen wir da nur? Was machen wir da nur? Was machen wir da nur?*

Das Ganze war Wahnsinn. Ein Seitenblick auf Sam verriet ihm, dass ihm dieselben Gedanken durch den Kopf gingen.

Sie waren doch nur Teenager, um Himmels willen! Sie waren Emo-Teenager!

Es konnte doch nicht sein, dass das Schicksal der Welt davon abhing, was sie beide in den nächsten beiden Stunden taten?

Doch genau so war es. Das war ja das Problem. So war es wirklich.

Plötzlich lenkte Sam den Lieferwagen scharf nach rechts und wendete mit quietschenden Reifen fast um hundertachtzig Grad. Kieron schlug sich den Kopf am Fensterrahmen an und wollte schon lautstark protestieren, als er feststellte, dass sie sich auf einem anderen Straßenabschnitt befanden, der fast parallel verlief, nur ein Stück tiefer. Sie waren soeben um eine scharfe Haarnadelkurve gebogen.

»Gut gesehen«, lobte Kieron.

»Das ist nicht ganz einfach«, stieß Sam grimmig hervor. »Ich sollte nicht so schnell fahren.«

»Ja, ich weiß, aber …«

»Ja. Genau.«

Die Sonne war jetzt ganz verschwunden und der Himmel war tiefschwarz. Weitere Sterne waren aufgegangen.

Ein Meteor blitzte auf und zog eine Lichtspur über den Himmel, die fast genauso schnell verschwand, wie sie aufgetaucht war. Unter anderen Umständen hätte sich Kieron über die Sternschnuppe gefreut, aber jetzt nicht. Waren Meteoriten nicht Vorboten tragischer Ereignisse?

Vielleicht würde einer von ihnen die Nacht nicht überleben. Vielleicht sogar beide nicht.

Aber wenn sie bei ihrer Mission versagten, würden Millionen von Menschen die Nacht nicht überleben. Es waren zwar Menschen, die sie nicht kannten, doch das machte keinen Unterschied.

Nach einer weiteren scharfen Kurve fuhren sie über eine alte Steinbrücke, und der Lieferwagen verlor kurzzeitig die Bodenhaftung, als sie darüber hinwegschossen. Dann krachte er so heftig wieder auf den Asphalt, dass Kieron es im Rücken spürte.

Ein kleines Dorf huschte an ihnen vorüber. Es bestand nur aus einer Handvoll von Steinhäusern, die sich an die Straße drängten. Irgendwo rechts von ihnen waren die Bäume und Steinmauern einem Streifen tiefstem, dunkelstem Schwarz gewichen. Kieron nahm an, dass es ein Fluss war, doch ein paar Sekunden später entfernten sie sich wieder davon.

»Wissen diese Vollidioten von Blut und Boden überhaupt, wie man einen Satellitenfernsehsender betreibt?«, fragte Sam plötzlich über den Motorlärm hinweg.

»Die können ja nicht alle so dämlich sein«, erwiderte Kieron. »Es muss auch ein paar mit Uniabschluss geben, oder Ingenieure, die an diese kranken Ideologien glauben.«

Sie erreichten jetzt das Gebiet, in dem sie die befestigten Straßen verließen und einen schmalen Weg entlangfuhren, der sie zum Standort der Satellitenkontrollstation von Blut und Boden führte. Er rief die Kartenfunktion des AR-Geräts auf. Zum Glück bekam er noch ein GPS-Signal, das einen gelben Pfeil auf der Straße anzeigte, der geradeaus wies.

Ein Stück weiter schwenkte der Pfeil plötzlich scharf nach rechts.

»Langsam«, befahl Kieron. »Entweder macht die Straße hier eine scharfe Kurve oder wir müssen eine Nebenstraße nehmen.«

Gehorsam verringerte Sam die Geschwindigkeit. Trotzdem hätten sie die Abzweigung beinahe verpasst. Es war ein unbefestigter Weg, der nur dadurch erkenntlich war, dass die niedrige Steinmauer, an der sie vorbeigefahren waren, auf etwa drei Metern unterbrochen war.

Sam bremste ab, blieb fast stehen und bog langsam ab. Fast sofort stieg der Boden an, zuerst sanft, doch dann immer steiler und steiler.

»Wie weit müssen wir denn noch?«, erkundigte sich Sam, doch plötzlich begannen die Reifen auf dem nassen Boden zu rutschen und der Lieferwagen glitt den Hügel wieder hinunter.

Sam schaltete den Allradantrieb ein. Die Reifen bekamen wieder festen Halt und sie fuhren weiter, doch es war immer noch mühsam. Der Motor heulte wie ein angeketteter Hund.

»Halt an«, befahl Kieron. »Wir können den Rest laufen. Ich will nicht, dass jemand den Motorlärm hört.«

»Laufen?«

»Na, dann eben klettern.«

Es hatte zu regnen begonnen und den Hügel herab blies ihnen ein kalter Wind entgegen. Sie stellten den Lieferwagen ab, schalteten die Lichter aus und gingen den steilen

Weg hinauf. Sam hatte immer noch den Bettbezug bei sich, den er aus der Wohnung seiner Schwester mitgenommen hatte. In Sekundenschnelle waren ihre Gesichter nass vom kalten Regen und dem warmen Schweiß von dem anstrengenden Aufstieg.

»Wie sieht noch mal unser Plan aus?«, fragte Sam, während sie sich ihrem Ziel näherten.

»Hingehen, einbrechen, anzünden«, rekapitulierte Kieron atemlos. »Oder: Hingehen, einbrechen, den Hauptsicherungsschalter finden und alle Sicherungen ausschalten.«

Vor ihnen hob sich eine Reihe gleichförmiger, rechteckiger Objekte schwarz vom wolkenverhangenen Himmel ab. Gebäude, Fertigmodule möglicherweise. Als sie weitergingen, bemerkte Kieron ein langsam blitzendes rotes Licht am Himmel über ihnen. Einen Augenblick lang glaubte er, sie wären von einer Drohne oder einem leise fliegenden Hubschrauber entdeckt worden, doch dann stellte er fest, dass es ein hoher Mast mit einem Warnlicht war, damit kein Flugzeug dagegenprallte.

Sam nahm ihn an der Schulter und deutete nach vorn. Ein Stück rechts vor ihnen entdeckten sie hinter den dunklen Blöcken einen riesigen schwarzen Kreis.

»Eine Satellitenschüssel!«, flüsterte Sam. »Hier sind wir richtig!«

Die unbefestigte Straße schwenkte nach links, doch vor ihnen tauchte auf der anderen Straßenseite ein hoher Drahtzaun mit einem Tor darin auf, das ihnen den Weg versperrte. Zwischen den Bäumen und Büschen und dem Zaun befand sich ein Streifen offenes Gelände, sodass jeder, der auf das Tor zuging, ungeschützt war. Hinter dem Tor standen mehrere Landrover.

Sam wollte schon über den offenen Platz gehen, doch

Kieron hielt ihn zurück und versteckte sich mit ihm hinter einem großen, stachligen Busch.

»Was ist das Problem?«, zischte Sam.

Kieron deutete auf ein paar Pfähle, die hinter dem Zaun in den Boden geschlagen worden waren. Auf jedem dieser Pfähle saß eine weiße Kugel. Sie sahen aus wie ganz normale Straßenlaternen, doch sie verbreiteten kein Licht.

»Ich glaube, die Dinger da sind Bewegungsmelder. Es sind offensichtlich keine Kameras, weil sie trübe sind, aber vielleicht sind es Infrarotsensoren. Die orten dich sofort anhand deiner Körperwärme.«

»Und wie sollen wir da reinkommen?«

Plötzlich ging eine Tür auf und ein Wasserfall von Licht ergoss sich ins Freie.

»Hast du das auch gehört?«, fragte eine Stimme.

»Wahrscheinlich ein Fuchs. Oder ein Marder. Elende Plage, diese Marder.«

Vorsichtig sah Kieron hinter dem Busch hervor. Vor der Tür zu einem der Gebäude standen zwei Männer. Gegen das Licht von drinnen erkannte man nur ihre Silhouette, aber sie trugen unförmige Kleidung und hatten Gegenstände in der Hand, die mit Sicherheit Gewehre waren. Halbautomatische Gewehre. Sie klangen ziemlich jung. Hinter ihnen erscholl rhythmisches Hämmern aus dem Wachraum. Kieron nahm an, dass es sich um Musik handelte, allerdings keine, die er freiwillig hören würde.

»Wir drehen wohl besser noch eine Runde um den Zaun«, meinte der erste.

»Müssen wir?«

»Du weißt doch, was los ist. Aus irgendeinem Grund haben sie den Zeitplan geändert. Es passiert heute Nacht. In einer Stunde geht das Signal raus und die Welt wird sich verändern. Wir müssen aufpassen, ob jemand versucht, hier einzubrechen.«

»Und wenn ja?«, fragte der zweite Wachmann.

Der erste hob seine Waffe.

»Schießen und vergessen, wie man so schön sagt.«

Sie gingen in unterschiedliche Richtungen davon und schritten den Drahtzaun ab. Kieron fiel auf, dass sie immer genau unter den Pfählen mit den weißen Kugeln blieben. Er hatte also recht gehabt: Es waren Bewegungsmelder.

»Irgendeine Idee, wie wir durch den Zaun kommen?«, fragte er und sah auf seine Uhr. Von jetzt an blieb ihnen noch eine Stunde.

»Ach, das kriege ich hin«, behauptete Sam zuversichtlich. »Ich muss nur erst an den Zaun kommen.«

»Aha«, machte Kieron überrascht. »Bitte – nach dir.«

Sam wickelte den Bettbezug, den er immer noch bei sich trug, ein Stück auf und zog etwas heraus.

»Was ist das denn?«

Zögernd zeigte Sam es ihm. Es sah aus wie eine Gartenschere mit einem Knick etwa in der Mitte, doch sie wirkte irgendwie klinischer und brutaler.

»Knochenschere«, erklärte er. »Aus der kleinen Kollektion medizinischer Geräte und Instrumente meiner Schwester. Ich dachte, das könnten wir brauchen, um durch einen Zaun zu kommen, also habe ich sie mitgenommen und in einen der Bettbezüge gewickelt, damit sie niemand sieht. Wenn diese Dinger durch Knochen schneiden, dann schneiden sie auch Draht durch.« Er betrachtete den Zaun. »Wenn das Ding allerdings elektrisch geladen ist, haben wir ein Problem.«

»Ist er aber nicht. Weder oben noch unten irgendwelche Isolatoren.«

»Bestens. Und? Irgendeine Idee?«

»Warte.« Kieron sah den Bettbezug an und dann Sam. »Gib mir den Bettbezug, dann zeige ich es dir.«

Sam reichte ihn ihm zusammen mit der Knochenschere. Kieron verstaute die Schere im Gürtel, rollte den Bettbezug auseinander und legte ihn auf den Boden. Es regnete jetzt stärker, sodass der Stoff innerhalb einer Minute mit Wasser durchtränkt war. Kieron hob ihn auf und warf ihn sich wie einen Umhang über die Schultern und den Kopf.

»Jetzt hat das Ding die gleiche Temperatur wie der Regen«, erklärte er. Durch den Stoff erklang seine Stimme ein wenig gedämpft. Er zog die Finger ein, sodass sie von den Sensoren nicht bemerkt werden konnten. »Wenn ich schnell genug mache, kann meine Körperwärme nicht durchdringen oder das Wasser im Stoff erwärmen, bevor ich durch den Zaun bin.«

»Dann beeil dich mal lieber«, riet ihm Sam.

Kieron rannte über den freien Streifen zwischen dem Busch- und Baumbewuchs und dem Zaun, wobei er sich so tief wie möglich duckte. Nichts geschah, offenbar wurde kein Alarm ausgelöst.

Am Zaun begann er die Drähte durchzuschneiden. Sam hatte recht gehabt. Die Schere war so geformt, dass die Kraft, die man an den Griffen ausübte, um ein Vielfaches verstärkt auf die Klingen übertragen wurde. Mit diesem Ding könnte man glatt jemandem den Arm abschneiden, dachte er. Innerhalb weniger Augenblicke hatte er ein Loch geschnitten, das groß genug war, dass er durchkrabbeln konnte. Auf der anderen Seite rannte er zu einer Stelle außerhalb der Reichweite der Infrarotsensoren, knüllte den Bettbezug zusammen und warf ihn Sam zu. Kaum dreißig Sekunden später stand Sam neben ihm. Mit entschuldigendem Achselzucken nahm er Kieron die Schere wieder ab.

»Die muss ich meiner Schwester wiedergeben«, meinte er. »Die bringt mich sonst um.« Er hob die Schere. »Vermutlich damit.«

Leise schlichen sie zwischen den Gebäuden entlang. Bei einigen schien es sich um Schlafräume zu handeln, denn durch die Fenster konnten sie Stockbetten und schmutzige Wäsche erkennen, einige waren Lager und eines der größeren eine Küche mit Esszimmer. Ein weiteres, ebenso großes, diente als Aufenthaltsraum – man hörte die Geräusche eines Films, der gerade lief, und durch die Vorhänge drang flackerndes Licht. Im Mittelpunkt des Labyrinths aus Gebäuden stand eine große Satellitenschüssel auf einer Betonsäule.

Kieron sah auf die Uhr. Noch fünfundvierzig Minuten.

Das Satellitenkontrollzentrum lag auf der anderen Seite, vor dem dunklen Hang und dem in der Ferne fast unsichtbaren Zaun. Die Klimaanlage auf dem Dach verriet seinen Standort. Sie leitete die Wärme aus dem Rechenzentrum ab. Dampf stieg in die kalte Nachtluft. Fenster gab es keine. Kieron vermutete, dass keine notwendig waren.

Sie gingen um das Gebäude herum, bis sie den Haupteingang fanden. Er war mit einem elektronischen Sicherheitssystem gesichert, das eine Magnetstreifenkarte und einen Code forderte, bevor die Tür aufgeschlossen wurde.

»Und jetzt?«, erkundigte sich Sam.

Kieron sah sich um und hoffte auf irgendeine Inspiration. »Hast du ein Feuerzeug?«

»Nein.«

»Ich weiß, dass du rauchst. Du musst doch ein Feuerzeug haben.«

»Ich habe aufgehört«, meinte er, fügte dann aber hinzu: »Ich habe eine E-Zig. Hilft dir das?«

»Sei nicht albern.«

»Ehrlich gesagt brauchen wir gar kein Feuer zu legen. Wir müssen sie nur glauben lassen, dass es brennt.«

»Du meinst, wir müssen den Feueralarm auslösen?«

»Ja.«

»Gefällt mir.«

Kieron nickte entschlossen, obwohl er sich keineswegs so fühlte.

»Gut, du gehst und suchst einen Feuermelder in einem der anderen Gebäude, der nah genug an der Tür ist, dass du leicht drankommen und ihn auslösen kannst. Ich warte hier, bis alle raus sind, und dann gehe ich rein und mache alles kaputt, was ich sehe.«

»Womit denn?«

»Feueraxt? Knochenschere? Wenn nötig, schnappe ich mir einen Stuhl und zertrümmere die Server damit.«

Sam sah Kieron an, und der Ausdruck in seinen Augen ließ vermuten, dass er viele Dinge sagen wollte, wichtige Dinge, aber dass jetzt weder Zeit noch Ort dafür waren. Kieron ging es ganz genauso. Er wollte Sam gerne sagen, was für ein guter Freund er ihm gewesen war, nur für den Fall, dass sie einander nie mehr wiedersahen, aber er wusste, dass Sam das wusste, und Sam wusste, dass er es wusste. Genau das war es, was Freundschaft bedeutete.

Sam nickte, als hätten sie all das gerade laut ausgesprochen. Er boxte Kieron in den Arm – ganz sachte – und schlüpfte dann fort in die Dunkelheit.

Kieron zählte die Sekunden. Eins … zehn … hundert … Warum brauchte Sam so lange?

Plötzlich plärrte ein Alarm los: ein lautes elektronisches

uuiii-uuiii-uuuii! Kieron machte sich bereit, durch die Tür in den Kontrollraum zu rennen, sobald alle herausgelaufen waren. Schnell sah er noch einmal auf die Uhr. Noch fünfunddreißig Minuten!

Doch der Alarm hörte unvermittelt auf und eine Sekunde später erklang eine Stimme über das Lautsprechersystem: »Hier spricht die Security Control. Alarm ignorieren. Ich wiederhole: Alarm ignorieren. Es war falscher Alarm, ausgelöst durch einen Eindringling. Es gibt kein Feuer. Ich wiederhole: Es gibt kein Feuer. Bis auf Weiteres bleiben alle auf ihrer Position.« Nach einer kleinen Pause fuhr die Stimme fort: »Denkt daran, wir haben hier eine Aufgabe zu erledigen. Die Zukunft gehört uns, Leute! Nichts kann uns aufhalten!« Und nach einer weiteren Pause fügte er noch fast entschuldigend hinzu: »Control Ende.«

Kieron sank an der Wand des Gebäudes herunter und eine Welle der Verzweiflung brach über ihn herein. Sie mussten Sam gefangen genommen haben. Jetzt war er nicht nur auf sich gestellt und musste versuchen, die Mission allein durchzuführen, sondern er musste auch Sam retten. Er wusste, was passieren würde, wenn er es nicht tat. Die Leute von Blut und Boden waren brutal. Sie würden keine Sekunde zögern, ihm wehzutun, und zwar sehr weh, um herauszufinden, wer er war und was er hier tat.

Was konnte er also tun?

Der Regen lief ihm über das Gesicht und in den Kragen. Er stahl sich zwischen die geschlossenen Augenlider und tropfte ihm in die Ohren. Noch nie hatte er sich so hilflos gefühlt. Sams Leben war nur die Spitze der Pyramide. Da waren noch all diese Menschen in Teheran, Riad und den anderen Städten. Jetzt lag alles bei ihm. Alles lastete auf seinen Schultern wie eine umgekehrte Pyramide.

Er wünschte sich, er könnte einfach wieder in den Lieferwagen steigen und in die Dunkelheit fortfahren.

Der Lieferwagen.

Seine Gedanken blieben daran hängen, als hätten sie sich in seiner Verzweiflung an einem Erinnerungsfetzen verhakt. Etwas machte Klick in seinem Hirn. Der unbefestigte Weg, den sie entlanggefahren waren, hatte am Haupttor vorbeigeführt, weiter den Hügel hinauf. Dieser Hügel ragte hinter dem Kontrollraum auf. Wenn er den Lieferwagen diesen schmale, gewundenen, matschigen Weg hinauf und über den Kontrollraum fahren konnte, dann könnte er ihn vielleicht, ganz vielleicht, auch über die Böschung fahren und auf das Dach des Gebäudes stürzen lassen. Und mit etwas Glück würde er das flache Dach durchschlagen und in den Kontrollraum stürzen, die Computer zerschlagen und verhindern, dass das Signal gesendet wurde. Wenn er es überhaupt schaffte, den Wagen zu fahren. Wenn, wenn, wenn. Aber er konnte es zumindest versuchen.

Schnell sah er auf die Uhr. Ihm blieb noch eine halbe Stunde.

Schnell eilte er durch das Gewirr von Gebäuden zum Zaun zurück und schlüpfte durch das Loch, das sie hineingeschnitten hatten, nicht ohne sich den klatschnass geregneten Bettbezug übergeworfen zu haben, der dort noch auf dem Boden lag. Gleich darauf rannte und schlitterte er den Weg hinunter zu der Stelle, an der sie den Lieferwagen abgestellt hatten.

Erst als er in Sichtweite kam, ein Stück neben dem Weg, fiel ihm ein, dass Sam den Leuten, die ihn gefangen genommen hatten, möglicherweise schon verraten hatte, wo er war. Vielleicht waren sie schon dort.

Er trat aus dem Schutz der Büsche und fasste nach dem Türgriff. Nichts. Kein Geräusch, keine Bewegung.

Er zog die Tür auf und schwang sich auf den Fahrersitz. Es war anders, als auf dem Beifahrersitz zu sitzen. Zum einen gab es weniger Platz: Er stieß mit den Füßen gegen die Pedale und das Lenkrad versperrte ihm den Platz für Arme und Brust.

Er versuchte, sich daran zu erinnern, wie Sam den Wagen angelassen hatte. Zwei Drähte unter dem Armaturenbrett. Aber was musste er dann tun? Fuß auf die Bremse, während er auf Drive schaltete, und dann den Fuß wegnehmen, um loszufahren. Wenigstens war es ein Automatikwagen. Ein Auto mit Handschaltung wäre viel zu schwierig zu fahren gewesen.

Er ging das Problem wie eine Logikaufgabe an und ging dann alle Schritte so durch, wie er sie sich zurechtgelegt hatte. Mit dem Fuß auf der Bremse hielt er die beiden Drähte aneinander. Gott sei Dank sprang der Motor sofort an und ließ den ganzen Lieferwagen vibrieren. Dann tat er, was er Sam hatte tun sehen: Er zog den Hebel auf der linken Seite des Steuers aus der Parkposition. Plötzlich fiel ihm auf, dass er das Armaturenbrett gar nicht erkennen konnte, daher dreht er am Lichtschalter, bis die Scheinwerfer so grell aufleuchteten, dass es ihn fast blendete. Gleichzeitig schaltete sich auch die Beleuchtung des Armaturenbretts ein – gerade noch rechtzeitig. Er sah, dass er den Rückwärtsgang eingelegt hatte, und zog den Hebel schnell zwei Positionen weiter. Dann nahm er vorsichtig den Fuß von der Bremse.

Sanft rollte der Lieferwagen vorwärts. Kieron drehte das Lenkrad und versuchte, herauszufinden, wie weit er drehen musste, um den Wagen in seiner langsamen Fahrt zu steuern. Er gab ein wenig mehr Gas, doch sofort begannen die Räder auf dem nassen Gras durchzudrehen und er wurde wieder langsamer.

Der Digitaluhr des Lieferwagens nach blieben ihm noch zwanzig Minuten, um die Welt zu retten.

Er drehte am Lenkrad, bis der Lieferwagen auf den Feldweg kam, und lenkte ihn dann geradeaus.

Behutsam steuerte er den Wagen den Weg entlang zum Gelände des Satellitenkontrollzentrums von Blut und Boden. Hinter der letzten Kurve, kurz bevor er den Zaun erreichte, schaltete er die Scheinwerfer aus. Das Letzte, was er wollte, war, dass die Wachen seine Scheinwerfer bemerkten und nachsehen kamen.

Im Dunkeln war der Weg nur schwer zu finden. Vorsichtig lenkte er den Wagen am Haupttor vorbei und weiter den Feldweg hinauf, der im Wald verschwand und oberhalb des Blut-und-Boden-Geländes hinter den Gebäuden weiterverlief. Es ging langsam – qualvoll langsam –, während er sich vorstellte, was wohl gerade mit Sam passierte. Er versuchte, die grässlichen Bilder zu verdrängen. Er war jetzt hier, und das Einzige, was er tun konnte, um ihm zu helfen, war weiterzumachen.

Sein Blick fiel auf die Uhr. Noch zehn Minuten. Zehn kurze Minuten. Er war sich nicht sicher, ob er es rechtzeitig schaffen würde.

Er musste es schaffen.

Plötzlich erblickte er rechts die Lichter der Gebäude. Er war jetzt über ihnen, ungefähr auf Höhe der Flachdächer. Anhand der Position der Satellitenschüssel konnte er feststellen, wo er sich befand. Wäre er auf einer Uhr bei sechs Uhr gestartet und wollte nach zwölf Uhr, dann hatte er jetzt ungefähr zehn Uhr erreicht.

Die Überlegung lenkte ihn ab und beinahe hätte er einen fatalen Fehler begangen. Rechts von ihm fiel das Gelände zu den Gebäuden hin ab und bevor er es bemerkte, rutschte der Lieferwagen ab. Er versuchte, mehr Gas zu geben, doch die Räder drehten im Schlamm durch. Verzweifelt trat er so heftig wie möglich auf die Bremse, doch der Wagen rutschte weiter. Er sah die Lichter der Häuser näher kommen, hinter dem schwarzen Rand, der die Böschung markierte. Eigentlich hatte er den Wagen durch das Dach des Kontrollzentrums stürzen lassen wollen, doch wenn er hier herunterkam, würde er stattdessen in die Küche und das Esszimmer krachen. Und damit würde er gar nichts erreichen! Schlimmer noch: Dort hielten sie vielleicht Sam gefangen. Vielleicht tötete er so seinen Freund!

Plötzlich stieß der Wagen seitlich gegen den Drahtzaun, der im Dunkeln fast unsichtbar war. Unter dem Gewicht ächzte der Zaun, aber er gab nicht nach. Kieron hatte ihn ganz vergessen, doch jetzt brachte er den Wagen glücklicherweise zum Stehen. Vorsichtig und zögernd gab er Gas und steuerte nach links. Vielleicht lagen Zweige unter den Reifen oder der Boden war hier trockener, aber das Profil bekam Halt und er konnte den Wagen unter Kontrolle bringen, bevor er den Rand erreichte. Kieron hörte den Draht an der Seite entlangscharren.

Fünf atemlose Minuten später hatte er eine Lichtung hinter dem Gelände erreicht. Sieben Meter unter ihm lag das Satellitenkontrollzentrum.

Er sah auf die Uhr, doch mittlerweile hatte die Zeit jede Bedeutung für ihn verloren. Die Zahlen waren wie chinesische Schriftzeichen und die Zeiger schienen sich überhaupt nicht zu bewegen. Vielleicht war es schon zu spät.

Doch das spielte keine Rolle. Er war hier und musste die Sache durchziehen – und sei es nur, um seinen Freund zu retten.

Er richtete die Nase des Lieferwagens den Hügel hinunter, stellte die Kupplung auf Parkposition und zog die Handbremse. Dann stieg er aus und ließ den Motor laufen. Die Abgase des Motors wehten ihm in die Nase. Er betrachtete das Problem wie eine Trigonometrieaufgabe: Er musste wissen, wohin der Wagen fahren würde, wenn er sich bewegte – wie weit er fahren würde und wie weit er hinunterstürzen würde.

Er musste so schnell wie möglich sein, sonst würde er nur zwischen dem Zaun und dem Kontrollgebäude landen und keinerlei Schaden anrichten.

Und er musste dafür sorgen, dass die Räder nicht im Schlamm durchdrehten. Eingedenk dessen, was soeben passiert war, hob er schnell so viele Zweige vom Boden auf, wie er in der Eile konnte, und stopfte sie vor alle vier Räder.

Dann suchte er einen Ast, der lang genug für seine Zwecke war. Es dauerte einen Augenblick, doch dann fand er einen, der von einem fast toten Baum gefallen war.

Mit dem Ast in der Hand kletterte er vorsichtig wieder in den Wagen und ließ die Tür offen. Er schloss die Augen, fasste mit einer Hand fest das Steuer, stellte den Fuß aufs Gaspedal und trat es durch. Er zog den Schalthebel auf Drive, sodass der Wagen sich aufbäumte und nach vorne in die Dunkelheit schießen wollte.

Dann klemmte er den Ast zwischen das Gaspedal und das Armaturenbrett, sodass er den Fuß vom Gas nehmen konnte, ohne dass die Geschwindigkeit sich verringerte.

Nach einem kurzen Gebet zu einem Gott, an den er

nicht glaubte, löste er die Handbremse und warf sich seitlich aus der Tür.

Der Lieferwagen schoss vor wie ein Windhund aus der Startbox. Kierons Fuß verfing sich im flatternden Sitzgurt, als er stürzte, und einen Sekundenbruchteil glaubte er, dass er mitgeschleift und vom Wagen über die Böschung gezogen werden würde, doch er schaffte es, sich in der Luft zu drehen und seinen Fuß aus der hinderlichen Schlinge zu ziehen. Schmerzhaft landete er auf der Schulter, doch er achtete nicht weiter darauf, weil er viel zu sehr damit beschäftigt war, dem Lieferwagen nachzusehen. Der nahm Fahrt auf, erreichte den Rand des Hügels, durchbrach den Zaun und flog durch die Luft. Das Gewicht des Motors zog ihn nach vorne und er stürzte in einem perfekten Bogen nach unten. Kieron rannte zur Böschung und sah ihm nach, wie er fast in Zeitlupe fiel …

… und mitten auf dem Dach des Kontrollzentrums landete.

Er durchschlug das flache Dach glatt und ließ Teile der Klimaanlage durch die Luft segeln. Durch das Loch ragten Balken wie große Rippen aus einer Wunde. Dann flogen Funken und ein flackerndes bläuliches Licht von elektrischen Blitzen erhellte die Szene.

Gleich darauf ließen mehrere Explosionen den Lieferwagen wie auf einem Kissen aus Feuer und Flammen emporschießen, fast, als würde er vor der Zerstörung, die er verursacht hatte, zurückschrecken, bevor er erneut in das Inferno zurückstürzte.

Der Alarm, den er zuvor schon gehört hatte, sprang wieder an – *uuuiiii-uuuiiii-uuuiii*! Doch dieses Mal klang er verzweifelter, eher nach einem richtigen Notfall. Er glaubte, Menschen vom Kontrollzentrum weglaufen zu sehen, aber durch das Chaos dort unten war es schwer zu erkennen.

Job erledigt, dachte Kieron grimmig. Er wusste nicht, ob er es rechtzeitig geschafft hatte oder nicht, aber er hatte jedenfalls getan, was er konnte.

Jetzt musste er nur noch Sam zurückholen.

Den ganzen Weg zurückzugehen, hätte zu lange gedauert, daher rutschte und stolperte er den matschigen Hügel hinunter und schlitterte bergab. Unten angekommen, bewegte er sich vorsichtig zwischen den Gebäuden hindurch und versuchte, sich vor den Technikern und Wachen von Blut und Boden zu verstecken, die panisch herumrannten. Gleichzeitig sah er durch jedes Fenster und jede Tür, um seinen Freund zu finden. Und er hoffte, dass es noch nicht zu spät war. Er fürchtete sich vor dem, was er vorfinden könnte.

»Hey!«

Kieron war so auf Sams Rettung fixiert, dass er glaubte, Sams Stimme hinter sich zu hören. Mit einem halben Lächeln auf den Lippen drehte er sich um.

Doch es war nicht Sam.

Es war Kyle Renner – der Kerl, der Bradleys Entführung aus dem Einkaufszentrum organisiert hatte, der Kerl, der Sam mit Folter gedroht hatte, der Kerl, der mit der Verräterin vom MI6 im Baltic Centre geredet hatte. Der Kerl, der in den letzten Tagen ständig in Kierons Leben präsent gewesen war.

»Der Junge aus dem Industriegebiet«, sagte Kyle erstaunt. »Hast du dich vielleicht in unseren Wagen geschmuggelt? Im Kofferraum versteckt, so wie sie es im Film machen? Ich hoffe nicht – da hat mein Hund geschlafen und der hat gerade Magenprobleme.« Er runzelte nachdenklich die Stirn.

»Du musst uns gefolgt sein oder du hast uns von diesem Ort reden hören.« Er sah sich in dem Chaos um, das Kieron mit dem Lieferwagen angerichtet hatte. »Ich muss schon sagen, mir gefällt, was du mit dem Ort hier angestellt hast. Hier sind viel zu viele Computer- und Technikfreaks und – du hast wenigstens für ein bisschen Action gesorgt.«

»Gern geschehen«, sagte Kieron. Er spürte, wie seine Finger zuckten, während sein Unterbewusstsein versuchte, irgendeine Waffe materialisieren zu lassen. Doch es erschien keine. Er sah sich zwischen den vom flackernden Feuer erleuchteten Gebäuden um, erblickte aber nichts, was er hätte verwenden können.

Renner griff in seine Jacke und zog eine automatische Pistole hervor. Kieron erkannte sie sofort als eine Sig Sauer P229C. Diese Waffe hatte er schon Tausende Male abgefeuert, allerdings nur in irgendwelchen Egoshooter-Spielen. Er war damit auch schon Tausende Male erschossen worden – in denselben Spielen. Jetzt sah es so aus, als würde er endlich entdecken, wie sich das im richtigen Leben anfühlte.

Das richtige Leben war ätzend. Es war dreckig, laut und schmerzhaft. Und es hatte ein Ende.

»Ich weiß nicht, ob du so viel Schaden angerichtet hast, dass man ihn nicht mehr reparieren kann, oder zumindest nicht so schnell«, meinte Renner und löste mit professioneller Geschicklichkeit den Sicherheitshebel, »oder ob du eher lästig bist als eine wirkliche Gefahr für unsere Sache, aber wie dem auch sei, ich glaube kaum, dass es irgendjemanden stört, wenn ich dich gleich umbringe.«

Er hob die Pistole und zielte über ihren matten Lauf hinweg, dann zog er ohne jegliches Anzeichen einer Gefühlsregung den Abzug.

In diesem Augenblick explodierte im Kontrollzentrum irgendetwas und schickte eine riesige Fontäne aus Flammen und Funken in die dunkle Nacht.

Entweder zuckte Renner zusammen oder der Boden bebte. Auf jeden Fall bewegte sich seine Hand leicht, und anstatt Kieron wie beabsichtigt ins rechte Auge zu treffen, sauste die Kugel an seiner Schläfe vorbei, sodass die Hitze ihm die Haare versengte. Kieron warf sich nach links, bevor Renner erneut schießen konnte, und rollte sich ins Dunkle hinter einem Gebäude. Schnell sprang er auf und rannte an der Wand entlang. Als er etwa in der Mitte war traf eine weitere Kugel die Betonwand und kratzte eine lange Spur hinein, bevor sie abprallte und in der Dunkelheit verschwand. Kieron schmeckte Betonstaub, als er keuchte.

Er würde es nicht bis ans Ende des Gebäudes schaffen, bevor Renner wieder auf ihn schoss.

Ein Fenster neben seinem Kopf war durch die Explosion zersprungen. Daneben ragte ein altes verrostetes Regenrohr aus der Wand. Bevor er sich noch bewusst einen Plan überlegt hatte, griff er bereits danach, und seine Füße tasteten an der Mauer nach den Halterungen, mit denen das Regenrohr an der Wand befestigt war. Mit aller Kraft zog er sich empor, bis er einen Fuß auf das Fensterbrett stellen und sein Gewicht hinüberziehen konnte. Scherben splitterten unter seinem Schuh und eine dritte Kugel durchschlug glatt die Regenrinne und zog mit einer feurigen Spur direkt vor seinen Augen entlang. Metallfragmente spritzten ihm ins Gesicht. Reflexartig kniff er die Augen zusammen und spürte ein Brennen, wo ihm ein Metallsplitter ins linke Auge geflogen war. Bevor Renner ein viertes Mal schießen konnte, rollte er sich durch das kaputte Fenster. Glas zerschnitt ihm den Stoff seiner Jeans und ritzte seine Haut. Er fiel nach vorne, stürzte auf die rechte Schulter und versuchte, sich so zu drehen, dass er mit der Seite und nicht mit dem Kopf aufschlug.

Sein Sturz wurde von einem dicken Teppich aufgefangen. Schnell sprang er auf und rannte auf eine schwach erleuchtete Tür zu. Dahinter fand er sich auf einer T-Kreuzung wieder, von der Gänge nach rechts, links und geradeaus verliefen. Von diesen gingen Türen ab, immer abwechselnd rechts und links. Die Notbeleuchtung hatte sich eingeschaltet, und falls Leute in dem Gebäude gewesen waren, hatten sie es inzwischen verlassen.

Er musste sich schnell entscheiden. Wenn er geradeaus rannte und Renner ihm durch das Fenster nachkam, würde er ihn im Gang sofort entdecken. Wenn er nach rechts rannte und Renner bis zum Ende des Gebäudes lief, würden sie dort aufeinandertreffen. Also blieb ihm nur der linke Gang – damit liefe er innen im Gebäude den Weg zurück, den er außen in der anderen Richtung genommen hatte.

Er rannte los, ohne einen wirklichen Plan zu haben, was er jetzt tun sollte. Sich in einem der Räume zu verstecken war sinnlos, das wusste er. Dort würde er nur in der Falle sitzen.

Erst als er an der Tür vorbei war, registrierte er das rote Kreuz, das dort aufgemalt war, und das Schild »Erste-Hilfe-Raum«, das so an die Wand geschraubt war, dass es von beiden Seiten aus gut sichtbar war für Leute, die einen Erste-Hilfe-Koffer brauchten. Einen Erste-Hilfe-Koffer, in dem sich scharfe Messer und vielleicht sogar Skalpelle befanden.

Er riss die Tür auf und fand sich in einem Raum wieder,

der ebenfalls nur von der kalten grünen Notbeleuchtung erhellt wurde, aber er konnte zwei Betten erkennen, eine Arbeitsfläche und Schränke an der Wand darüber, sowie einen Tisch. Die Schranktüren waren mit Etiketten versehen. Er rannte daran entlang und versuchte, sie zu öffnen, doch sie waren alle mit Vorhängeschlössern gesichert. Selbst mit Gewalt, wenn er sich mit den Füßen gegen die Wand stemmte, bekam er sie nicht auf.

Aus dem Gang erklang ein lautes *Bamm!* Das musste wohl Renner sein, der auf der Suche nach ihm Türen eintrat. Vielleicht schoss er auch einfach durch die Türen. Gleich würde er beim Erste-Hilfe-Raum sein.

Kieron schnaubte frustriert und sah sich schnell nach etwas um, das er als Waffe benutzen konnte. Gleich unter der Arbeitsfläche an der Wand und über den Schränken sah er Schubladen, die nicht abgeschlossen waren. Er riss sie auf und warf den Inhalt auf den Boden. Sie enthielten Pflaster, Verbände, Aspirin … aber nichts, was ihm irgendwie weiterhelfen konnte.

Nein – die Verbände! Vielleicht konnte er aus den Bandagen eine Art Steinschleuder machen und irgendetwas Schweres nach Renner schleudern.

Doch hier gab es nichts Schweres. Nichts, was als Munition zu gebrauchen war, selbst falls die Bandagen nicht rissen, wenn er sie als Schleuder benutzte.

Wieder erklang ein Knall aus dem Gang – dieses Mal näher.

Kieron hieb mit der Faust auf den Tisch. Ihm lief die Zeit davon.

Hierzubleiben war sinnlos. Er musste sich in einem der anderen Räume nach etwas Brauchbarem umsehen.

Er ging zur Tür und lugte vorsichtig um die Ecke in den

Gang, wo er gerade noch Renners Schulter und Rücken sah, als dieser auf der Suche nach ihm einen Raum zwei Türen weiter betrat.

Kieron sah über den Gang. Auf einem Schild an der Tür gegenüber stand »Werkstatt«. Das klang gut. In einer Werkstatt gab es Werkzeug. Meißel. Hämmer.

Bevor Renner aus dem Zimmer kommen konnte, in dem er eben verschwunden war, sprintete Kieron über den Gang. Einen schrecklichen Augenblick lang fürchtete er, die Tür wäre verschlossen, aber sie klemmte nur. Er warf sich mit seinem ganzen Gewicht dagegen, bis sie aufflog und er ins Zimmer fiel. Schnell sprang er auf und schloss die Tür hinter sich ab, was ihm sicher eine weitere kostbare Sekunde seines Lebens einbrachte.

Hier gab es alles, was er brauchte – scharfe Gegenstände, schwere Gegenstände, stumpfe Gegenstände. Einen Augenblick lang lähmte ihn die Qual der Wahl – und auch die Tatsache, dass er es mit einem Mann aufnehmen musste, der größer, stärker und bösartiger war als er selbst – bis er die Autobatterie auf einem Metalltisch stehen sah. Und das Startkabel daneben.

Bumm! Kam es aus dem nächsten Zimmer.

Er hatte das Gefühl, seit Stunden nicht mehr normal geatmet zu haben. Sein Herz hämmerte so schnell, dass die einzelnen Schläge zu einem Vibrieren zu verschmelzen schienen. Er ignorierte es. Er ignorierte alles und klemmte das rote und das schwarze Kabel an die Ausgänge der Batterie. Einen Moment lang musste er überlegen. Wie war das noch gleich? Was hatten sie im Werkunterricht über die Gefahren bei der Arbeit mit Autobatterien gelernt?

Ja, genau! Das andere Ende des schwarzen Kabels

musste geerdet sein. Er klemmte es an ein Bein des Metalltisches, auf dem die Batterie stand. Den roten Griff behielt er in der Hand und stellte sich auf die andere Seite der Tür, bis ihm einfiel, dass diese ihm ins Gesicht schlagen würde, wenn Renner sie eintrat. Also huschte er schnell auf die andere Seite und drückte sich flach an die Wand.

Gerade noch rechtzeitig! Die Tür krachte auf, als Renner dagegentrat, und knallte gegen die Wand, an der Kieron gerade eben noch gestanden hatte.

Mit erhobener Waffe betrat Renner den Raum. Mit einer Art sechstem Sinn schien er zu spüren, dass Kieron hier war, und drehte sich um. Im gleichen Augenblick sprang Kieron vor und klemmte das positiv geladene Kabel an Renners Pistole. Der Schaltkreis schloss sich.

Renner riss die Augen auf und seine Hände begannen zu zittern. Kieron rannte an Renner vorbei aus der Werkstatt und den Gang entlang, bis er an die frische Luft kam, wo er sich plötzlich zusammenkrümmte und sich übergab, bis ihm der Magen wehtat.

»Warst du das?«

Erschrocken drehte Kieron sich um, doch dieses Mal war es tatsächlich Sam, der auf das brennende Kontrollzentrum zeigte. Er hatte einen blauen Flecken auf der Wange und Blut lief ihm aus einem Riss unter dem Auge, doch im flackernden Licht des Feuers wirkte er eher trotzig als verletzt.

»Ja«, antwortete er. Die Erleichterung war wie eine kühle Brise. »Irgendetwas musste ich ja tun.«

Er sah auf die Uhr. Bis zum Senden des Signals blieben noch dreißig Sekunden. Er hatte das Gefühl, plötzlich wurde ein Band durchtrennt, das sein Herz eingeschnürt hatte.

»Noch dreißig Sekunden, Sam. Noch dreißig Sekunden!«

Sam packte ihn am Arm und zusammen sanken sie zu Boden und lehnten sich gegen die Wand.

»Nur interessehalber«, begann Kieron, doch Sam hielt die rechte Hand hoch, in der die Knochenschere hing. Von der Klinge tropfte Blut.

»Die haben mich nicht richtig durchsucht. Vollidioten.«

Kieron musste lachen.

»Ja, ich glaube, da sind wir uns einig. Es sind Vollidioten.«

»Ich gehe mal davon aus, dass du den Lieferwagen geschrottet hast?«, erkundigte sich Sam.

»Den Lieferwagen habe ich komplett und vollständig geschrottet.«

»Und wie sollen wir jetzt nach Hause kommen?«

Kieron versuchte krampfhaft, das Gekicher unter Kontrolle zu bekommen, das in ihm tobte wie der Feuersturm, der das Satellitenkontrollzentrum von Blut und Boden vernichtet hatte. Hysterie, konstatierte er. So etwas hatte er noch nie erlebt.

Er tippte an die AR-Brille, die er immer noch aufhatte, obwohl er sie nicht gebraucht oder verwendet hatte. Er hatte ganz vergessen, dass sie noch auf seiner Nase saß.

»Ich könnte ja hiermit im örtlichen Busfahrplan nachsehen, was meinst du?«

Sam schüttelte den Kopf.

»Ich meine, wir sollten uns einen der Landrover am Haupttor greifen, bevor die alle weg sind. Manchmal sind die Low-Tech-Lösungen die besten.«

Kieron sah sich in den Flammen, den Funken und dem Chaos der Vernichtung um.

»Hat durchaus seine Vorteile«, gab er zu. »Und ich weiß gar nicht, ob hier um diese Zeit überhaupt noch Busse fahren.«

Kapitel 14

»Wie geht es dir?«, erkundigte sich Bex.

Es war heiß und stickig, doch der kühle Cocktail in ihrer Hand sorgte für einen gewissen Ausgleich – besonders, wenn sie ihn gegen ihre Stirn drückte – und die Aussicht von Agnis Insel über die Bucht von Indien war spektakulär.

»Ich habe ein Klingeln in den Ohren, das vorher noch nicht da war«, beruhigte Bradley sie, »und ich sehe immer noch etwas verschwommen, aber abgesehen davon bin ich okay.« Er hielt kurz inne und fragte dann: »Und wie fühlst du dich?«

Bex blickte auf den Cocktail.

»Ganz gut.«

»Dein Freund Mr Patel kümmert sich um die Neutronenbombe aus Pakistan?«

»Ja. Er hat auch Darius Trethewey in einem bequemen, aber sehr ausbruchssicheren Zimmer eingeschlossen und befragt ihn zum Standort der anderen vier Bomben. Er schickt Teams nach Riad, Teheran, Islamabad und Bagdad voraus, mit dem Befehl, die Bomben, einschließlich der

Drohnen, zu holen. Das wären dann vier weitere Massenvernichtungswaffen für seine Sammlung.«

»Vertraust du ihm?«

Sie nippte an ihrem Cocktail, der nach Mango und Kokos schmeckte.

»Ich glaube schon«, erwiderte sie. »Doch, ich vertraue ihm wirklich.«

»Aber nach allem, was ich gehört habe, traust du unseren Chefs beim MI6 nicht.«

»Einer von ihnen arbeitet mit Blut und Boden zusammen, und wir müssen rausfinden, wer das ist.«

»Und ihn enttarnen?«

Sie lächelte. Vielleicht lag es am Cocktail.

»Entweder das, oder wir überlassen ihn Mr Patel und stecken ihn in das Zimmer neben Darius Trethewey.«

Im Hintergrund vernahm sie eine Stimme, die Bradley etwas fragte.

»Ist das Kieron?«

»Nein.« Bradley schien ungewohnt verlegen. »Das ist die Schwester von Kierons Freund Sam. Sie fragt, ob ich eine Tasse Tee möchte.«

»Wie heimelig.« Bex verspürte einen unerwarteten Anflug von Eifersucht. Sie wusste nicht einmal, warum eigentlich, denn Bradley war eher wie ein großer Bruder für sie als wie ein Partner. Vielleicht wollte sie ihn nicht an jemand anderen verlieren, nicht einmal teilweise. »Ich muss mit Kieron reden«, fuhr sie fort und versuchte, die unangenehmen Gedanken beiseitezuschieben. »Er darf das AR-Gerät nicht mehr benutzen. Es hat ihm wohl Spaß gemacht, aber es ist viel zu gefährlich. Irgendwann wird er noch verletzt oder gar getötet.«

»Der Junge hat sich gut gehalten«, gab Bradley zu bedenken. »Es hat einigen Mut erfordert, diese Satellitenstation zu vernichten. Er begreift schnell und bekommt nicht so leicht Angst. Oder besser, wenn er Angst bekommt, lässt er sich trotzdem nicht davon abhalten, zu tun, was notwendig ist. Ich glaube, wir sollten uns überlegen, ob wir ihn nicht weiter in unserer Nähe haben wollen.«

»Du willst ja nur mehr Zeit mit der Schwester seines Freundes verbringen«, entfuhr es Bex, bevor sie es verhindern konnte. Sie biss sich auf die Lippe und wünschte, sie hätte nichts gesagt.

»He!«, erwiderte Bradley beleidigt. »In unserem Job bekommt man nicht so viele Chancen. Man muss nehmen, was man kriegt.«

Bex nippte erneut an ihrem Cocktail und sah über die glitzernden Wellen zum Horizont.

»Ich wünschte mir auch, wir könnten Kieron behalten«, gestand sie. »Ich mag ihn, auch wenn ich ihn noch nie persönlich getroffen habe. Aber das bedeutet auch, dass ich mich um ihn kümmern will. Ich möchte ihn beschützen. Das Problem ist nur, dass wir immer noch in Gefahr sind. Wir werden unser Leben riskieren müssen, um den Blut-und-Boden-Spion beim MI6 enttarnen zu können, und ich kann nicht zulassen, dass Kieron dieses Risiko eingeht.«

»Ich bin mir nicht sicher, ob er so einfach verschwinden wird«, gab Bradley zu bedenken.

»Ist er da?«, seufzte Bex.

»Ja. Willst du mit ihm sprechen oder soll ich ihm die schlechte Nachricht überbringen?«

»Lass es mich tun. Kieron und ich haben so viel zusammen durchgemacht, dass ich der Meinung bin, er sollte seinen Abschied von mir persönlich hören. Und du pack deine Sachen und verschwinde. Such dir einen sicheren Ort, wo du eine Weile untertauchen kannst.«

»Okay«, sagte Bradley, doch selbst über die riesige Entfernung hinweg konnte sie hören, dass er nicht glücklich war.

Kapitel 15

»Also haben wir die Welt gerettet?«, fragte Sam.

Er saß mit Kieron auf dem Sofa seiner Schwester. Sie arbeitete und während ihrer Abwesenheit hatten sie – mit Bradleys Unterstützung – ihren Kühlschrank so ziemlich leer gefressen. Bevor sie nach Hause kam, würden sie wohl einkaufen gehen müssen, sonst würde es Ärger geben. Das Problem war nur, dass Bradley jetzt, wo er sich mehr oder weniger von seinen Verletzungen erholt hatte, fast die ganze Zeit hungrig war.

»Haben wir«, bestätigte Kieron. Einen Augenblick lang musste er an Kyle Renner denken. »Aber um welchen Preis?«, fügte er leise hinzu.

»Das Mindeste, was sie tun können, ist, uns einen besseren Computer zu kaufen und vielleicht noch so ein paar von ihren AR-Sets als Zugabe. Die Dinger sind echt cool.«

»Ich habe das Gefühl, wir können froh sein, wenn wir die Stifte behalten dürfen, mit denen wir den Geheimhaltungsvertrag unterschreiben mussten«, meinte Kieron nachdenklich. Er hatte gründlich über die Sache nachgedacht und kam immer wieder zu dem gleichen Schluss:

Ob Bex und Bradley zum MI6 zurückkehrten oder ob sie auf eigene Faust nach dem Doppelagenten in ihrer Organisation suchten, sie würden auf keinen Fall das Leben zweier Teenager aufs Spiel setzen. Und sosehr er sich auch bemühte, er fand einfach keine guten Argumente dafür, dass er und Sam weiter mitmachen konnten.

»Und dabei habe ich sie noch nicht einmal getroffen«, meinte er leise.

»Wen?«

»Bex.«

Sam schüttelte den Kopf.

»Du solltest dir nicht allzu große Hoffnungen machen, Kumpel. Du weißt doch was die Leute sagen. *Sei vorsichtig bei Online-Dates, denn die Person, mit der du chattest und die du für einen Teenager hältst, kann auch ein fünfzigjähriger Trucker sein, der dich anmachen will.* Na ja, vielleicht ist Bex so jemand. Du hast sie in deiner Fantasie als eine junge schöne weibliche Version von James Bond erschaffen, aber wahrscheinlich ist sie grauenvoll übergewichtig und hässlich.«

»Weißt du was?« Kieron bemühte sich, nicht gereizt zu klingen. »Es ist ganz egal, wie sie aussieht. Ich weiß, dass das eine Redensart ist, aber ich habe sie kennengelernt und ich mag sie wirklich.«

Sam machte schon den Mund auf, um zu antworten, als Bradley ins Zimmer kam. In der Hand hielt er das AR-Equipment.

»Kieron? Bex ist in der Leitung. Sie will dich sprechen.«

»Oje«, brummte Sam. »Die Art von Gespräch kennen wir doch alle. ›Ich will, dass wir Freunde bleiben.‹ ›Du bist wie ein Bruder für mich.‹«

Bradley grinste und machte einen Schritt nach vorn,

doch dabei schienen seine Beine einzuknicken, und er stürzte mit einem Knall auf den Boden, den man bestimmt noch ein paar Stockwerke weiter hören konnte.

Kieron und Sam waren gleichzeitig bei ihm. Sam überprüfte seinen Puls, während Kieron sanft sein rechtes Augenlid hochzog. Das Auge hatte sich so verdreht, dass nur noch das Weiße und ein schmaler Rand der Iris zu sehen waren. Kieron war sich nicht sicher, aber er hatte das Gefühl, dass die Iris zuckte.

Aus dem AR-Headset kam eine Stimme. Er hob ihn auf und steckte ihn sich ins Ohr.

»Kieron?«, fragte Bex. »Bist du da?«

»Bex«, seufzte Kieron. »Ich glaube, wir haben ein Problem …«

Andrew Lane hat zahlreiche Bücher geschrieben, darunter die achtbändige Young-Sherlock-Holmes-Reihe, die in über 44 Länder verkauft wurde. Bevor er sich 2013 ganz dem Schreiben widmete, arbeitete Andrew Lane fürs britische Verteidigungsministerium und hatte mit Geheimdienst und Terrorismusbekämpfung zu tun. Er war selbst schon im Gebäude des MI6, des MI5 und der Zentrale des britischen Geheimdiensts – und zwar nicht als Tourist – sowie in den Büros der CIA und der NSA in den USA.

Chris Bradford

BODYGUARD

Der 14-jährige Martial-Arts-Experte Connor Reeves entspricht nicht gerade dem, was man sich unter einem typischen Bodyguard vorstellt – und genau deshalb ist er so hervorragend geeignet für seinen neuen Job: Er wird für eine geheime Einheit hochprofessioneller junger Bodyguards angeworben, die jugendliche Stars und die Kinder superreicher Eltern begleiten sollen. Denn wer könnte sie unauffälliger beschützen als ein Gleichaltriger? Nach einem gnadenlosen Training heißt es dann für Connor Reeves bei seinen brandheißen Aufträgen:
Und Action!

Die Geisel
Band 1, 480 Seiten,
ISBN 978-3-570-40275-7

Das Lösegeld
Band 2, 480 Seiten,
ISBN 978-3-570-40276-4

Der Hinterhalt
Band 3, 448 Seiten,
ISBN 978-3-570-40315-0

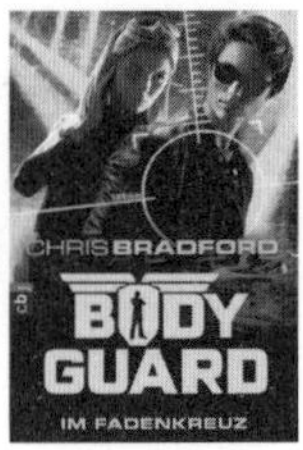

Im Fadenkreuz
Band 4, 480 Seiten,
ISBN 978-3-570-40316-7

Der Anschlag
Band 5, 350 Seiten,
ISBN 978-3-570-40350-1

Die Entscheidung
Band 6, ca. 350 Seiten,
ISBN 978-3-570-31205-6

30344_6

cbt

www.cbj-verlag.de